Benito Pérez Galdós

Episodios nacionales IV
La de los tristes destinos

Barcelona **2024**
Linkgua-ediciones.com

Créditos

Título original: Episodios nacionales IV. La de los tristes destinos

© 2024, Red ediciones S.L.

e-mail: info@linkgua-ediciones.com

Diseño de cubierta: Michel Mallard.

ISBN tapa dura: 978-84-1126-459-4.
ISBN rústica: 978-84-9007-307-0.
ISBN ebook: 978-84-9007-223-3

Sumario

Brevísima presentación

La obra

La de los tristes destinos es la décima y última novela de la cuarta serie de los *Episodios Nacionales* de Benito Pérez Galdós.

La de los tristes destinos hace referencia a su majestad Isabel II, que llega en este episodio al fin de sus días como reina de España. Galdós hace revivir los acontecimientos que abocan a la revolución poniendo ante nuestros ojos la trama de conspiraciones que bulle en los últimos tiempos del reinado, los ambientes de los emigrados españoles en París y Londres, las idas y venidas de Prim y, finalmente, la batalla de Alcolea, que obliga a la reina a dejar España y da el triunfo a la llamada «la Gloriosa», la Revolución de 1868, un levantamiento revolucionario español que tuvo lugar en septiembre de 1868 y que dio pie al inicio del período denominado Sexenio Democrático.

Desde la ficción, Teresa de Villaescusa constituirá uno de los personajes más bellamente tratados por Galdós. Ibero, el amigo de la revolución, después de haber estado escondido huye hacia Francia disfrazado de mozo de tren en un Express. Este tren será el lugar en el que dos personajes quedarán prendidos por el amor, y el inicio de la revalorización de una mujer prostituta que ya desde su primer encuentro con el que será su verdadero amor, expresa que «es honroso para una mujer pasar de cosa vendible a persona que no se vende.» De nuevo, Galdós nos deleita con un personaje femenino lleno de profundidad y modernidad, muy propio del autor de *Fortunata y Jacinta*.

I

Madrid, 1866. Mañana de julio seca y luminosa. Amanecer displicente, malhumorado, como el de los que madrugan sin haber dormido... Entonces, como ahora, el Sol hacía su presentación por el campo desolado de Abroñigal, y sus primeros rayos pasaban con movimiento de guadaña, rapando los árboles del Retiro, después los tejados de la Villa Coronada... De abrojos. Cinco de aquellos rayos primeros, enfilando oblicuamente los cinco huecos de la Puerta de Alcalá como espadas llameantes, iluminaron a trechos la vulgar fachada del cuartel de Ingenieros y las cabezas de un pelotón desgarrado de plebe que se movía en la calle alta de Alcalá, llamada también del Pósito. Tan pronto el vago gentío se abalanzaba con impulso de curiosidad hacia el cuartel; tan pronto reculaba hasta dar con la verja del Retiro, empujado por la policía y algunos civiles de a caballo... El buen pueblo de Madrid quería ver, poniendo en ello todo su gusto y su compasión, a los sargentos de San Gil (22 de junio) sentenciados a muerte por el Consejo de Guerra. La primera tanda de aquellos tristes mártires sin gloria se componía de dieciséis nombres, que fueron brevemente despachados de Consejo, Sentencia y Capilla en el cuartel de Ingenieros, y en la mañana de referencia salían ya para el lugar donde habían de morir a tiros; heroica medicina contra las enfermedades del Principio de Autoridad, que por aquellos días y en otros muchos días de la historia patria padecía crónicos achaques y terribles accesos agudos... Pues los pobres salieron de dos en dos, y conforme traspasaban la puerta eran metidos en simones. Tranquilamente desfilaban estos uno tras otro, como si llevaran convidados a una fiesta. Y verdaderamente convidados eran a morir... y en lugar próximo a la Plaza de Toros, centro de todo bullicio y alegría.

Que en aquella plebe descollaban por el número y el vocerío las hembras, no hay para qué decirlo. Compasión y curiosidad son sentimientos femeninos, y por esto en los actos patibularios le cuadra tan bien a la Tragedia el nombre de mujer. Las más visibles en el *coro de señoras* eran dos bellezas públicas y repasadas, Rafaela y Generosa Hermosilla, más conocidas por el mote de *las Zorreras*, del oficio y granjería de su padre, que figuró en la Revolución del 54, después de haber dado notable impulso a la industria de zorros. Las dos hermanas, llorosas y sobrecogidas, se abrían paso a

11

fuerza de codos para llegar a las filas delanteras, de donde pudieran ver de cerca los fúnebres simones, cada uno con su pareja de víctimas. Pasaron los primeros... Casi todos los reos iban serenos y resignados; algunos esquivando las miradas de la multitud, otros requiriéndola con melancólica expresión de un adiós postrero a Madrid y a la existencia. Era en verdad un espectáculo de los más lúgubres y congojosos que se podrían imaginar... Al paso del quinto coche, una de *las Zorreras*, la mayor y menos lozana de las dos, aunque en rigor la más bella, echó de su boca un ¡ay! terrorífico seguido de estas cortadas voces: «Simón, Simón mío... Adiós... Allá me esperes...»

Al decirlo se desplomó, y habría caído al suelo si no la sostuvieran, más que los brazos de su hermana, los cuerpos del apretado gentío. Este se arremolinó y abrió un hueco para que la desvanecida hembra pudiera ser sacada a sitio más claro, y pudieran darle aire y algún consuelo de palabras, que también en tales casos son aire que dan las lenguas haciendo de abanicos. En su retirada fue a parar la *Zorrera* a la verja del Retiro bajo, y en el retallo curvo del zócalo de piedra quedó medio sentada, asistida de su hermana y amigos. Dábale aire Generosa con un pañuelo, y una matrona lacia y descaradota, reliquia de una belleza popular a quien allá por el 50 dieron el mote de *Pepa Jumos*, la consolaba con estas graves razones, de un sentido esencialmente hispánico: «No te desmayes, mujer; ten corazón fuerte, corazón de 2 de mayo, como quien dice. ¡Bien por Simón Paternina! Bien por los hombres valientes, que van al matadero con semblante *dizno*, como diciendo: "para lo que me han de dar en este mundo perro, mejor estoy en el otro". Bien le hemos visto... Cara de color de cera, guapísima... Como el San Juanito de la Pasión... Iba fumándose un puro, echando el humo fuera del coche, y con el humo las miradas de compasión... para los que nos quedamos en este pastelero valle de lágrimas...»

Apoyó estas manifestaciones Erasmo Gamoneda, también revolucionario y barricadista del 54. Arrimose a la *Zorrera*, y echándole los brazos con fraternal gesto de amparo, dijo, entre otras cosas muy consoladoras, que el cigarro que fumaba el sargento, camino del patíbulo, no era de estanco, sino de los que llaman *brevas de Cabañas*; que de este rico tabaco proveyeron generosamente a los reos los señores de la Paz y Caridad... Él estaba en la puerta del cuartel cuando entraron los ordenanzas con la cena para

12

los sargentos, que fue suculenta: *bisteques* con unas patatas *sopladas* muy ricas, pescado frito con cachitos de limón, y postre de flanes y de bizcochos borrachos, a escoger... Luego café a pasto, hasta que no quisieron más, y puros en cajas, que iban cogiendo y fumaban encendiendo uno en otro y *viceversa*, quiere decirse, sucesivamente...

Tomó de nuevo la palabra Pepa *Jumos* elevando sus consuelos al orden espiritual, lo que no era para ella difícil, pues tenía sus puntadas de mística y sus hilvanes de filósofa. Ved lo que dijo: «Yo sé por Ibraim, el curángano de tropa, que todos los reos han estado en la capilla muy enteros, y como ninguno Simón Paternina, que no perdió en toda la noche el despejo, ni aquel ángel con que sabe hablar a todo el mundo. Se confesó como un borrego de Dios y encomendose a la Virgen, para morir como caballero cristiano... Su cara bonita y pálida, y aquella caída de ojos, tan triste, y el humo del cigarro subiendo al cielo, nos han dicho que en el morir no ve ya más que un cerrar y abrir de ojos... Va bien confesado; va con el alma tan limpia como los tuétanos del oro, y Dios le dirá: «Ven a mi lado, hijo mío; siéntate...» Por eso, Rafaela, yo que tú, no me afligiría tanto... lloraría, sí, porque natural es que una se descomponga cuando le quitan el hombre que quiere; pero diría para entre mí: «Adiós, Simón Paternina; Dios es bueno y me llevará contigo a la Gloria...»

No quedó la maja satisfecha de esta exhortación a la dulce conformidad religiosa, ni el alma de la *Zorrera* se contentaba con tan lejanos alivios de su dolor. Suspiraban las amigas con el escepticismo de plañideras circunstanciales, mientras la Hermosilla, apretando contra sus ojos el pañuelo hecho ya pelota humedecida por las lágrimas, sostenía con el silencio el decoro de su dolor... Seguían pasando coches... pasó el último. La multitud no pudo escoltar la fúnebre procesión, porque los civiles impidieron el paso por la Puerta de Alcalá... El rechazo de la curiosidad compasiva llenó la calle de protestas bulliciosas, de imprecaciones, en variedad de estilos callejeros... En este punto rompió su torvo silencio Rafaela, diciendo: «Ya sé, ya sé que el pobrecito Simón se irá derecho al Cielo... Yo le conozco: no era de estos que reniegan de Dios y de la Virgen... Sus padres, que fueron carlistas, le habían enseñado muy bien todo lo de la religión... ¿Pero a mí, que soy tan pecadora, me querrá Dios llevar a donde él está?... Lo digo, porque cuando una se hace cuenta de no pecar, viene el demonio y lo enreda...»

A estos escrúpulos opuso la *Jumos* con profunda sabiduría la idea de que si queremos ser buenos, bien sea en la hora de la muerte, bien en otra hora cualquiera, la fe nos da ocasión de mandar a paseo al demonio y a toda su casta. Muy confortada la *Zorrera* con tal idea, siguió diciendo: «Lloro a Simón y le lloraré toda mi vida, porque era muy bueno... Un año hace que le conocí en la plazuela de Santa Cruz... De allí nos fuimos al baile del Elíseo... Fue el día de San Pedro... bien me acuerdo... y a los tres de hablar con él ya le quería. Aunque me esté mal el decirlo, muchos hombres he conocido, muchos... Ninguno como Simón Paternina. ¡Qué decencia la suya!... Caballeros he tratado: a todos daba quince y raya mi Simón. Por eso me decía *Don Frenético*... ya sabéis, don Federico Nieto, aquel señor tan bien hablado... Pues un día, en casa... No sé cómo salió la conversación... Dijo, dice: «Parece mentira que un mero sargento sea tan fino...» Y si era el primero en la finura y en el garbo del uniforme, a valiente ¿quién le ganaba? Si mandando tropas metía miedo por su bravura, conmigo era un borrego... ¡Ay, Simón mío, yo que pensé verte un día de general, y ahora...! Bien te dije: «Simón, no te tires.» Pero él... perdía el tino en cuanto le hablaban de Prim, que era como decirle Libertad... Pues ahora, toma Libertad, toma Prim... ¡Ay, Dios mío de mi alma, qué pena tan grande!... Yo confiaba... ¿verdad, Generosa?, confiábamos en que *la Isabel* perdonaría... Para perdonar la tenemos... ¡Bien la perdonamos a ella, Cristo! ¡Y ahora nos sale con esta!... Pues esta no te la pasa Dios, ¡mal rayo!... A un general sublevado le das cruces, y a un pobre sargento, pum... Tu justicia me da asco.»

—No hables mal de ella —dijo la Pepa con alarde de sensatez—, que si no perdona, es porque no la deja el zancarrón de O'Donnell, o porque la Patrocinio, que es como culebra, se le enrosca en el corazón...

En este punto rasgó el aire un formidable estruendo, un tronicio graneado de tiros sin concierto. Con estremecimiento y congoja, con ayes y greguería, respondió toda la plebe a la descarga, y la *Zorrera* lanzó un grito desgarrador. La *Jumos* exclamó con cierta unción: *consumatomés*; algunos del grupo se persignaron, y otros formularon airadas protestas. El ruido desgranado de la descarga daba la visión del temblor de manos de los pobres soldados en el acto terrible de matar a sus compañeros... Aunque la *Zorrera* pareció acometida de un violento patatús, resbalándose del inclinado asiento en que apoyaba sus nalgas, pronto se rehízo, estirando el cuerpo, irguiéndose, trocándose repentinamente de afligida en iracunda y de callada en vocinglera. Las maldiciones que echó por aquella boca no pueden ser reproducidas por el punzón de esta Clío familiar, que escribe en la calle, sentada en un banco, o donde se tercia, apoyando sus tabletas en la rodilla...

II

«A casa, a casa —dijo la Generosa cogiendo del brazo a su hermana y llevándosela calle abajo, rodeada de los amigos—. Yo no quería venir, bien lo sabes... Nos habríamos ahorrado esta sofoquina.» Y la *Jumos*, con austera suficiencia, soltó la opinión contraria. «Debemos verlo todo, digo yo. Así se templa una y se carga de coraje.» Después proclamó resueltamente la doctrina de Zenón el Estoico, asegurando que el dolor no es cosa mala. Volviose Rafaela de súbito hacia los que la seguían, que era considerable grupo, y alzando las manos convulsas sobre las cabezas circunstantes, gritó: «¡Viva Prim!... ¡Muera la...!» Su hermana y Gamoneda acudieron a taparle la boca, cortando en flor la exclamación irreverente. Ambas *Zorreras* y su séquito continuaron rezongando, y al pasar frente a la Cibeles, se les unió un sujeto que por su facha y modos se revelaba como del honorable cuerpo de la policía secreta. Valentín Malrecado no gastaba uniforme; pero mejor que este declaraban su oficio la raída levita del Rastro, el pantalón número único, el abollado sombrero, la cara famélica no afeitada en seis días, y el aire mixto de autoridad y miseria, propio de tales tipos en España y en aquellos tiempos. Agregado a la compañía, habló con sosegadas amistosas razones, pues a las *Zorreras* trataba con ancha confianza, y de Gamoneda había sido socio en la magna explotación de *Obleas, lacre* y *fósforos*, instalada en Cuchilleros.

«Ya te vi arrimadita a la verja —dijo a la dolorida mujer—; pero no quise acercarme a ti porque estabas furiosa y algo subversiva. Es natural... te compadezco... Te doy el pésame... Cosas de la vida son estas... Hoy les toca morir a estos, mañana a los otros. Es la Historia de España que va corriendo, corriendo... Es un río de sangre, como dice *don Toro Godo*... Sangre por el Orden, sangre por la Libertad. Las venas de nuestra Nación se están vaciando siempre; pero pronto vuelven a llenarse... Este pueblo heroico y mal comido saca su sangre de sus desgracias, del amor, del odio... y de las sopas de ajo. No lo digo yo; lo dice el primer sabio de España, *Juanito Confusio*.»

Iban las dos hermanas despeinadas, ojerosas, como quien no ha probado desayuno después de una noche de angustioso desvelo. Llevolas Malrecado a una taberna de la calle del Turco, de la cual era parroquiano constante. Allí la partida se componía de las Hermosillas, la *Jumos*, Erasmo Gamoneda y una joven costurera llamada Torcuata, que llevaba en brazos a un niño, a quien había dado la teta viendo pasar los coches con los desgraciados sargentos... Sentáronse las señoras en negros banquillos, y se les sirvió vino blanco, que según el policía era bálsamo para las congojas y el mejor alivio de pesadumbres. Rafaela, que estaba desfallecida, dio tregua a la emisión de suspiros para beberse el primer vaso, apurándolo de un trago. Ella y su hermana repitieron hasta tres veces; Torcuata prefirió el Cariñena, y se atizó varias copas *por estar criando*; el chiquillo se le había dormido. Requirieron la *Jumos* y Gamoneda el aguardiente blanco, que por añeja costumbre era la reparación más eficaz y consoladora en sus maduros años. A una pregunta de Rafaela, contestó Malrecado: «La segunda ristra de sargentos saldrá pasado mañana. Dieciocho individuos van en ella. La verdad, esto pone los pelos de punta... Pero lo que digo: es la Historia de España que sale de paseo... Debemos suspirar y quitarnos el sombrero cuando la veamos pasar... Luego vendrán otros días... Y si quiere venir la Revolución, mejor... Don Manuel Becerra, que es amigo, se ha de acordar de mí... Pues como iba diciendo, quedará la tercera cuerda de sargentos para la semana que entra, si el Consejo de Guerra los despacha... Son muchas muertes... Don Leopoldo hace bueno a Narváez... y no digo más, que soy o debo ser ministerial... un ministerial de cinco mil reales... ¡Cinco mil reales!, que venga Dios y diga si hay país en el mundo donde sea más barato el Orden...»

—Para lo que hacéis —dijo la Rafaela, reanimada ya con la bebida—, bien pagados estáis... Anda, que algo coméis también de la Libertad... Buenos napoleones te ha dado don Ricardo Muñiz. Y ese pantalón, ¿no es el que se quitó Lagunero cuando tuvo que escapar disfrazado?

—No negará —dijo la Torcuata zumbona— que Chaves le dio tres vestidos de niño... yo lo vi; yo trabajaba en su casa... Tus sobrinos, los hijos de Pilar Angosto, los lucen los días de fiesta...

—Confiesa que comes con todos, Malrecado, y no te abochornes —observó la *Jumos* poniéndose en la realidad—. Vele ahí la Historia de España *por la otra punta*. En comer de esta olla y de la otra no hay ningún desmerecimiento. Cuando vamos para viejos, traemos a casa todos los rábanos que pasan.

—Malrecadillo, esa levita que llevas, ¿de qué difunto era? ¿No te la dio la Villaescusa, cuando ibas todos los días a limpiarle las botas a Leal?

—Te mandaban vigilar a los progresistas, y tú comías en la cocina de don Pascual Madoz.

—Cobrabas del Gobierno por seguir los pasos a Moriones, y le contabas a Sagasta los pasos del gobernador.

Así le toreaban, así le escarnecían aquellas malas pécoras, sin ningún respeto de su autoridad y sin pizca de agradecimiento por el espléndido convite de vino con que el policía las obsequiaba. Pero Malrecado se sacudía las pulgas con flemático cinismo, y al contestarles no perdía su benevolencia. «Callad, pobres mujeres, más deslenguadas que desorejadas —les decía—. Sois lo que llamamos el *bello sexo*, y un hombre decente no debe insultar a las señoras, aunque sean tan perdidas como vosotras. Callad; idos a vuestra casa, y no os metáis en la cosa pública, de la que entendéis tanto como yo de castrar mosquitos. Y tú, Rafaela, dime: ¿te parece bien que estando, como estás, de duelo y luto riguroso, te pongas a despotricar contra este buen amigo, que te ha favorecido en lo que pudo y te avisó con tiempo del mal que a Simón le vendría por meterse en aquellos dibujos? Vete a tu casa y recógete por unos días, y antes, ahora mismo, vete a oír misa en San Sebastián, o en otra iglesia que cojas al paso...»

«De todo me enseñarás, Malrecado —replicó la *Zorrera* con grave continente y estilo, levantándose para salir—; pero no de lo que tengo que hacer tocante a religión, que aquí donde me ves, conciencia no me falta, aunque me falten otras cosas... la vergüenza, pongo por caso. Pero a ti, que eres un hereje, te digo que sin vergüenza se puede vivir, pero sin conciencia no, ya lo sabes. No iré hoy a oír la misa, sino a encargarla, para que me la digan mañana, y a este respective llevo aquí medio duro. ¿Lo ves? *(Sacándolo de su faltriquera y mostrándolo a todos.)* Y no es este medio duro del dinero que yo suelo ganar con el aquel de mi mala vida, sino que lo he ganado honradamente en un trabajo que me encargó la sastra de curas, Andrea Samaniego, y fue el planchado, plegado y rizado del roquete de un señor capellán de Palacio... labor fina para la que tengo buenas manos, porque desde chiquita lo aprendí de mi madre, que me enseñó el rizado fino con plancha, palillos y la uña. ¿Te enteras? Pues con mi medio duro bien ganado iré, no a San Sebastián, sino a Santa Cruz, porque en aquella plazuela fue donde conocí a Simón, que allí me salió una tarde, viniendo yo de la verbena de San Pedro... Con que la misa se dirá en Santa Cruz... Ya lo sabes, por si quieres oírla. Iré yo con mi mantón negro, y mi hermana y todas las amigas que pueda recoger... Ya lo sabes, Pepona, y tú, Norberta... No me faltaréis... Que no se diga que solamente las almas de los ricos tienen naufragios, sufragios, o como eso se llame, para salir pronto del Purgatorio. Yo le pago una misa a mi Simón, y él, que era bueno y no tuvo parte en la matanza de los oficiales, irá pronto a la presencia de Dios, y le dirá: "Señor Santísimo, mire cómo me han puesto, cómo me han acribillado. En la mano traigo mis sesos. Esta es la Historia de España que están haciendo allá la Isabel y el Diablo, la Patrocinio y O'Donnell, y los malditos moderados... que no parece sino que Vuestra Divina Majestad ha echado mil maldiciones sobre aquella tierra...". Esto dirá Simón, y yo en la misa de mañana diré lo mismo a Dios y a la Virgen para que se enteren de lo que aquí está pasando... Isabel, ponte en guardia, que si tus *amenes* llegan al Cielo, los míos también... Con que vámonos, que es tarde.» A instancias de Malrecado dieron todos otro tiento al peleón por despedida, y salieron a medios pelos.

III

Malrecado no tenía hijos, ni mujer que se los diera conforme a Sacramento. Era solo y cínico; de su empleo había hecho una granjería sorda, que sin ruido le daba para vivir desahogadamente, ocultando su bienestar debajo de una mala capa y de ropas que ya eran viejas cuando pasaron de ajenos cuerpos al suyo desgarbado. Su mano sucia no cesaba de recoger esta y la otra ofrenda, y su astuta labia ablandaba las voluntades de los robados como la de los ladrones. En la política brutalmente antagónica de aquellos tiempos, hallaba campo doble para espigar con fruto. De lo lícito y de lo vedado, de lo legal y de lo subversivo, sacaba el hombre para la *bucólica* y para la alcancía, para el presente claro y el mañana oscuro, y guardando con escrúpulo sus apariencias de pobre, señuelo de incautos, era un redomado alcabalero que, de guardia en su garita policiaca, cobraba el tributo a toda debilidad humana que pasaba para una parte u otra. Hombre sin ninguna instrucción, de su talento natural había sacado el cinismo útil y la filosofía parda y reproductiva.

Como se ha dicho, salió de la taberna con las prójimas, a las que acompañó hasta Santa Cruz, y desde allí se fue solo a Palacio, subió por la escalera de Cáceres, internose en los pasillos del piso más alto. Allá solía ir casi diariamente, pues amistad o parentesco tenía con planchadoras, mozos y casilleres... Ocho días después de lo referido, media hora antes de que se alegrara la plaza de la Armería con el militar bullicio del relevo de la guardia, subió Malrecado por la misma escalera y se detuvo en el piso segundo, donde vivían los servidores de más categoría. En el ángulo de Armería y Oriente llegose a una puerta, y antes que tirara del cordón de la campanilla, aquella se abrió para dar paso a don Guillermo de Aransis, gallardo de apostura, fresco de rostro, vestido de mañana y poniéndose los guantes. La belleza varonil del linajudo caballero se hallaba en el cenit, como diría un escritor de la época, en ese esplendor estacionario, distante aún de la declinación. Aransis no salía de visita; no vivía en aquella casa... Salía para irse a la suya.

«No podía usted llegar más a tiempo, Malrecado —dijo al policía—. Dejo una carta para Beramendi. Entre usted y recójala.»

—Y aquí traigo yo otra del señor de Tarfe, que pone: *urgentísimo*. Me ha dicho que espere contestación.

Leída rápidamente la esquela de su amigo, dijo Guillermo al mensajero: «Antes de llevar la carta para Beramendi, vaya usted a casa de Manolo y dígale que iré a verle enseguida. Dentro de media hora estaré allá.»

Y no pasó más. Con estos recados y comisiones urgentes se relacionaba la visita que Manolo Tarfe hizo a Palacio y a Su Majestad, después de pedir audiencia por mediación de la Villares de Tajo. El ingenioso y decidido caballero celebró previa conferencia con su amiga en una estancia no muy clara, con rejas a la galería; recinto de apacible misterio, semejante al de las *Meninas* de Velázquez, aunque decorado con menos austeridad. En él parecían residir como en su propio nido los cuchicheos de voces femeninas y afeminadas, y los rumores de almidonadas faldamentas. Breve y nerviosa fue la conversación de Tarfe y Eufrasia.

«¡Crisis! ¿Pero es eso creíble?... Anoche corrió ese rumor en el Casino. Nadie hacía caso. Yo, que de algún tiempo acá rindo culto al absurdo, me dije: "Cuando la cosa no tiene sentido común, debe de ser cierta... Para salir de dudas, acudamos a la fuente de los hechos históricos, que es la reina. El caño de esa fuente arroja su agua primera sobre el cántaro de ese alma de ídem que se llama Guillermo de Aransis". Acudo a él hace un rato, le interrogo; me contesta con equívocos y sonrisitas que confirman el desatinado rumor... ¡Ay, Eufrasia!, en este horrible desconcierto lógico, viendo que la mentira es verdad y el absurdo razón, el hermoso Aransis me pareció un patán feísimo, zafio, grotesco... Le hubiera dado veinte patadas... En fin, amiga mía, dígame usted la verdad o la parte de verdad que usted sepa.»

—Solo sé que hay gran presión sobre la Señora para que cambie de Gobierno; pero aún no ha resuelto nada. La cosa es dura y la ocasión diabólica.

—O'Donnell acaba de sofocar una insurrección formidable; ha obtenido de las Cortes siete autorizaciones económicas y políticas, y de añadidura la suspensión de garantías. Ha fusilado a sesenta y seis sargentos. ¿Acaso les parece poco fusilar?

—No por Dios, no es eso.

—¿Por ventura se ha fusilado demasiado?

—Tampoco es eso, Manolo. Puesto que dentro de un rato hablará usted con Su Majestad, pregúntele a ella... O trate de adivinar su pensamiento...

—No me hablará de política, ni yo, que sé tratar con Reyes, he de salirme de la casilla de mi asunto.

—¿Se puede saber...?

—No es ningún secreto. Vengo a pedir a doña Isabel que interceda por dos infelices paisanos detenidos el 22 de junio, y que no tuvieron arte ni parte en la sublevación. Los llevaron a Leganés, y allí están esperando cuerda para Melilla o Fernando Poo...

—Pues hace usted bien en darse prisa, porque mañana o pasado podría encarecerse tanto la clemencia, que costaría Dios y ayuda obtener un pedacito de ella... Y dígame otra cosa, alma inocente: ¿viene usted a la petición solito y a palo seco, fiado en su propia influencia y simpatía?

—No, señora, que si tal hiciera sería tonto de capirote. Mi prima, que estaba en el convento de San Pascual de Aranjuez, anda ahora por San Sebastián jugando a la fundación de monasterios. Pues por ella he conseguido una carta de la *Madre*, de la excelsa, seráfica y milagrosa *Madre*. ¿Quiere usted ver la carta? Aquí la traigo... En ella se da fe de la religiosidad y honradez de mis dos protegidos, y se pide sean puestos inmediatamente en libertad.

—Bien, Manolo. Falta saber si la carta trae la contraseña que pone la *Madre* para dar valor y eficacia a lo que escribe...

—Trae todos los requisitos, Eufrasia. Ya he tenido buen cuidado de hacerla examinar por las señoras y algún caballero de la Camarilla.

—Pero...

—Ya entiendo... Eso no basta. Por encima de la Camarilla de la reina está el *Supremo Camarillón Ecuménico*, que funciona en el cuarto del Rey... Yo me encomiendo a usted, Eufrasia...

—¡Dale con las dichosas camarillas!... Los hombres de más talento no se libran de pagar su tributo a la vulgaridad.

—La opinión se hincha con la verdad, así como con la mentira. ¿Quién es capaz de separarlas? Loco sería el que en pleno huracán intentase separar el viento del polvo.

—Una frase ingeniosa no resuelve nada, Manolo. A los ingeniosos y chistosos les desterraría yo a una isla desierta... Pero con estas tonterías deja usted correr el tiempo, y si se descuida, se le pasará la vez... Váyase a la Saleta, que ya habrán empezado las audiencias.

—Cuento con la impuntualidad de la Señora... Pero, en fin, allá me voy. ¿Podré ver a usted después?

Quedó la Villares de Tajo en recibirle en su casa por la tarde, y nada más hablaron... En la Saleta aguardó el caballero más de media hora la ocasión feliz de pasar a la presencia de Su Majestad.

«Estás hecho un perdido, Tarfe... Me tienes muy olvidada... Mil años hace que no vienes a verme.» A estas primeras palabras de la reina, contestó el caballero con finísimas disculpas cortesanas. Vestía doña Isabel un vaporoso traje de crespón de seda azul con volantes y adorno de encajes negros. Su peinado bajo achaparraba su cabeza, haciéndola más aburguesada de lo que era realmente. Por haber transcurrido unos dos años sin verla de cerca, fijose el caballero en la creciente gordura de la reina. Las formas abultadas y algo fofas iban embotando su esbeltez y agarbanzando su realeza... Aquel día no se hallaba la Señora de buen talante. Parecía distraída, inquieta, y sus ojos de un azul húmedo y claro, sus párpados ligeramente enrojecidos, más expresaban el cansancio que el contento de la vida... Eran los ojos del absoluto desengaño, los ojos de un alma que ha venido a parar en el conocimiento enciclopédico de cuantos estímulos están vedados a la inocencia.

Apenas despachó Tarfe sus cortesanías y fórmulas de respeto, entró en materia, exponiendo a la reina su petición humanitaria... Pedía la libertad de dos hombres inocentes; reforzaba su demanda con una carta de la santa *Madre*; si la Soberana piadosa se condolía de aquellos desgraciados y quería salvarles de una bárbara deportación, bastaría que escribiese dos letras al general Hoyos... Pero no se limitara a una fría recomendación; habría de pedir o mandar con todo el calor que su corazón atesoraba para los móviles de clemencia, de amor a los españoles.

«Pues mira, voy a complacerte —dijo la reina sin perder la seriedad con que aquel día enmascaraba su gracia festiva, a veces zumbona—. Eso para que digan que no perdono, que no soy generosa... Dime los nombres y escribiré ahora mismo la carta. Y la pondré bien expresiva para que Hoyos no tenga más remedio que bajar la cabeza.»

Leída con rápido pasar de ojos la carta de la *Madre*, Isabel se sentó a escribir, tiró de papel y pluma, repitiendo: «Dime los nombres.»

—Uno de los presos es Leoncio Ansúrez, armero habilísimo, que estuvo en la guerra de África. Todos los generales de África le aprecian mucho. Es un hombre excelente, que nunca se ha metido en revoluciones ni cosa tal...

¡Pero si Vuestra Majestad le conoce, o al menos tiene de él noticia!... Claro, no es fácil que se acuerde... Yo, Señora, y mi prima Carolina Monteorgaz le contamos a Vuestra Majestad una noche, años ha, el caso de aquel herrerito que entró a componer las cerraduras en casa de la hija de don Serafín del Socobio, Virginia...

—¡Ah!, sí... Recién casada con el chico de Rementería.

—Y en vez de componer la cerradura, ¿qué hizo el hombre?, pues descerrajar el corazón de Virginia... Con pocas palabras y hechos atrevidos la enamoró y cautivó, llevándosela consigo...

—Y en el campo vivieron largo tiempo, libres y felices... Ya me acuerdo... ¡Pobres muchachos! Alguna vez pensé yo en ellos... La verdad, fue un caso graciosísimo... Y no hay que culpar a Virginia, sino a sus padres, que la casaron con un hombre afeminado y bobalicón, sin maldita gracia para el matrimonio... Todo les está bien merecido. Luego hablan... Hay que ponerse en lo natural... De los tres personajes de ese drama de familia, no conozco más que a Ernestito... ¡Qué modales ridículos, qué voz de tiple acatarrada!

Por primera vez en aquella mañana, una franca alegría iluminó los ojos claros de la reina, y la sonrisa picaresca retozó en sus labios. Con nerviosa mano trazó algunos renglones en la carta, diciendo, sin apartar los ojos del papel: «¿Y quién es el otro?»

—El otro es un jovencillo de apenas veinte años, llamado Santiago Ibero, arrogante, guapísimo y muy inteligente.

—No le prenderían por su mucho talento y su guapeza.

—Le prendieron no más que por haberle visto en la calle con un tal Moriones... ¡Pobre chico! El acompañar a Moriones fue cosa accidental... No se lo cuento a Vuestra Majestad por no fatigarla... Pero le aseguro que Iberito no anduvo jamás en líos revolucionarios, ni sabe nada de eso. Añadiré tan solo que es de una gran familia, y que su padre, el coronel don Santiago Ibero, ha sido uno de los valientes defensores del Trono de Vuestra Majestad.

—Santiago... Ibero... —murmuró la reina mordisqueando el nacarado mango de la pluma—. Tengo la idea de haber firmado algo referente a ese coronel... Tal vez una cruz... Lo recuerdo porque me chocó el nombre y apellido, que juntos resultan lo más español del mundo...

—A españolismo neto nadie gana a este chico que han preso injustamente, señora. Es valiente, es aventurero, es enamorado...

—Tú, como tu amigo Beramendi, no pedís favor más que para los enamorados... ¡Buen par de perdidos estáis! —dijo Isabel con más seriedad en el tono que en el concepto—. Ahí tienes la carta. Me parece que va fuertecita. Hoyos no podrá negarme lo que le pido.

Extremó el buen Tarfe sus demostraciones de gratitud, y como al despedirse dijese que no pasaría el próximo día sin presentarse a Hoyos con la carta, saltó la reina inquieta, algo nerviosa, diciéndole: «No, Manolo; no esperes a mañana: despacha ese asunto esta misma tarde.»

Las prisas de la reina, que como buena española siempre fue perezosa y *mañanista*, llenaron de confusión a Tarfe. Pero disimulando su sorpresa, se acomodó a la soberana voluntad. Y como la despedida le ofreciera una feliz coyuntura para hablar de O'Donnell, la aprovechó al instante, diciendo que le había visto la noche anterior muy caviloso por la gravedad de las cosas políticas, muy atareado con los trabajos preparatorios para plantear las autorizaciones... A esto, doña Isabel, retirando de su rostro toda inflexión que pudiera dejar traslucir el pensamiento, solo dijo: «Yo quiero mucho a O'Donnell», y lo repitió hasta tres veces. Con este breve y expresivo concepto, que cortaba el paso a otras manifestaciones, Tarfe se sintió despedido, suavemente empujado fuera de la Cámara Real. Salió de Palacio entre alegre y triste, o más bien perplejo, atormentado por confusiones. Acudió por la tarde a la diligencia de libertar a los dos presos por quienes se interesaba, y luego visitó a Eufrasia en su casa, con ánimo de sonsacarle alguna información de los escondidos designios de la Camarilla. La dama no se recató para pronosticarle el próximo cambio de Gobierno, que era como pronosticar nieves en verano e insolaciones en invierno. El absurdo imperaba, y la lógica política era una ciencia definida por los orates.

Con estos desagradables pronósticos fue Tarfe a Buenavista; comió en familia con don Leopoldo: nada dijo en la mesa; pero más tarde, cuando llegaron a la tertulia los mejores amigos del de Tetuán y los diputados más adictos a su política, se planteó por todos la temida cuestión: «Mi general, que está usted vendido... Mi general, que la zancadilla está preparada... Mi general, que Narváez...» A estas manifestaciones de Ayala, Mantilla, Navarro y Rodrigo, añadió Tarfe sus informes, bebidos en el propio manantial de las intrigas. O'Donnell, que con toda su experiencia y sus lauros militares era un niño muy grande, no daba crédito a lo que conceptuaba chismes y chanzas recogidos en los cafés. Abroquelaba su incredulidad con el sentido común, con la lógica; concluía por incomodarse, por mandar callar a sus fieles amigos... Uno de los mejores, Ortiz de Pinedo, entró y soltó esta bomba: «He llegado esta mañana de San Juan de Luz. Allí he visto a González Bravo...»

—¿Y qué?

—Habrá salido hoy; llegará mañana. Viene a formar Ministerio con Narváez.

Aún se resistía don Leopoldo a dar crédito a los anuncios de su caída. El gran niño no quería comprender que reducir a una camarilla, o librarse de sus invisibles asechanzas y silenciosos tiros, es más difícil que la expugnación y conquista de Tetuán. Con todo, el pesimismo de los amigos invadía suavemente su ánimo, y aquella noche no fue su sueño muy tranquilo. A la mañana siguiente, después de despachar una larga firma de Guerra, se dispuso a ir a Palacio a la hora de costumbre; y anhelando despejar sin demora la incógnita, llevó a Su Majestad la promoción de senadores, que ya conocía la reina, pues algunos nombres de la lista habían sido propuestos por ella... Y la Historia callejera y cafetera, anticipándose a lo que había de decir la Historia grave, refirió aquella tarde que el despacho con la Soberana fue breve y cortante. Presentada la lista de senadores, Isabel negó seca y agriamente su firma. A tal desaire no podía contestar O'Donnell más que con su dimisión, tan seca y áspera como el veto de doña Isabel... Saludos, adioses de mentirosa afabilidad, sonrisas que se cruzaron como rayos mortíferos, deglución de saliva, inclinación del largo cuerpo del primer ministro, como chopo azotado del viento... y hasta el Valle de Josafat.

En Buenavista esperaban a O'Donnell sus amigos, algunos ministros y generales, y no pocos diputados, ansiosos de conocer la sentencia de vida o muerte. Buen disimulador era don Leopoldo; pero aquel día su desconcertada voluntad no pudo impedir que saliera al rostro la ira que le abrasaba. Apoyándose de lado en la mesa central del salón, se quitó los guantes, y arrojándolos con violencia sobre el mármol, el vencedor de África dijo: «Me ha despedido como despedirían ustedes al último de sus criados.»

Levantose en el concurso de amigos y sectarios un murmullo de sorpresa, que pronto lo fue de espanto, de ira; vocerío de recriminaciones, de protestas y amenazas. «Mi general —dijo uno de los más fogosos, de procedencia progresista y revolucionaria—, a los dos días de lo de San Gil, acordó la Camarilla el cambio de Gobierno. Don Miguel Tenorio y don Alejandro Mon han sido los correveidiles entre Palacio y Narváez. ¿Por qué se ha tardado tanto en hacer efectiva la crisis?» Y Ayala respondió: «Porque al desaire querían añadir una burla trágica. Narváez no tenía prisa. Era más cómodo para él que nosotros fusiláramos a los sargentos. Así podía venir el tigre más descansado y con aires de clemencia.» O'Donnell, sin añadir una palabra a este comentario de tan horrible veracidad, pasó con el general Serrano y algunos otros a la estancia próxima. En el salón quedó vociferando el grupo más inquieto y levantisco. Entre el tiroteo de frases acerbas y de burlescos dicharachos, descolló la voz declamante y altísona de Adelardo Ayala, gritando: «Esa señora es imposible.»

IV

Con gana cogieron la libertad Ibero y Leoncio Ansúrez. Mentira les pareció que se veían en la calle, después de dos semanas de horrible incertidumbre, temerosos de perder la vida o de ser mandados a un lejano y mortífero destierro. Locos de alegría y ávidos de correr para desentumecerse y activar la circulación de la sangre, desde el depósito de Leganés emprendieron la marcha hacia Madrid, hablando poco y solo para felicitarse, para cantar su dicha con expresiones breves que parecían giros musicales. ¡Qué suerte la suya! ¡Eterna gratitud debían a don Manolo Tarfe y al marqués de Beramendi! De milagro habían escapado, porque en rigor de verdad no eran inocentes, aunque otra cosa dijese el buen Tarfe a doña Isabel para captar la Real clemencia. Uno y otro se habían batido en la calle de la Luna, después de haber empleado todo el día 21 en la preparación de armas para el paisanaje. Su trato, iniciado pocos días antes de la tragedia de San Gil, se estrechó con el compañerismo guerrero, y la común desgracia y prisión lo trocaron en fraternal amistad.

«Mira, chico —dijo Ansúrez cuando pasaban el Puente de Toledo—, tú te vienes conmigo a mi casa. No permitiré que andes rodando por posadas o casas de dormir, donde no faltarían soplones que te dieran otro susto. Ya que de esta hemos salido, no caigamos en otra. A mi casa tú. Donde comen tres, comen cuatro... Además, no tienes *guita*, y a mí nunca me falta un duro. Nada más grato que comer con un amigo en familia, recordando las fatigas que hemos pasado juntos... No te quiero decir cómo se quedarán mi mujer y mis chiquillos cuando me vean entrar... Aunque el marqués les habrá dado esperanzas, no creerán que sea tan pronto... Apretemos el paso, Santiago, que los minutos se me hacen horas... Virginia no me espera. De fijo, cuando me vea, se echará a llorar; los chicos, en el primer momento, me mirarán asustadicos; luego romperán a reír y a darme besos... ¡Quiera Dios que a todos los encuentre buenos! Hace dos días, según la carta que recibí de mi hermana Lucila, no había novedad en casa. Pero hoy, quién sabe. A lo mejor se te pone malo un chico; se agrava en horas... y en minutos se te muere... Estoy en ascuas, Santiago... ¿Sabes que es largo este maldito Paseo de los Ocho Hilos?... Y aún nos falta la calle de Toledo. ¡Dios!... ¿Para qué harían la Corte de España en este vertedero?... En fin, ánimo y adelante.»

Calló Ansúrez, para no quitar ni un aliento al trabajo pulmonar de la subida. Menos locuaz que su compañero, Santiago también a ratos hablaba, por amenizar la penosa caminata. «Pues te agradezco la fineza de llevarme contigo, Leoncio, y acepto tu hospitalidad. ¿A dónde voy yo con mis bolsillos demasiado limpios y con este cuerpo que ya no puede con tantas hambres y trabajos?... En tu casa me arreglaré la máquina y volveré a salir por esos mundos... ya sabes que mi destino es correr, navegar por mares y caminos, y salir al encuentro de las cosas grandes que vienen... Si es que quieren venir... No sabemos de dónde.»

—Yo —dijo Leoncio, apechugando ya con la calle de Toledo— te envidio el vivir corriendo de un lado para otro. Si yo pudiera llevar conmigo en un carrito a mi mujer y mis hijos, como esos húngaros errantes que van por toda Europa componiendo calderos, lo haría, créelo. Es un gusto ver cada día cosas y personas distintas. Pero la familia le impone a uno la quietud... y la sociedad, que es una gran perezosa, no mira con buenos ojos a los que se atan al mundo con una cuerda demasiado larga.

—Poco tiempo he de estar contigo. El señor Muñiz, que a Francia me llevó y de Francia me mandó acá, dispondrá lo que tengo que hacer ahora...

Eso si don Ricardo está en Madrid, que bien podría suceder que le hayan mandado a Filipinas o al quinto infierno.

—No hagamos cálculos... que las cosas han de pasar según el gusto de las mismas cosas, que disponen su propio acontecimiento, ¿me entiendes?, y no al gusto nuestro... La voluntad del hombre apunta, y otra voluntad más grande dispara; pero rara vez va el tiro a donde uno pone la puntería... ¿me entiendes?

—¿Cómo no entenderte si eso que dices de apuntar yo y disparar para otro lado la Providencia, o como se llame, me ha pasado a mí muchas veces? Últimamente, ya lo sabes, busqué a mi mujer, o digamos novia, en Vitoria, y resultó que estaba en Madrid. Llego a Madrid; indago la vivienda; escribo a Saloma valiéndome de una vieja prendera y corredora; me contesta Saloma citándome para tal día y tal noche en una casa, digo, en el jardinillo trasero de una casa del callejón de Malpica... Voy allá, como puedes suponer, loco de alegría, creyendo que ya tento en la mano mi felicidad, y... En vez de salirme al encuentro mi felicidad, me sale don Baldomero Galán con una escopeta y me suelta un tiro... Por fortuna no me dio... El hombre temblaba de ira y parecía loco... Escapé saltando una tapia; fui a caer en la Cuesta de Ramón. Después supe por mi corredora que doña Salomé, mi suegra, estaba enferma de muerte, y que don Baldomero padecía la demencia de ver a todas horas y en todas partes ladrones de su hija... Esto pasó el 20 de junio. Después vinieron los horrores de San Gil, mi prisión... Esta pesadilla horrible, de la cual hoy despierto.

Con esta y otras conversaciones se les aligeró el tiempo y se les abrevió la caminata. Recorrieron todo el diámetro de Madrid de Sur a Norte, hasta llegar a la casa de Leoncio, situada en la calle de Daoíz, a espaldas de la iglesia de Maravillas y frente al Parque viejo de Artillería, el barrio chispero, escenario ardiente del Dos de mayo. Anochecía cuando el armero vio su morada, que era un principalito con tres balcones. Dos de estos estaban abiertos, protegidos del calor por luengas cortinas de lona listada: en uno de ellos había un botijo sobre su peana; en otro, una jaula con jilgueros, que ya dormían el primer sueño. Sorprendido y algo asustado Ansúrez de no ver a nadie en los balcones a la hora de tomar el fresco, se plantó en medio de la calle, y haciendo bocina con sus manos, gritó fuertemente: «¡Mita!...

¡Mita!» Al segundo llamamiento apareció Virginia en el balcón, y con un abrir y cerrar de brazos, juntando luego las manos, expresó su sorpresa y alegría.

No hay que decir que Leoncio subió de un vuelo la corta escalera, seguido de Santiago. Quédese sin describir la tiernísima escena, primero silenciosa, después alborotada con rápidas preguntas y chillidos de júbilo. Leoncio cogió a sus dos chicos, uno en cada brazo, y les dijo mil tonterías amorosas en lenguaje infantil, y les zarandeó y estrujó un buen rato. Luego, presentando a su amigo, que por unos días había de ser su huésped, le colmó de alabanzas. Ibero mostrose humilde, agradecido; sus ojos negros, sus palabras tímidas, transparentaban su buen natural. Poco tardó en sentirse ligado a la familia de Leoncio por un lazo fraternal. La cena comedida, gustosa, nuevo lazo de afecto y confianza, acabó de embelesarle y de rendir absolutamente su voluntad. De sobremesa, charlando con franca alegría y bebiendo un claro vinito de Méntrida, Leoncio dijo a su huésped: «Mañana conocerás a mi hermana Lucila. De ella se ha dicho que era la mujer más hermosa de España.»

—Y de cara todavía lo es —afirmó *Mita*—. Se ha casado dos veces, ha tenido siete hijos... Su cuerpo de estatua ya va desmereciendo.

—Y conocerás también a su hijo mayor, Vicentito Halconero. ¡Qué talento de chico! Delira por las guerras, y su alma es el alma de un Napoleón o de un Hernán Cortés... ¡Pobrecillo! Quedó cojo de una caída, y no puede ser militar.

—Es un dolor verle, es un dolor oírle... No se han visto nunca cuerpo y alma tan desavenidos.

Hablaron luego de Rodrigo Ansúrez, el portentoso violinista a quien Ibero conoció años atrás en la casa de huéspedes de María Luisa Milagro, viuda de un bajo profundo. Declinaba, languidecía la conversación, desvirtuada por el cansancio, y Virginia dio la voz de recogerse. Durmió Ibero en cama limpia y blanda, que no agradeció poco su pobre cuerpo tronzado y dolorido.

Vivían *Mita* y *Ley* en holgada medianía. La corta pensión que Virginia recibía de su madre, y las lucidas ganancias de Leoncio en su taller de armero, daban al matrimonio una posición desahogadísima, que ya quisieran muchas familias encasilladas en la burocracia, y que solían vivir con humo en la cabeza y los estómagos vacíos. A mayor abundamiento, la feliz pareja recibía de Lucila frecuentes regalos de fruta, hortaliza, legumbres, aves, corderos y miel... A la generosa campesina vio Santiago al día siguiente. ¡Qué tal sería la señora, que aun algo descompuesta y desbaratada de cuerpo, vestida con poco arte y ninguna presunción, dejaba poco menos que sin sentido a los que por primera vez la contemplaban! Cara tan perfecta, cara que con tan acabada conjunción y síntesis reuniera la gravedad, la belleza y la gracia, no había visto Ibero más que en estampas finísimas representando alguna de las Musas, la diosa Ceres, o nuestra madre Eva acabadita de crear...

Tanto como el rostro sin par, encantaron a Santiago la voz y el agrado de la celtíbera, que se despidió con esta frase de puro estilo paleto: «Vaya, me alegro mucho de haberle conocido.» Y acto continuo echó el brazo al cuello de Vicentito, que a su lado estaba, y empujándole hacia Ibero, dijo a este: «Dispénseme si le dejo aquí a mi hijo, que ha de hacer con usted buenas migas. Algunas jaquecas le dará. El chico es muy aficionado a historias de batallas y conquistas. Le escondemos los libros para que no se caliente demasiado la cabeza. En cuanto le contó Leoncio lo que usted ha hecho y lo que ha pasado, volvióseme loco el pobre hijo. «Madre, llévame... Madre, vamos pronto. Madre, que llegaremos tarde... El Ibero habrá salido, y sabe Dios cuándo volverá...» «Con que... Adiós, mi cojito. Comerás aquí. Hasta la noche.» Y salió dejando frente a frente a los que habían de ser grandes amigos a los pocos minutos de conocerse. Acompañola Virginia hasta la puerta, y allí repitieron extensamente lo que ya se habían dicho en la visita, resabio característico de las señoras apaletadas.

Desde que Vicentito Halconero se vio ante el misterioso amigo de su tío Leoncio, sentados ambos junto a la mesa del comedor, vació toda su alma en expresiones de confianza. Los ojos de Ibero, resplandecientes de benevolencia, acogieron el alma infantil, que se escapaba de la cárcel de un cuerpo doliente para correr hacia la luz y el ideal. A borbotones salieron de la boca del cojito estas ardorosas palabras: «Me ha dicho el tío Leoncio que tú has estado con Prim; que tú has hablado con Prim, como yo hablo ahora contigo; que quisiste ir con él a México y no te dejaron... que tú estuviste preso, y te escapaste tirándote de un monte a una playa... que tú te has ahogado; no, no, que tú mataste a uno que quiso ahogarte... Me ha dicho que te sublevaste con la caballería de Aranjuez... que trajiste a Madrid las órdenes de Prim; que eres el gran amigo de uno que llaman Moriones;

que tu padre defendió la Libertad contra el faccioso; que has navegado por todos los mares, y has recorrido a pie toda España de punta a punta; que te mantienes días y días, si a mano viene, con un higo pasado y un mendrugo de pan, y que eres guerrero, anacoreta y qué sé yo qué... Me ha dicho que tienes una novia muy guapa, y que la robarás para casarte con ella sin permiso de los padres, que al parecer son muy brutos... Me ha dicho que de niño te fugaste de la casa de un tío cura, y que te echaste al mundo para *hacer cosas* por ti mismo... y que has hecho ya cosas y has de hacerlas muy sonadas. Yo también las haría si esta pata coja no me estorbara para todo. ¡Ay, Santiago!, si tú fueras cojo, no habrías hecho nada: habrías hecho lo que yo, leer, leer lo que otros hicieron. Es muy triste ser cojo, ¿verdad que sí?»

Asintió Ibero a lo que dijo su amigo de los inconvenientes de la cojera, y de lo que perjudica este defecto a la acción humana. En lo referente a sus propias acciones respondió con modestia, atenuando sus méritos, que agigantaba la ardorosa fantasía de Vicente. Este representaba edad inferior a sus trece años, por el menguado desarrollo a que le condenó la falta de ejercicio. La mitad superior de su rostro, frente, ojos y nariz, eran de la madre; la boca y barba declaraban la tosca hechura de Halconero. El conjunto era dulce, interesante, melancólico. A fuerza de cuidados vivía; a fuerza de método y aparatos, su cojera no era de las que exigen muletas: sentaba en el suelo los dos pies; pero la flojedad de la pierna impedía el ritmo de la perfecta andadura humana. Se auxiliaba de un recio bastón, que era como pierna auxiliar, y por más que el pobre chico disimulaba su defecto, no lograba que sus tres pies dieran un andar suelto y gallardo, sin el cual no hay figura humana que pueda *realizar* la epopeya...

Aturdido quedó Ibero ante la precoz erudición que su amigo echó sobre él apenas rompieron a charlar. Desde que se dio aquel atracón de lecturas en la biblioteca de don Tadeo Baranda, Santiago había tenido poco roce con libros y papeles impresos; la vida de acción, de necesidades que había de satisfacer por su propio esfuerzo, no le dejaban sosiego ni rato libre para el pegajoso trato con las letras de molde. En cambio, Vicentito, niño rico y mimado, a quien su madre permitía el goce de la libre lectura, apartándole por razones de salud de todo estudio sistemático, devoraba libros, principalmente de Historia de España. Su ciencia superficial y fragmentaria, portentosa para un cerebro de tan corta edad, fue la admiración del amigo, incapaz de igualarle en aquel terreno. No podía contener Vicente el raudal de su adorable pedantería; en su boca resplandecían como piedras preciosas las grandezas épicas, los hechos militares más altos y las aventuras temerarias del valor hispánico...

«Para mí —decía— la mayor grandeza de España está en el reinado del Emperador Carlos V. ¡Vaya un tío! rey a los diecisiete años, Emperador a los diecinueve... y con medio mundo en aquellas manos tan tiernas... ¿Has leído tú la batalla de Pavía? Yo me la sé casi de memoria, y me parece que estoy viendo al Rey de Francia prisionero de Juan de Urbieta, y entregando a Lannoy su espada. ¿Y de la expedición a Túnez, qué me dices?... ¿Pues y la campaña de Alemania?... ¡Mulberg!... ¡Alba y el Elector de Sajonia!... Con lo que no estoy conforme es con que el buen señor se encerrara en un convento, cuando aún no era muy viejo y podía gobernar los mundos de Europa y América.» Con gravedad asintió Ibero a estas opiniones, mostrándose singularmente contrario a la abdicación y monaquismo del hijo de doña Juana *la Loca*.

Y el niño Halconero siguió así: «Felipe II no me gusta tanto como su padre, por ser muy arrimado a la Inquisición y al tostadero de herejes; pero también es grande... Mira que la Liga contra el turco y la batalla de Lepanto le quitan a uno el sentido... ¿Pues y de San Quintín, qué me dices?... Mi madre me llevó a ver El Escorial... Allí tienes pintadas en la pared de una sala todas las batallas... ¡qué cosas!... La Infantería española es la primera del mundo. ¿No lo crees tú así? *(Grandes cabezadas de Ibero apoyando la opinión de su amigo.)* Y quien dice la Infantería, dice la Caballería y la Artillería... También soy de parecer que no hay marinos como los españoles. ¿Has leído la batalla de Trafalgar? Yo la he leído en tres libros distintos. *Fuimos* vencidos por la impericia del francés aliado; pero aquellos héroes, aquel Churruca, aquel Gravina, aquel Alcalá Galiano, ¿no valen tanto como la victoria? Víctimas son esas que todas las naciones nos envidian.» Y con este ardiente estilo y convicción siguió derramando su saber, que al propio tiempo era enseñanza y deleite para el gran Ibero.

La simpatía cordial que entre ambos se estableció al primer trato, se explica por el estrecho parentesco de sus almas. El uno era la Historia

libresca; el otro la Historia vivida, ambas incipientes, balbucientes, en la
época de la dentición.

V

Este capítulo debiera titularse: *De los sabrosos razonamientos que pasaron
entre los inocentes historiadores Iberito y Vicentito, con otros sucesos.*
Autorizado por su madre, fue de paseo una tarde el cojito con Santiago
Ibero, saliendo por la *Era del Mico*, esparciéndose luego por *el Campo del
Tío Mereje*, y subiendo lentamente hasta el Campo de Guardias, donde
requirieron el descanso en unos sillares colocados como para alivio de
paseantes; y comiendo piñones y cacahuetes que habían comprado a una
vieja, entablaron el palique que fielmente se copia:

«¿Qué sabes tú de Prim, Santiago? —preguntó la Historia libresca a la
Historia vivida—. No te hagas el reservado conmigo, que yo sé guardar un
secreto. Bien enterado estás de todo: no me lo niegues. Tú andas, tú has
andado estos días con los que conspiran... Lo ha dicho Leoncio... Con que...
Claréate: ¿dónde está Prim, y por dónde ha de venir cuando venga?...»

—Yo no puedo decirte nada de fundamento —replicó Ibero parapetado en
su modestia—, porque dos veces he tratado de ver a mi amigo el señor Muñiz.
En su casa no vive. ¿En dónde estará escondido? Cualquiera lo averigua. A
otro amigo mío, don José Chaves, que anduvo en las trapisondas de San Gil,
sí que le he visto: me le encontré la otra noche en Puerta de Moros; salía él
de una botica, y aunque se ha quitado las barbas, rapándose a lo clérigo,
le conocí por el andar y la mirada. Nos metimos en una iglesia, que pienso
es la de San Andrés, donde había rosario, y allí, fingiendo que rezábamos,
hablamos todo lo que quisimos. Pues te diré que Castelar, Becerra y otro
que llaman Martos, han escapado a Francia disfrazados no sé si de fogo-
neros o de curas. Les acompañaban amigos unionistas... Sabrás lo que son
unionistas... Pues han huido también Pierrad, Hidalgo y otros, protegidos por
la embajada de los Estados Unidos... Aquí está todavía Sagasta... ¿conoces
a Sagasta?... y don Joaquín Aguirre... Pues esos no han salido porque hay
tratos, Vicente... Andan otra vez en composturas... ya me entiendes.

—No entiendo nada, Santiago.

—Narváez, que no quiso coger el mando hasta que acabara O'Donnell de fusilarle los sargentos, ahora que está en el poder hace cucamonas a Prim y a sus amigos para que se dejen de revoluciones y entren por el aro. Pero eso no será. ¡Estaría bueno que ahora don Juan nos resultase grilla! Toda España quiere revolución. ¿Verdad que sí?

—Libertad queremos... para todos... y fuera privilegios...

—Igualdad, Fraternidad... No olvidar esto.

—En fin, ¿dices o no dónde está Prim?

—Puedo decírtelo con reserva. Como ese tuno de Napoleón no le deja vivir en Francia, ha tenido que irse a Bruselas, que es, como sabes, la capital de Bélgica.

—Baja la voz, Ibero... ¡Cuidado! —dijo con alarma Vicentito, fijando sus miradas en una figura humana no muy distante—. ¿Ves? La vieja que nos vendió los piñones y cacahuetes se ha venido tras de nosotros, y en aquella piedra está sentada sin quitarnos los ojos.

—Nos acecha, esperando que le compremos más.

—No te fíes... Habla bajito, y sigue... ¿Crees tú que triunfará la revolución?

—Triunfará; pero créelo, Vicente, porque yo te lo digo... la estrella de la Libertad está aún tan lejos, que apenas podemos divisarla con anteojos de muy larga vista.

Con esta enigmática respuesta quiso el bueno de Ibero darse alguna importancia, pues la Historia vivida, no pudiendo afirmar hechos futuros, resultaba en inferioridad insípida frente a la Historia literaria. Vicente suspiró, miró al cielo... ¿Quién le daría un anteojo del alcance necesario para divisar la estrella? Tras melancólica pausa, volviose al amigo que hacía la Historia, y le pidió mayor claridad.

«Yo sé muy poco. Lo que hay es que, como he visto mucho y he vivido cerca de los trabajadores en revolución, puedo formar juicio, Santiago; y de lo que pasó, saco la idea, saco el sentido de lo que pasará.»

—Pues cuéntame todo lo que piensas y lo que tienes adivinado —dijo Vicentito, con mayor inquietud de la que antes sintió—. Pero aquí no hablemos más. Nos vigilan. ¿Ves? Un hombre malcarado se acerca a la vieja de los cacahuetes, y los dos nos miran... Cuchichean. Disimulemos, Santiago, y siguiendo nuestro paseo como si tal cosa, demos vuelta a esa tapia, y al lado de allá, si vemos que no hay nadie, hablaremos con toda libertad.

Siguieron, y como a los cincuenta pasos, llegaron a un rastrojo seco y solitario, con tres árboles muertos y una noria en ruinas. Ni hombres ni animales se veían por allí. Las tapias y casuchas más próximas estaban a una distancia que había de ser infranqueable para los oídos más sutiles. Rompió el silencio Halconero con estas razones: «Aquí puedes decirme lo que quieras. Tú, que has amasado con tus manos un poco de Historia de España, sabes, por lo pasado, lo que pasará. ¿Por dónde ha de venir la revolución, y qué cosas ha de traernos?»

Tardó Ibero en contestar, mirando el desplomado esqueleto de la noria. Pensó que para no quedar mal como creador de hechos ante el erudito de la Historia pretérita, necesitaba anticiparse a los sucesos futuros, adivinándolos, o inventándolos, que es la forma hipotética de la adivinación. Con esta idea respondió gravemente al amigo: «La revolución vendrá; pero tardará mucho, porque necesita ahondar, remover... ¿No me entiendes? La revolución, aunque no lo quiera, tendrá que destronar a doña Isabel.»

—¡Jesús! Santiago, ¿qué me dices? ¿Eso han decidido? ¿Lo sabes tú?

—Cualquiera lo sabe... Basta tener oídos... Tú pon atención a lo que se habla. No se abre una boca española que no diga: «Esa señora es imposible.»

—Verdad que así lo dicen. Pero yo me acuerdo de la Historia que he leído, y ella no dice que los españoles hayan destronado a ningún rey.

—Así será —replicó Ibero algo desconcertado—; pero la Historia... Ahora me acuerdo de lo que me dijo ayer un amigo mío. ¿Conoces tú a *Confusio*?

—Llámale Juanito Santiuste, que es su nombre verdadero. Le conozco desde el año en que murió mi padre. Tuvo mucho entendimiento, y ahora está trastornado.

—Trastornado, creo yo, de la fuerza de su talento. Pues ayer, hablando de esto mismo, me dijo: «La Historia no es un ser muerto, sino un ser vivo, y como ser vivo, engendra cada año, con los hechos viejos, hechos nuevos. Si continuamente reproduce, también inventa. De forma y manera que si en siglos no destronó, en una hora destrona, y si en siglos durmió con los reyes, un día despierta en la cama del pueblo.»

—Pues si es así —dijo Vicentito con notoria gravedad de acento y actitud, parándose y cogiendo la solapa a la Historia vivida—, yo propongo que proclamemos Rey al príncipe Alfonso, que es valiente, simpático y estudia muy bien sus lecciones, según ha dicho en mi casa don Isidro Losa.

—Rey será, naturalmente, con el nombre de *Alfonso Doceno*, pues si no estoy equivocado, *Onceno* fue el último Alfonso.

—Así es. Le llamaron *el Justiciero*... gran Monarca en la guerra y en la paz... Murió joven frente a Gibraltar, después de haber ganado a los moros la ciudad de Algeciras. Este Alfonsito que ahora tenemos me parece que ha de ser también un Rey muy glorioso. ¿Será un Carlos I que conquiste muchos pueblos, o un Carlos III que nos ponga buena Administración, Sociedades Económicas de Amigos del País, obras públicas y demás cosas de riqueza y fomento? Vamos, hombre, adivina un poco más, y dime cómo será este nuevo Rey.

No pudiendo Ibero sobre aquel punto concreto lanzarse a soltar vaticinios, replicó que Alfonso parecía despiertillo y de buen natural. El tiempo diría algo más... Y como el cojito le pidiese explicación de los medios que habían de emplear Prim y el Progreso para una empresa tan difícil como la destitución de la reina, pronunció Santiago estas sibilíticas palabras: «Difícil cosa es; pero posible si la necesidad hace amigos a los enemigos. ¿Sabes lo que ayer me dijo *Confusio*, que para mí es más profeta que loco y más sabio que poeta? Pues dijo esto: "Los hijos de O'Donnell se abrazarán con los de Prim". Estos hijos son los unionistas y progresistas.»

—¡Bah... bah!... —exclamó Halconero, cogiendo el brazo de su amigo, y llevándole por caminos polvorientos a dar la vuelta de Chamberí—. *Confusio* habrá visto en sueños esos abrazos de los que fueron enemigos, y otras cosas desatinadas. Si fuéramos a hacer caso de sueños, yo creería en los míos, pues, aquí donde me ves, de tanto leer y de pensar en lo que leo, soy un tremendo soñador, y no hay noche que no tenga mis entrevistas con las cosas del otro mundo, algunas agradables, otras feísimas... Cuando uno cojea y no puede hacer vida de actividad, sueña. Yo he visto, como te estoy viendo a ti, a don Alfonso *el Sabio*... Le he visto entrar en España y decir: «A ver, ¿qué leyes son esas?... Será menester que yo las haga otra vez, y os enseñe a cumplirlas...» He visto a don Pedro *el Cruel* venir con la cara fosca, diciendo: «Habéis olvidado lo que es escarmiento duro y pronto. Pues yo os lo enseñaré... Menos curia, señores, y más justicia...» Veo que no te ríes, como se ríe mi madre cuando le cuento yo estos desatinos.

—No me río —dijo Ibero—, porque yo creo que las almas de los fenecidos, aunque estén en un mundo separado del nuestro, tienen facultad para venir junto a nosotros y hablarnos, siempre que sepamos nosotros entenderlas.

—¿Pero de veras crees eso?

—Lo creo, sí... Pienso que no se debe tomar a chacota lo que soñamos, y que el sueño es... ¿cómo lo diré?... En algunos viene a ser una especie de sala intermedia... Abierta por acá a nuestra vida, por allá a la otra.

—Me dejas pasmado con lo que dices —manifestó Vicente cuando su estupefacción le permitió el uso de la palabra—. A mí me han dado algunos sueños míos muy malos ratos... No hace muchas noches *se me presentó* el Empecinado. ¡Qué cosas me dijo!... Fue la noche del día en que fusilaron la primera tanda de sargentos... Mientras Juan Martín hablaba conmigo, iban pasando los pobres sargentos por el foro... pues aquello era como un teatro... El Empecinado me decía: «Tendremos que volver a pelear por la Libertad...» Los sargentos desfilaban de dos en dos, ensangrentados, pero vivos, los más callados como en misa, otros risueños y charloteando en voz baja... Ni el Empecinado les veía, ni ellos a él, o si le veían no hacían maldito caso... Yo estuve muy triste todo el día, y para distraerme me puse a leer el Descubrimiento de América.

Dijo a esto Ibero que no convenía buscar a las imágenes del sueño una explicación difícil de encontrar, pues los seres idos viven en un medio lógico y moral distinto del nuestro, que con este quizás no tiene ningún punto de semejanza. Añadió que para conocer de estas cosas es menester aprender métodos sutiles de comunicación con lo que está distante de nuestros sentidos. Comprendiendo el agudo Vicente que su nuevo amigo, la Historia viva, podía enseñarle admirables cosas, se lamentó de que el Destino los separase tan pronto. «Tú no sabes a dónde irás; yo de seguro voy a San Sebastián, porque mi madre quiere que tome los baños de mar, que el año pasado me probaron muy bien.»

Replicó Iberito que estaba obligado a ir a Samaniego, su pueblo natal, y quizás al mismo San Sebastián, pues también su madre y hermanos tomaban en verano el *baño de ola*. Era, pues, seguro que se verían en el mes de agosto. Y hablando de esto avivaron el paso, porque declinaba la tarde y habían de ir a cenar a la casa de Vicente, situada en lo alto de la calle de Segovia, como a media legua de los lugares por donde a la sazón los dos vagos y amenos historiadores paseaban. Conviene advertir que Santiago había podido rescatar el modesto equipaje que dejó en la posada donde vivía cuando le sorprendió la prisión, y aunque no recobró sin mermas su pobre ajuar, pues le fueron sustraídas diferentes piezas de ropa, tuvo lo bastante para presentarse adecentado y limpio en la mesa de doña Lucila y de su segundo esposo el señor don Ángel Cordero.

Llegaron, pues, los dos jóvenes algo presurosos y fatigados, con retraso de diez minutos sobre la hora fijada por Lucila. Esta les riñó amablemente, y se fue a ultimar la cena, trasteando en la cocina, pues era de estas señoras caseras que gustan de *estar en todo*. Vestía la celtíbera un traje de *Cambray*, color bayo con adorno negro, atrasadillo de moda y de un corte algo provinciano; pero la belleza personal todo lo disimulaba y absolvía. Los hermanitos de Vicente, Pilar, Bonifacio y Manolo, vestían con más elegancia que la madre, y el pequeñuelo, del segundo matrimonio, andaba todavía en enagüillas al cuidado de una zagala con refajo verde. Del señor don Ángel Cordero debe decirse que era un paleto ilustrado, mixtura gris de lo urbano y lo silvestre, cuarentón, de rostro trigueño, con ojos claros y corto bigote rubio; carácter y figura en que no se advertía ningún tono enérgico, sino la incoloración de las cosas desteñidas. Sus padres, lugareños de riñón bien cubierto, se vanagloriaron de juntar en él la riqueza y la cultura. Siguió, pues, el tal la carrera de abogado en Madrid, con lo que empenachó cumplidamente su personalidad; tomó gusto a la Economía Política, estudiola superficialmente, haciendo acopio de cuantos libros de aquella socorrida ciencia se escribieron. Con este caudal siguió siendo lugareño, y vivía la mayor parte del año en sus tierras, cultivándolas por los métodos rutinarios, y llevando con exquisita nimiedad la cuenta y razón de aquellos pingües intereses... Completan la figura su honradez parda, su opaca virtud, y aquel reposo de su espíritu, que nada concedía jamás a la imprevisión, nada a la fantasía, y era la exactitud, la medida justa de todas las cosas del cuerpo y del alma.

VI

No hay para qué decir que la cena fue abundante y castiza; que a cada plato, de los muchos y sustanciosos que desfilaron, doña Lucila sirvió a Santiago raciones de padre y muy señor mío, instándole a no dejar nada; que a todos atendía la señora, y que por sentarse a la mesa la familia menuda, salvo el nene, no cesaba el ir y venir de platos, al compás de la infantil cháchara; dígase también que no había etiquetas, porque los señores no solían gastarlas, ni ellas habrían sido pertinentes con un convidado de tan modesta categoría. Era, pues, una familia que, contraviniendo el régimen constante de la burguesía matritense, daba poco a la vanidad, mucho al vivir interno, oscuro, y al comer nutritivo y abundante. Reunidos los patrimonios de Halconero y Cordero, resultaba una riqueza considerable, con la cual podían permitirse algún lujo de relumbrón; pero tanto don Ángel como Lucila continuaban siendo paletos. En Madrid, donde tenían casa propia para pasar el invierno, hacían vida modesta y provinciana, sin permitirse otra disipación que la de ir al teatro algunas noches en días de fiesta.

Cordero carecía de vicios; no frecuentaba casinos; permanecía en el café cortos ratos, en compañía de sujetos de buena posición aficionados a la caza; en el campo tenía caballo y coche, en Madrid no; vestía sin pretensiones de elegancia; no conocía más que un lujo, y este era el de poseer buenos paraguas; escogía y compraba los mejores, preciándose de conocer bien su mecanismo y la calidad de las telas. Era también muy entendido en la manera de poner a secar los tales artefactos, para que escurriese bien el agua. Sabía cuándo estaban a punto para ser abiertos, y en qué condiciones se debían envolver y enfundar. Usábalos de distinto tipo, según fueran para chaparrón, lluvia persistente, llovizna; y los que en Madrid habían cumplido su misión en recias campañas invernales, pasaban a la reserva en el servicio del campo y pueblos.

Clío Familiar desmentiría su fama y oficio si pasara en silencio que los señores de Cordero y su comensal hablaron de política. Hablar de política era en aquellos tiempos cosa tan corriente como el comer, y aun como el respirar. Salieron a la colada los desvaríos de la Corte, comidilla sabrosa para todas las bocas, aun para las que los repetían negándolos o poniéndolos en

cuarentena. Lucila, indulgente, disculpaba a doña Isabel, cargando la ignominia política y privada a la cuenta de sus allegados y consejeros. Ibero hizo
vagos pronósticos; Vicentito evocó memorias revolucionarias.

Resumió mansamente los distintos pareceres don Ángel Cordero, incli-
nándose a lo razonable y sensato. Según él, todos los males de la patria
provenían del matrimonio de la reina. Habría sido muy acertado casarla con
Montpensier, que era un gran príncipe, un político de talento, y el hombre más
ordenado y administrativo que teníamos en las Españas. Todas las cuentas
de su caudal y hacienda las llevaba por Debe y Haber; no dejaba salir nada
para vanidades o cosas superfluas, y metía en casa todo lo que representaba utilidad. «Los que le critican —añadía— por vender las naranjas de los
jardines de San Telmo, son esos perdidos manirrotos que no saben mirar al
día de mañana, y viviendo solo en el hoy dan con sus huesos en un asilo.
Si viniera una revolución gorda y hubiera que cambiar de monarca, ninguno
como ese para hacernos andar derechos y ajustarnos las cuentas; créanlo,
ninguno como ese *Monpensier*.» A la española pronunciaba Cordero este
nombre, porque aunque era abogado no sabía francés, u olvidado había lo
poco que le enseñaron en el Instituto.

Algo más se habría dicho de las turbaciones presentes y mudanzas
probables, si no entrara inopinadamente Leoncio, y si en el rostro suyo, más
que en sus concisas expresiones, no advirtieran todos algo extraño, alarma,
disgusto... Ya habían concluido de cenar; ya los chicos menores requerían
la cama; Pilarita permanecía en la mesa, atenta a lo que se hablaba. La
conversación ante Leoncio, mudo o enigmático, se fragmentó, se deshizo
en cláusulas rotas que flotaron sobre las cabezas. En aquel instante, truenos
lejanos anunciaban tormenta. Mientras Cordero al balcón se acercaba para
mirar el cielo, Lucila dijo a su hermano: «Tú traes algo; suéltalo de una vez.»
Y Leoncio soltó su embuchado en esta forma: «Vengo a decirte, Santiago,
que a poco de salir tú de paseo con Vicente, estuvo en casa la policía para
prenderte.»

—¿Y a ti no?...

—Hasta ahora parece que no se acuerdan de mí. Pero no me fío, y desde
esta noche dormiré fuera de casa... Ya te dije que con la subida de Narváez,
ni los gorriones están seguros en Madrid.

—Con el estado de sitio y la suspensión de garantías no se juega —indicó sesudamente Cordero—. Y este general Pezuela tiene la mano dura.

—¡Ay, cuidado con él! —exclamó Lucila indignada—, que es de la camada absolutista. Esos, esos nos han trastornado a la pobre Señora.

—Bueno —dijo Ibero serenamente, mirando a todos—. ¿Y ahora qué tengo que hacer?

«Quedarte aquí. Te esconderemos en casa», afirmó con ímpetu nervioso Vicente, echando el brazo sobre los hombros de su amigo. Los truenos retumbaban cercanos. La tormenta se venía encima... Y los ojos de Lucila, piadosos, iluminaron con un noble asentimiento la proposición del cojito. Pero fue un relámpago no más. A los pocos segundos, con mirada distinta interrogó a su esposo, el cual, echando por delante un preámbulo de tosecillas, emitió estas prudentes razones: «Poco a poco. Esconderle aquí es peligroso para él y arriesgadillo para nosotros... En su pueblo, al abrigo de su familia, estará más seguro.»

Según manifestó inmediatamente Leoncio, que venía de hablar del caso con don Manuel de Tarfe, no se podía contar con el señor marqués de Beramendi, que se había ido a Fuenterrabía días antes. Pero el buen Tarfe, aunque no podía tener relaciones con Pezuela y González Bravo, ni con ningún otro sátrapa de la situación, se valdría de su amistad con gente de la policía y con empleados altos y bajos del Ferrocarril del Norte para facilitar la fuga de Ibero y Ansúrez, si vinieran también contra este, como era de temer. Añadió Leoncio que él no se iba al extranjero sino llevándose a toda su familia, y que por de pronto en Madrid se quedaba, ocultándose como pudiera y solicitando la protección del señor Gutiérrez de la Vega y de los generales Echagüe y Ros, para quienes había hecho trabajos de armería muy estimados... No hallándose el amigo Ibero en estas ventajosas condiciones, opinaba Leoncio que debía salir para Francia sin pérdida de tiempo.

«¿Esta noche? —dijo angustiado Vicentín, a quien faltaba poco para echarse a llorar. Se le iba la Historia viva, y a solas con la suya, la muerta y embalsamada en los libros, había de quedarse muy triste.»

—Ya no puede ser hasta mañana —aseguró Leoncio—. Y pues hay tiempo para elegir, mejor y más seguro irá en el *Express* de las tres de la tarde que en el *Correo* de las ocho y media de la noche.

41

Tras un silencio de vaga inquietud, en que unos ponían su atención en los conflictos humanos, otros en la tormenta que ya descargaba sobre Madrid azotaina furiosa de viento y lluvia, el armero creyó llegado el caso de las resoluciones urgentes, y lo manifestó así: «Tenemos que preparar tu salida, Santiago, y ello no es cosa que puede dejarse para mañana. Despídete, y echemos a correr.»

«¿Pero qué prisa...? Déjale que respire, pobre muchacho...» Así habló la sin par Lucila, poniendo cara de Dolorosa. Y su hijo, balbuciente, trémulo de ansiedad, agregó: «Ahora no podéis salir... Mirad cómo llueve.»

—Razón habrá para esas prisas —dijo Cordero—. En cosas tan delicadas como la fuga con disfraz, conviene prepararse bien... Sí, sí, Leoncio y Santiago: no perdáis tiempo... Los minutos son preciosos... Y no hagáis caso de la lluvia... Esto es nube de verano. Pasará pronto...

Corrió don Ángel hacia el interior de la casa, y en el breve tiempo que duró su ausencia, hubo Lucila de atender amorosamente a calmar a su hijo, atribulado por la deserción de la Historia viva. «No te aflijas, Vicente... Se va porque es preciso... Se va por su bien... Figúrate que le meten preso... En la frontera de Francia estará más seguro... Yo te llevaré a Bayona si fuese menester...» Volvió enseguida don Ángel con un voluminoso paraguas, que ofreció a los que ya se disponían a salir. «No perdáis un momento —les dijo—, ni hagáis caso de la tempestad, que no es más que un poco de ruido. Llevad este paraguas... Es de algodón, pero de mucho vuelo, y podéis guareceros los dos... Ten cuidado, Leoncio, que el varillaje está un poco gastado... Al cerrar, ponlo de modo que escurra bien... Y no te olvides de traérmelo mañana. Con que adiós, hijos míos... Que no tengáis ningún tropiezo... Ibero, iánimo y a Francia!»

La despedida tuvo, por la parte de Lucila y Vicente, sus notas de ternura. «Adiós, hijo: buena suerte —dijo la celtíbera abrazándole—. La Virgen le acompañe... Si va usted a su casa, dele mis recuerdos a su mamá... Me alegraría de conocerla... ¡Cuánto sufrirá la pobre con estas cosas!»

—Que me escribas todo lo que te pase —dijo Vicente, y abrazó con fraternal apretón al amigo, resignándose a una ausencia inevitable—. Mañana espero carta; no, pasado, o al otro... Y a Prim, si le ves, tantas cosas... Que venga pronto... Aquí no decimos más que «Prim... Libertad...» Adiós... Hasta la Isla de los Faisanes.

Ninguno de los presentes sabía qué isla era aquella. «Vamos, Vicente —le dijo el padrastro acariciándole—, no desatines. Ten juicio, y te compraré todo el *César Cantú*.» Y al fin salió Ibero con el corazón oprimido. Detrás de él algunas lágrimas brillaron: un triste vacío taciturno quedaba en la casa. Aquella noche, cuando Vicente se acostó, acompañole la madre largo rato, calmando su excitación con palabras dulces, ofreciéndole anticipar el viaje al Norte, y pasar la frontera y visitar a los emigrados, que en aquella parte de Francia lloraban su destierro... Durmiose al fin el cojito: fue su sueño intranquilo, tenebroso... Viose perseguido por conspirador revolucionario, metido en cárceles, abrumado de procesos; viose fugitivo, disfrazado con tiznajos de fogonero o sotana de cura; viose al fin en tierra extranjera trabajando con Prim por la redención de esta infeliz España.

En el portal, un hombre risueño y mal vestido saludó a los dos jóvenes. Leoncio le presentó a Ibero con esta frase circunstancial: «Don Valentín Malrecado, que esta noche y mañana será nuestro amigo.» Y tras un corto rato de espera, visto que el temporal amainaba por momentos, se pusieron en marcha, guareciéndose dos bajo la negra bóveda del paraguas, y el tercero arrimadito a la pared. Así pasaron Puerta Cerrada y Cuchilleros, hasta la Escalerilla, donde ya ni el agua ni el paralluvias les molestaron más, pues el escondite a donde el discreto agente de la autoridad les llevaba tenía su ingreso por los portales de la Plaza mayor.

Minutos después acometían una escalera de pesadilla, sucia, enroscada, tenebrosa, y alumbrándose con fósforos llegaron a una vivienda de aspecto carcelario, en la cual fueron recibidos por una mujer embarazada y un hombre que también lo estaba de la espalda, pues en ella tenía una gran joroba, o sea embarazo de toda la vida. Marido y mujer, que tal parecían, mostráronse amables con los jóvenes, y pronto se vio claro que Ibero tendría hospedaje seguro en aquella casa hasta que bajara a tomar el tren.

«*Mi señora* —dijo el corcovado—, está ya fuera de cuenta, y de un momento a otro caerá en la cama, por lo que esta noche no podrá atender a este caballero como se merece. Pero la prima bajará del segundo...» Dicho esto, la barriguda mujer cogió la lámpara de petróleo, de tubo ahumado y apes-

43

toso, y fue a mostrar a Ibero el cuarto mísero y el derrengado lecho en que había de dormir, que era sin duda el de Procusto, a cada momento citado por los escritores en la prensa política. Todo le pareció bien a Santiago, que acostumbrado estaba a peores acomodos. Lo importante para él se trató en conferencia rápida entre los sujetos presentes, y ello fue sintetizado por el policía en estas sensatas manifestaciones: «El señor no tiene que moverse de aquí, ni apurarse, ni estar con cuidado... Del señor y de su seguridad me cuido yo, que vivo en el tercero. En el segundo está mi prima Pilar Angosto, que es de toda confianza, y aquí tenemos a este cuñado mío, que fue escribiente en el Juzgado de la Inclusa, y ahora lo es en la Vicaría, persona de cuya lealtad y hombría de bien respondo como de la mía propia. *(Designó con gesto fraternal al jorobeta, que hizo una reverencia.)* El disfraz que hemos de poner al sujeto para llevarle a la estación nos lo dirá el señor de Tarfe, que quedó en hablar esta tarde con don Ernesto y don Fernando Polack, dos caballeros franceses, que llevan la batuta en el Ferrocarril del Norte.»

A esto dijo Leoncio que él había quedado en ver a don Manuel aquella misma noche; pero el policía expuso el deseo de que le dejasen esta y las demás diligencias del caso, pues él lo haría todo. En su activa oficiosidad, reclamaba el conjunto del servicio para redondear el precio y la recompensa. Ibero entonces trató con él de un punto delicadísimo que particularmente le interesaba. «Puesto que no debo salir de aquí —le dijo—, ¿podría usted traerme a una dueña corredora y prendera que vive en la casa de al lado, y se llama o la llaman *la Galinda*, y es tratante en alhajas para señoras y en citas para caballeros?»

—Bien podría traerla, señor —dijo Malrecado sonriente—; pero aquí no vendrá, por dos razones: primera, porque es muy bocona y podría comprometernos; segunda, porque no hace ninguna falta, si usted la requiere para el cuento de saber las incumbencias de don Baldomero Galán; que de este señor podré informarle yo todo lo que guste, mejor que esa vieja ladrona.

Pasmado quedó Ibero de que el diabólico policía, a quien veía por primera vez aquella noche, tuviera conocimiento de su interés por la familia Galán. Al asombro del joven puso comentario Valentín en esta forma: «Crea usted, señor mío, que si estuviéramos bien pagados, seríamos la mejor policía del mundo... Pues, para su gobierno, sepa que doña Salomé pasó a mejor vida el

día de San Juan por la tarde, y que don Baldomero y su hija, que entre parén-
tesis es preciosa, salieron por el Norte hace bastantes días, en compañía de
dos curas vascongados y una religiosa francesa... Los curas iban a Vitoria;
don Baldomero, la niña y la monja entiendo que iban a San Juan de Luz...
Por cierto que en el mismo tren que ellos, marcharon disfrazados Castelar,
Becerra y Martos.»

Estas noticias, de cuya veracidad no dudaba, fueron felicísimas para Ibero,
que ya tenía un motivo más para congratularse de su salida de la Corte con
rumbo a Francia. ¡Francia! ¡Cuántas alegrías, cuántas esperanzas le brindaba
este nombre, y cómo reverdecían los marchitos ideales ante la visión geográ-
fica del país vecino! Y para completar la dicha del aventurero, las órdenes
que transmitió por la mañana el buen Tarfe eran halagüeñas, absolutamente
tranquilizadoras. No necesitaba más disfraz que el chaquetón usual de los
empleados inferiores del *Norte*. El señor Polack cuidaría de proporcionarle
una gorra galonada... Saldría prestando servicio de mozo en el furgón de
equipajes del *Express* de las tres.

VII

¡Oh, Ferrocarril del Norte, venturoso escape hacia el mundo europeo,
divina brecha para la civilización!... Bendito sea mil veces el oro de judíos
y protestantes franceses que te dio la existencia; benditos los ingeniosos
artífices que te abrieron en la costra de la vieja España, hacinando tierras y
pedruscos, taladrando los montes bravíos, y franqueando con gigantesco
paso las aguas impetuosas. Por tu herrada senda corre un día y otro el
mensajero incansable, cuyo resoplido causa espanto a hombres y fieras,
alma dinámica, corazón de fuego... Él lleva y trae la vida, el pensamiento,
la materia pesada y la ilusión aérea; conduce los negocios, la diplomacia,
las almas inquietas de los laborantes políticos, y las almas sedientas de los
recién casados; comunica lo viejo con lo nuevo; transporta el afán artístico
y la curiosidad arqueológica; a los españoles lleva gozosos a refrigerarse
en el aire mundial, y a los europeos trae a nuestro ambiente seco, ardoroso,
apasionado. Por mil razones te alabamos, ferrocarril del Norte; y si no fuiste
perfecto en tu organización, y en cada viaje de ida o regreso veíamos faltas
y negligencias, todo se te perdona por los inmensos beneficios que nos

trajiste, ¡oh grande amigo y servidor nuestro, puerta del tráfico, llave de la industria, abertura de la ventilación universal, y respiradero por donde escapan los densos humos que aún flotan en el hispano cerebro!

Entraron a Ibero por la portería, al extremo sudeste de la barraca que servía de estación. Faltaba una hora para la salida del *Express*, que ya estaban formando con coches de primera. Vestía el fugitivo traje apropiado a las funciones de mozo de tren que había de desempeñar. Un empleado le dio la gorra con galón, y poco después fue presentado al conductor, que le recibió con agrado. Era el tal regordete, risueño y coloradote, de mediana edad: Ibero le había visto y tratado en alguna parte; pero no recordaba el lugar ni ocasión de aquel conocimiento. Hallábase Santiago en el furgón enterándose de lo que había de hacer, cuando vio al señor de Tarfe que hablaba con don Fernando Polack. Pasaron minutos; llamole Tarfe, y llevándole al extremo del andén le dijo que fuera descuidado, que ni en la estación ni en el viaje correría ningún riesgo. Después le dio una cartera de cuero ordinario, que contenía tres cartas sin sobrescrito. Cada una llevaba un número, y en un papelito aparte que Ibero guardaría en el seno, iban las tres direcciones precedidas de números correspondientes a los de las cartas. Las entregaría en Bayona a don Salvador Damato, a don Jesús Clavería y al marqués de Albaida. De todo se enteró el chico rápidamente. La cartera debía ser confiada al conductor, que ya estaba en el ajo, y este se la devolvería en Irún.

Volvió Ibero al furgón de cabecera, donde le dijo el conductor que una vez pasado el Escorial podría trasladarse al furgón de cola, donde iba el guardafreno, y allí dormiría si necesitaba algún descanso. Buena falta le hacía echar un sueño, porque la noche anterior, en la casa donde le escondió Malrecado, había sido enteramente toledana, por las graves razones que ahora se dicen. Y fue que apenas se acostó el muchacho en el lecho titulado por buen nombre *de Procusto*, la señora Ricarda, que así se llamaba la hermana de Malrecado, empezó a sentir los dolores de parto, y en un grito estuvo tres horas consecutivas, implorando el auxilio de santos y demonios para que la sacaran del terrible lance. Los chillidos de la parturienta, el entrar y salir de vecinas, el habla hombruna de la comadrona, y otros ruidos inherentes al gran suceso, desvelaron al huésped, que al fin se levantó, sintiéndose más descansado en pie y vestido que en el abominable camastro. Disponíase ya a ofrecer su cooperación a las comadres y vecinas, cuando entró regocijado el jorobeta y le dijo que ya tenía un criado más que le sirviera. Dio las gracias Ibero, y viendo la rubicunda aurora colándose ya por las ventanas que daban a la calle de la Sal, renunció a dormir; sirviéronle chocolate, lo tomó, y entretuvo el tiempo hasta que llegaran las nuevas que trajo Leoncio. Este y Malrecado le llevaron a la estación.

Pues, señor, ya no faltaban más que veinte minutos para la salida del *Express*, y el andén se iba llenando de gente. El calor, cada día más molesto, decretaba la desbandada: damas elegantes y sueltas requerían el reservado de señoras; caballeros afanosos, rodeados de familia, se acogían al fuero de su importancia, que en algunos era ilusoria, para obtener el privilegio de un coche abonado. Muchos que tenían billetes gratuitos por obra de la adulación o del favoritismo burocrático, querían medio tren para ellos solos. Don Fernando Polack se veía y se deseaba para repartir su amabilidad entre tantos pedigüeños y gorrones; medio locos estaban ya los vigilantes con la adjudicación de berlinas-camas, de limitado número. Y a última hora, más viajeros, más apuros y porfía por los puestos privilegiados.

Recorriendo el andén desde uno a otro furgón, vio Ibero al ingenioso Malrecado que con otro de su ralea prestaba servicio en la estación. Saludáronse los tres con sonrisas de inteligencia... Damas bellas y elegantes vio el fugitivo, a las cuales no conocía: eran la Belvís de la Jara, la Monteorgaz y la Navalcarazo, acompañadas de caballeros jóvenes o ancianos, de niños preciosos y criadas bien puestas. Parte de aquella interesante multitud se apearía en Zumárraga para invadir los balnearios de moda. Otras familias iban directamente a la Bella Easo, y no pocas a las playas francesas. Vio también las bandadas de señoras y galanes que iban a despedir, y formaban infranqueable pelotón frente a las portezuelas de los departamentos atestados de personas, de sacos de viaje y cajas de sombreros... La cháchara, el cotorreo de los que se iban y de los que se quedaban, difundía por toda la estación ruido de pajarera.

De improviso, cuando ya solo faltaban cinco minutos para la salida del tren y sonaba ya el golpe de las portezuelas vigorosamente cerradas, entró en el andén una dama, una mujer elegante, cargadita de cajas, neceseres y requilorios, seguida de una doméstica igualmente agobiada de sacos y líos.

Tras ellas apareció renqueando un vejete de traza enfermiza y aristocrática, el cual con cascada voz requirió a un vigilante reclamando su berlina-cama, pedida con la conveniente antelación. El vigilante sacó un papel, leyó... «Señor marqués de la Sagra; berlina», y sin perder segundos abrió el departamento, dentro del cual se precipitaron la dama y su doncella, metiendo a toda prisa el enredoso bagaje. Mientras el vejete pagaba el suplemento, asomose la dama a la ventanilla; Ibero la miró. ¡Oh estupor, oh increíbles jugarretas del Destino! Era Teresa Villaescusa.

Teresa le conoció al instante; él siguió hacia donde su obligación le llamaba. Ignorante de los variados episodios de la vida social, Historia para él inédita, Ibero no sabía que la *sutil tramposa* doña Manuela Pez, agobiada de privaciones deprimentes, había vendido los aún cotizables pedazos de su hija al marqués de la Sagra, aristócrata veterano de innumerables guerras amorosas, y tan caduco ya que alguien le llamó cadáver galvanizado por el vicio. La presencia de Teresa y del viejecillo fue gran escándalo en la estación, por dominar en esta el personal aristocrático a que el degradado prócer pertenecía. Pero este, cegado ya por su cinismo senil, nada veía, y apenas se daba cuenta de su humillación. Teresa se mostró indiferente ante la silba muda con que la saludaron al entrar: más que desprecio de la muchedumbre linajuda, temía su propio desprecio por prestarse a una farsa de amor con semejante estafermo. Reflexiones parecidas a estas hizo Ibero a cuenta de la pobre Teresa, cuando el tren hacia las agujas avanzaba majestuoso, pisoteando con metálico estruendo las placas giratorias.

Corría el *Express* hacia el Escorial. En el corto hueco que dejaban los apilados baúles, preparó el conductor su descanso, extendiendo la manta sobre unas cajas. En sitio conveniente puso la cartera con las hojas de ruta, y el breve lío de su ropa y efectos particulares; después encendió la pipa, y ordenando a Ibero que frente a él y en el baúl más próximo se sentase, le habló con esta cordial franqueza: «Dices que no recuerdas cuándo y dónde me conociste. Pues yo te avivaré la memoria. Fue en San Sebastián. Te trajo al tren el capitán Lagier, que es mi amigo... Fuimos amigos antes que tú nacieras. Él es de Elche, yo de Torrevieja. Miguel Polop, para servirte. Mi padre era también capitán de barco, y yo empecé a ganarme la vida embarcando sal... pero esto no hace al caso... Como decía, vino Ramón contigo; te

48

tomó billete para Miranda, y me encargó que cuidase de ti porque eras algo alocado y no sabías andar en trenes.»

—Ya, ya me acuerdo —dijo gozoso Santiago—. Y usted en Miranda me tomó el billete para Cenicero... A mi pueblo iba yo... Hoy también iría; pero el maldito Gobierno ha dado en perseguirme... En Madrid no está nadie seguro...

—La seguridad empieza en este camino, joven. Estos raíles ya no son España, sino Francia. Por aquí va saliendo la revolución a trabajar fuera, y por aquí la traeremos triunfante... Y ahora que nadie nos oye, como no sean los conejos que andan en esos matojos, gritemos: «¡Abajo todo lo existente, todo, todo!...» ¿Verdad, joven, que esto está perdido? Dentro de España y fuera de ella no oye uno más que... *«Esa Señora es imposible...»* Y yo digo: por aquí han de salir, huyendo de la quema, todos los españoles que valen... ¡eso! No hace muchos días que sacamos a Sagasta. ¿Sabes tú cómo? Pues entró a las dos por la portería, acompañado de don Ernesto Polack. Llevaba gorra de ingeniero... Se le metió en el *breck*... La máquina enganchó el *breck*, y se hizo una maniobra para ponerlo a la cabecera... Total: que salió el hombre casi sin ningún tapujo. Con él iban dos... La policía no se metió con nadie... y yo, que iba en mi furgón como voy ahora, al salir de agujas grité: ¡viva la Libertad!... También ahora lo grito, para que el viento y los conejos se enteren: «¡Viva Prim! ¡Gobierno de España, camarilla de Isabel, *fastidiaros* y *jeringaros*!, ¡eso!»

El hombre echaba chispas de sus ojos saltones, y el rostro colorado se le animaba y encendía más a cada grito subversivo que su boca soltaba. Por el mismo lado corrían los gritos y el humo de la máquina. Luego contó la salida de don Joaquín Aguirre, más dramática que la de Sagasta. El buen señor, que había tenido conferencias con González Bravo y don Alejandro Castro para tratar de una componenda solicitada por Palacio, creyó que podía partir tranquilo, como cualquier español que no fuera presidente del comité revolucionario. Tomó sus billetes y se metió en una berlina con su familia, sin el menor disimulo ni precaución. Súpolo el general Pezuela y telegrafió a la autoridad militar de Irún para que al confiado señor detuviera, reexpidiéndole para Madrid. «Pero Pezuela se tuvo que jorobar, ¡eso! —dijo Polop terminando el cuento—, porque alguien en Madrid avisó a González Bravo, y

49

González Bravo, que es más neo que Dios, pero no tiene mala entraña, telegrafió al gobernador de Vitoria, y este escamoteó al señor Aguirre y le puso en lugar seguro. Total: que en Irún encontraron la berlina vacía... ¡jorobarse!, y don Joaquín pasó la frontera en el *Mixto* del día siguiente disfrazado por nosotros... Porque nosotros respiramos por la revolución; nosotros somos Francia y España dándose la mano, ¡eso!, y gritando: ¡Viva el Progreso, la Constitución del 12 y la Unión Ibérica!»

Más allá del Escorial, cuando el tren acometía con pujanza y ardiente resuello las abruptas moles de la divisoria, redobló Polop sus patrióticas invectivas, acalorando su ánimo con sorbos frecuentes de un generoso coñac que llevaba. «Aquí no nos oye nadie, joven. Aquí puedo desahogarme a mi gusto, para que se enteren los aires y los pinos, y estas peñas españolas y estas crestas serranas. Aquí me planto y digo: "Me joroba Narváez, me joroba doña Isabel y Sor Patrocinio... y don Francisco y el padre *Clarinete*". Oídme, rocas, jaras, retamas y chaparros: "¡Viva Prim, viva la Libertad!...". Óiganme, lobos, zorros, galápagos, culebras, que también sois españoles, aunque animales: "¡Abajo las quintas!... ¡Viva el liberalismo y el desestanco de todo lo estancado!"» Así gritaba el extremado Polop a la salvaje naturaleza, gozoso de poder hacer públicas, en el estruendo de un tren en marcha, sus furibundas opiniones.

Con las extravagancias donosas de su jefe accidental, iba Santiago entretenidísimo. Deseando, por gratitud, prestar a la Compañía servicio de más empeño que la descarga de baúles, se ofreció a subir a la garita de la cola o del centro para dar freno cuando el maquinista lo mandase; pero Polop no accedió a ello. Le consentiría únicamente, después de media noche, cantar las estaciones y llamar a los viajeros al tren. En Navalperal, donde el *Express* hubo de parar bastante esperando el cruce del *Mixto* ascendente, fue Ibero con un recado de Polop la cantina, y hallándose en esta, sintió que le tocaban en el brazo. Era la criada de Teresa, Patricia, que sin más preámbulos le dijo: «Mi señorita quiere saber si es usted del tren.» Negó de pronto Santiago; después afirmó, recordando su comprometida situación como viajero... Y prosiguió la moza: «Pues si es usted del tren, oiga: en la berlina donde va mi señorita hay un cristal que no corre. Lo bajamos, y ahora no podemos subirlo... Es la berlina tercera, empezando a contar por aquí.» Dio Ibero algunos pasos; mas la doméstica le detuvo risueña con estas desconcertadas razones: «No, no: la señorita no quiere que vaya usted ahora a componer la vidriera, sino después, en la parada de Ávila, que es de treinta minutos para comer... Aguarde, señor, que aún no he concluido... En la parada de Ávila, mi señorita, que está con jaqueca, no comerá en la fonda de la estación... Bajará solo el señor marqués...»

—Y sola la señorita, entraré yo... ¿Es un vidrio que bajó y no quiere subir?

—No, señor: me equivoqué. Lo subimos, y ahora no hay quien lo baje... Venga por aquí... ¿Le digo a la señorita que irá usted?... Desde que le vio, la pobre no sosiega, no vive... Esta es la berlina... No sé si el señor marqués ha despertado... Por si acaso, mire con disimulo.

Sin ningún disimulo, más bien descaradamente, miró Santiago, y vio el rostro de Teresa casi pegado al cristal... pero cuidando de no chafarse la nariz. Era como una bella estampa en su marco. Destacábase la hermosura de sus ojos, que ofendidos, reconvenían; amorosos, perdonaban... En un segundo recriminaron, imploraron... Ibero vio además en los labios de Teresa modulación rápida de palabras... Pero no pudo descifrar lo que su amiga quería decirle, porque entró el *Mixto* por el otro lado, y el *Express* pitó anunciando su salida. ¡Señores, al tren...!

VIII

¡Ávila al fin!... ¡Alegre parada de veinticinco minutos! Hacia la fonda se precipitaron caballeros y damas, atraídos del vaho de una sopa caliente, turbia y aguanosa... Después de acechar la entrada del vejete en el comedero, acudió Santiago a la cita, llevando herramientas que le dio el buen Polop. Salió Patricia cuando él entraba en la berlina... Teresa le cortó el saludo con rápida frase y fuertes manotazos, que dieron con el cuerpo de él sobre los cojines. «¡Ingrato, ingrato, bandido, perverso, mal hombre!... Al fin has caído en mis manos... ¿Qué?, ¿te avergüenzas de verme? ¿La conciencia no te dice nada?» A este aluvión de palabras, que a despecho de su sentido literal eran intensamente cariñosas, Ibero contestó: «Déjeme que le explique... No alcanzo qué quejas puede tener usted de mí.» Y ella, temblorosa, húmedos los ojos de un llanto discreto, le echó mano al pescuezo, diciéndole: «Tutéame, bandido, tutéame, o te ahogo, te mato ahora mismo. ¿Ya no te acuerdas de la noche de Urda?... Habíamos convenido en ser amigos, en que te dejarías guiar y proteger por mí, y a la madrugada, cuando yo dormía, echaste a correr sin despedirte... ¿Merecía yo ese desprecio?»

—No fue desprecio, Teresa; desprecio no.

—Pues fuera lo que fuese, ya has vuelto a mí, Santiago. El Destino, la Providencia, o los espíritus que andan al cuidado mío, al cuidado tuyo, nos han juntado en este camino, en este tren que vuela... Dime pronto, pronto, pues hay que aprovechar los minutos: ¿a dónde vas?, ¿estás empleado en el tren?... Me parece que no. Dímelo, cuéntame todo.

Con rápida frase, como el caso requería, la informó Ibero de su situación en el tren. Iba a Francia fugitivo, disfrazado... «Ya... —dijo Teresa—. ¿Crees que no te vi con Moriones una noche... Antes del 22 de junio? Bandido, ¿por qué no fuiste a que yo te escondiera, a que yo te aconsejara, a que los dos juntitos gritáramos: "Prim... Libertad"?»

—Porque... No puedo decirlo en pocas palabras, Teresa... Sosiéguese usted... Digo, tú... Sosiégate... Ya hablaremos.

—¿Cuándo, fementido; cuándo, pirata cruel y sanguinario? —gritó Teresa en un estado, más que nervioso, epiléptico—. Pues si tú vas a Francia, yo me voy contigo. ¿Tú emigrado?... Emigradita yo.

Confuso y aturdido el pobre muchacho, no supo qué contestar.

«Piensa lo que haces, Teresa» indicó al fin por no estar mudo.

—¡Pensar!... ¿Y qué sacamos de pensar, tonto?... Hagamos lo que nos manda el corazón, que es el amo. Los pensamientos, ¿qué son más que unos pobres criados suyos?... ¡Ay, Santiago, amigo del alma!, si tuviera yo tiempo de contarte... Sabrías lo desgraciada que soy, y me tendrías lástima... *(Llorando con pena honda y sincera.)*, me tendrías mucha lástima... Y si después de saber lo desgraciada que soy, no tuvieras tú ni siquiera lástima de mí, no podría vivir, créelo, no podría vivir.

—Ya me contarás —dijo Santiago, compartiendo con alma piadosa la emoción de su amiga—. Me lo contarás... Ya veremos dónde.

—Tú sigues a Francia; yo pararé en Zumárraga para tomar el coche de Arechavaleta... No necesito yo esos baños... Es él, es *don Simplicio* quien ha de tomarlos... Después iremos a San Sebastián... Pero yo puedo disponer que vayamos a otra parte. Nada... Me pongo malita, pido aguas de Cambo, barros de Dax, y amenazo con morirme si a Francia no me llevan... Santiago, ¡qué tonta soy poniéndome a llorar... Cuando debiera estar contentísima! *(Secando sus lágrimas.)* Tanto como deseaba verte, y ahora... ¿Verdad que ya no seré desgraciada? ¿Verdad que tú...? Pero explícame bien. Vas disfrazado de mozo de la estación... ¿Prestas algún servicio?

—Yo propuse al conductor que me dejase subir a la garita para dar freno; pero no ha querido. Lo único que haré, después de media noche, será cantar: *Señores viajeros, al treeen...*

—¡Ay, qué bonito! Ya estaré yo con cuidado para oírte. No dormiré en toda la noche... Haz cuenta que estoy oyéndote, y cántalo por mí, para mí sola...

—Y en Zumárraga volveremos a vernos.

—Antes... En Miranda me has de ver. ¿Qué crees tú?, ¿que no sabré yo hacer cualquier diablura para que podamos hablarnos siquiera dos minutos? Allí pararemos bastante tiempo para tomar el desayuno... Accede a llevarme contigo a Francia, y verás qué pronto resuelvo yo la parte que me toca.

—Teresa, juicio... No vas sola... Algún lazo de afecto, de gratitud, o siquiera de interés, tienes con ese caballero anciano tan respetable...

—Todos los lazos quedan rotos cuanto tú quieras, y al anciano estafermo respetable le dejo yo plantado en cualquiera estación, y me voy tan fresca, con mi conciencia bien tranquila... Más te digo: me iré orgullosa y sintiendo en mí la dignidad que ahora no tengo, porque es digno, Santiago, es honroso para una mujer pasar de cosa vendible a persona que no se vende, se da... ¿Te asusta lo que digo? Yo doy mi corazón: lo doy a la pobreza, al vivir íntimo... No me digas que no lo comprendes, que no lo estimas, vagabundo mío, bandido mío... Ya que eres tú de los que piensan mucho estas cosas para decidirse, piénsalo de aquí a Miranda...

—No sería noble en mí darte una respuesta desdeñosa, Teresa —dijo Ibero, que en su aturdimiento veía ya clara la obligación de ser galante—. Tú mandas, Teresa; yo... Obedezco como amigo y como caballero... Pero tengo que decirte, tengo que explicarte...

—Ahora no... —replicó vivamente Teresa, que atisbaba por la ventanilla—. Patricia, que está de guardia, me avisa que ya... Sal por la otra portezuela. Hasta Miranda.

Despidiéronse con apretones de manos y con un ligero estrujón, que fue como bosquejo de un abrazo. De las tres herramientas que Ibero llevaba, y que naturalmente no había usado, Teresa le quitó una, la llave inglesa, diciéndole: «Esta te la dejas olvidada. Vienes por ella después de amanecer y antes de llegar a Miranda. Fíjate bien... Adiós, locura mía... Adiós...»

De regreso al furgón, Ibero encontró a su jefe comiendo tranquilamente con los acomodos más primitivos: por mesa, un baúl; por mantel, un periódico... Ternera, merluza, botella de vino. «Siéntate donde puedas, chico —le dijo el gran Polop—, y participa, que no se vive solo de amor... ¿Con que tenemos enredito con señoras de la grandeza en la berlina?... Bien, bien. Dichoso tú, que estás en edad de merecer. Yo, aunque me esté mal el decirlo, también tuve mis veinte... y no me faltó una conquista de esas que recuerda uno toda la vida... Mil enhorabuenas... Bebamos ahora por la Libertad, porque sin libertad no hay conquistas, ni amor... Lo que yo digo: España para los españoles... y vivan las mujeres bonitas.»

Con estas agradables expansiones, se les fue la prima noche. No tardó Ibero en trabar amistad con los demás sirvientes del *Express*, y pasada Medina, hizo ejercicios de gimnasia, recorriendo de un extremo a otro el tren en marcha, los pies en el largo estribo y las manos en los asideros de los coches. En la cantina de Valladolid conoció a un maquinista francés que le ofreció hospedaje barato en Bayona, y en la fonda de Venta de Baños le convidó a un café un revisor, que resultó protegido del marqués de Beramendi, a quien debía su destino. Iba, pues, el muchacho contentísimo, y no tenía poca parte en su gozo la singular aventura Teresiana, que consideraba como un fugaz triunfo juvenil sin consecuencias graves en su vida ulterior. Y más interesado en aquel enredo con su imaginación que con otras partes del alma, después de media noche actuó de trovador, cantándole a su dama, al pie de la berlina, ya que no de la torre, la endecha quejumbrosa de *Señores viajeros, al treeen...* En ello ponía un sentimiento dulce y toda su voz potente y bien timbrada, que se había fortalecido cantando en los sublimes conciertos del viento y la mar.

Teresa en tanto, despabilada por el ardimiento cerebral y afectivo en que la puso el hallazgo de Ibero, no hacía más que mirar al cielo estrellado, y esperar de una estación a otra la cantinela del amante trovador, en quien cifraba la ventura de una nueva vida, más soñada que real. Y cuando en el paso por la Bureba, la claridad del nuevo día despuntó sobre las cumbres pedregosas, iluminando pálidamente lo distante y lo próximo, la pecadora sacó de su *cabás* un lapicito y papel, ansiosa de fijar con vaga escritura sus arrebatados sentimientos. Se sentía en soledad plácida, porque el marqués y Patricia dormían profundamente. Ved lo que escribía en cláusulas sueltas, en truncados rengloncitos, a los que solo faltaba el ritmo para ser versos:

«¡Qué bien ha cantado mi ladroncito bonito!... ¿A que no me adivinas lo que estoy pensando? Pienso que eres mi niño, un niño que yo he criado... Pillastre, déjame que te dé azotes y que te bese los ojos... ¿Sabes una cosa? Que a mi parecer estoy loca perdida. Loca era yo, loca triste, y ahora soy loca alegre, porque Dios me ha dejado encontrar al loquero de mi alma... No te escapas ahora: ven a tu cárcel, ven a mi corazón, donde nos cargaremos de cadenas amorosas. Yo seré tu carcelera, tú mi esclavitud... Ya es de día: canta, canta otra vez, y vuelve a pasar por debajo de este vidrio para que yo te vea... Aciértame ahora lo que pienso... Pues la luz del día me ha despejado la cabeza; ya veo claro que tienes razón cuando me recomiendas prudencia y juicio. No me robes con escándalo, ni con escándalo me iré yo contigo... Tú sigues a Francia, yo a donde me lleva este cataplasma... Espérame en Bayona. ¿Dónde te escribo? ¿A la lista del Correo? Pero si vas emigrado y perseguido, tendrás que cambiar de nombre. ¡Ay, Virgen del Carmen, qué contrariedad!... Bandolero mío, por todo el Universo, y por la salvación de todos los espíritus vagantes en los aires, dime dónde y con qué nombre te escribo... Dímelo en Miranda... Bajaremos a la fonda. De algún modo te facilitaré yo que puedas hablarme... San Antonio bendito, ¿qué inventaré?»

En Pancorbo visitó Ibero discretamente la berlina para recoger la herramienta olvidada. Al ruido de la portezuela y a la bocanada de aire fresco, remusgó el marqués desembozándose de la manta de viaje. Pero esto no fue obstáculo para que Teresa diese a Santiago, con la llave inglesa, el papelito que escrito había. En la soledad del furgón leyó el joven aventurero lo que le decía su ferviente señora. Las delirantes expresiones trazadas por el lápiz eran signo cierto de la extremada exaltación del ánimo de Teresa. Y quedó además el pobre chico en gran perplejidad por no saber qué señas darle de su residencia en Bayona, donde tenía que vivir con nombre supuesto.

De estas dudas le sacó el bueno de Polop, con quien consultó el caso, recomendándole un hospedaje barato y seguro, donde podría confiar sin ningún peligro su verdadero nombre a la patrona más española, más liberal y discreta que en aquella fronteriza ciudad existía. Ya en la estación de Miranda, apuntó Ibero en un papel: *La Guipuzcoane. Rue des Basques*, y satisfecho de llevar a Teresa una solución lisonjera, entró en la fonda, donde los viajeros, extenuados por la mala noche, la emprendían con los tazones de leche caliente y de café recalentado. Imposible ponerse al habla con Teresa, porque a su lado estaba el que ella en su libre y nervioso estilo había llamado *cataplasma*. Pero en sus ojos puso la enamorada mujer, mirándole de lejos, tal fuerza de expresión, que Ibero se dio por informado del pensamiento de ella. Comprendió que Patricia le esperaba en la berlina. Allá fue... No se había equivocado. Recogido el papelejo por la muchacha, esta le dijo: «Mi señorita quiere que en la estación de Zumárraga se coloque usted donde ella le vea bien... vamos, que se ponga en el furgón de cola y nos eche muchos adioses... A mí no, a mi señorita, que está dislocada por usted...»

Y era verdad que Teresa padecía en grado máximo la dolencia de amor, para la cual no hay otra medicina que el amor mismo. A la salida de Miranda no faltó el flecheo de noviazgo entre furgón y berlina, y Santiago se dio el gusto de recorrer todo el tren por el estribo, que era como medir la calle haciendo el oso, y una vez y otra pasó rozando con la ventanilla tras de la cual penaba la dama cautiva... Y en Zumárraga infringieron tan descaradamente los novios o amantes las reglas del disimulo, que su muda despedida patética, con adioses mímicos a distancia, fue notada y reída por algunos viajeros y empleados del tren; que estas tonterías de amor siempre causan regocijo a los que ya no las gozan, o a los que las quisieran para sí... No se sabe cómo se las arregló la muy pícara para escribir en un margen de periódico las tiernísimas notas de la despedida. Ello fue hacia Vitoria, aprovechando una dormidita del cansado viejo. Patricia entregó la *apuntación*, que así decía, en Zumárraga, donde hubo tiempo para todo por la mucha descarga de baúles, y corriendo hacia Ormáiztegui leyó el galán estos frenéticos renglones: «Salvaje mío, me conozco y no tendré paciencia, ni prudencia, ni juicio... El mejor juicio es la locura... Yo pierdo el tino... Me precipitaré, me perderé pronto. Benditos sean estos carriles que me llevarán a donde brillan tus ojos... Permita Dios que estos hierros se vuelvan oro... Tus ojos son el Sol... y yo la Luna de tus ojos... No me esperarás muchos días... Quien ha esperado una vida entera, no se detiene por una hora... Ya no estoy en mí... Prontísimo estará en ti tu... Teresa.»

Camino de la frontera iba Santiago enteramente poseído de las inquietudes y mentales goces de aquella sin igual aventura. Si por una parte se sentía contagiado del amoroso desvarío de Teresa, y vencido de su hermosura y tentadores hechizos, por otra temía la interposición de aquel suceso en el camino del ideal a que consagraba su existencia. Cierto que no había de extremar su devoción al ideal hasta el punto en que la llevara don Quijote, sacrificando todo comercio de amor al respeto y fidelidad de la siempre lejana y apenas vista Dulcinea; pero tampoco debía entretenerse demasiado en el oasis que el azar le presentaba en su camino, porque corría el riesgo de no poder salir de él cuando compromisos y fines más altos se lo ordenasen...

Reflexionando en ello, vino a tranquilizarse con esta idea: «Bien haré en tomar el recreo del alma y de los sentidos que ahora me depara la suerte. Teresa inspira ternura, lástima; es hermosa y amante; es débil, es desgraciada; venga, venga pronto, y su soledad y la mía se consolarán una con otra. No veo ningún peligro para el porvenir, porque ello ha de ser breve. Estas mujeres tan corridas aman con arrebato, pero varían como las veletas... No pueden vivir sin lujo... Bien sabe Teresa que soy pobre, que de mis padres poco puedo esperar por ahora... Ya veo a mi conquista dando media vuelta en busca de la nueva ilusión...»

Entretenido con estos pensamientos, que llegaron a cautivarle más que los de la política, pasó la frontera sin tropiezo alguno, y poco después dio con su cuerpo en la hospitalaria Bayona, que era para muchos como una penetración de España dentro del suelo francés... y para que todo fuera buena suerte en aquel viaje, apenas puso Ibero el pie en la estación, le salió un amigo...

IX

El amigo era *Isidro el Pollero*, así nombrado en Madrid entre los conspiradores y revolucionarios de armas tomar. Conociole Ibero en casa de Chaves haciendo la lista para la distribución de armas; se habían batido juntos en la barricada de la calle de la Luna. Iba a la estación Isidro a encontrar a Chaves, creyendo que en aquel tren llegaba. Díjole Santiago que no le había visto en el tren; en Madrid sí, días antes. Quizás vendría en el *Correo*, si había logrado proporcionarse el viaje en condiciones de seguridad, lo que cada día era más difícil. Apenas salieron Isidro y Santiago de la estación, encontraron a otro emigrado, sargento de Artillería, y en el paso por Saint-Esprit a otros dos, uno de ellos sargento del príncipe. En el puente y en las calles de la vieja ciudad fueron tropezando con españoles que dirigían al *Pollero* un saludo triste. Con algunos hablaron brevemente: en los vagos coloquios, las añoranzas de la patria distante iban a parar por natural desviación lógica a los rosados ensueños de la *ojalatería*.

Hablaron de alojamiento; pero Santiago no aceptó el que el *Pollero* le ofrecía, porque ya venía encaminado a determinada casa por un amigo del tren. «Sí —dijo Isidro—; calle de los Vascos. Esa es la *Pequeña Guipuzcoana*; hay otra, la *Grande*, que aloja señores y damas de alto copete... Ven, y te enseñaré la casa. Tu patrona es una que llaman Juana Goiri, que habla un endiablado pisto, francés y español revueltos con vascuence. Pero es buena mujer: en su casa verás algunos emigrados y muchos contrabandistas.» Poco después de oír estas referencias, quedó Ibero instalado. Su cuarto era humilde, la casa ruidosa, la comida ordinaria, atropellado el servicio, la patrona bigotuda, varonil, bondadosa, y de un léxico fantástico. Dos días necesitó Ibero para llegar a entenderla y a comunicarle el artificio de su falso nombre, *Carlos de Castro*, dándole a conocer el verdadero... porque recibiría cartas reservadas de una señora, cartas también de su familia.

La primera diligencia de Santiago fue escribir a su padre, exponiéndole su triste situación y pidiéndole algunos dineros para... Reblandecer el duro pan del destierro. Cumplido este deber, o llámese necesidad, puso toda su mente en aquel honesto ideal amoroso que era norte y luminar de su vida. No atreviéndose a ir a San Juan de Luz por temor a la policía francesa, trató de adquirir por sus compañeros de hospedaje alguna noticia del bárbaro Galán y de la bella Saloma. Ninguna luz obtuvo de las primeras investigaciones; mas al cabo de dos días un guipuzcoano apodado *Chori*, que iba y venía casi diariamente llevando géneros a la frontera, le aseguró que el fiero coronel, con su hija y una monja francesa, se habían ido a Pau y de allí a Olorón. Entendía el tal Chori que Galán no estaba emigrado, o que se había puesto a las órdenes del comandante general de Jaca, para vigilar a los españoles que conspiraban en la frontera. Con esto, vio Santiago alejada, desleída en opacas brumas su más cara ilusión, y se desalentó enormemente. La vida se le desorganizaba; el Destino le entorpecía con enormes piedras la derecha vía, allanándole los senderos tortuosos conducentes a lo desconocido. En tal estado de ánimo, la imagen de Teresa asaltó su mente con ímpetu, posesionándose de ella como sitiador que penetra en una plaza de la cual huyen sus defensores.

Por cierto que le sorprendía la tardanza en recibir el anunciado aviso de la bella pecadora. Tantas prisas en el tren, y tanto *allá voy*, *allá iré*, y luego nada. ¡Señor!, ¿habría cambiado de cuadrante, y sus locas pasiones, movidas del viento, miraban a otro punto? ¡Oh inconstancia de la mujer! ¿Quién fía en el vuelo de estas destornilladas avecillas? Y como la privación, o el incumplimiento de las promesas femeninas, aviva el deseo, el pobre Iberito no pensaba más que en Teresa, y en contar las lentas horas de su tardanza... Triste era su vida, al octavo día de residir en Bayona. Por distraerse, trató de poner interés en la política, y pasaba algunos ratos en el café Farnier, lugar de cita y del gran mosconeo de los emigrados, que siempre zumbaban la misma cantinela.

En Farnier tuvo Ibero el gusto de encontrar una noche al gran Chaves, recién llegado: era siempre el conspirador temerario, incansable, dispuesto a sacrificar su vida cien veces por la bella y fantástica Libertad. Díjole que en Madrid imperaba la furiosa reacción, y que España sería pronto un presidio, no suelto, sino atado, si no se levantaban hasta las piedras contra tan asquerosa tiranía; mostró y repartió papeles clandestinos que había traído, injuriosos versos, aleluyas indecentes, caricaturas en que aparecían las personas reales en infernal zarabanda con monjas y obispos... Como le dijese Santiago que no había podido entregar las tres cartas que trajo, por haberse ausentado don Salvador Damato y don Jesús Clavería, y no conocer la residencia del marqués de Albaida, encargose Chaves de aquella comisión, añadiendo: «Sé dónde vive el marqués; Clavería y Damato están en París: pronto volverán. Dame las cartas que te dio don Manolo Tarfe por encargo de Muñiz, y yo respondo de que llegarán a su destino; que para estas cosas, cuando tú vas, pobre chico, yo estoy de vuelta.» Hablaron luego del fusilamiento de los infelices oficiales Mas y Ventura en Barcelona, señal evidente de la ferocidad reaccionaria. Al comentar el trágico suceso, los emigrados se despojaban de toda sensibilidad, y antes que compadecer a las víctimas celebraban su sacrificio, porque el riego de sangre, según ellos, fecundaba el surco de la Libertad. ¡Víctimas, víctimas, que de ellas tomaba la Revolución su coraje!

Siempre que Ibero entraba en su casa, hacía la invariable pregunta: «¿hay carta?» y la patrona cuadrada y bigotuda respondía en su jerga trilingüe: «*Cartaric no haber pour toi.*»

Pero un día, el décimo de Bayona según la cuenta de Clío Familiar, la guipuzcoana respondió afirmativamente. Había llegado carta con doble sobre. ¡Oh alegría del mundo! ¡Por fin Teresa...! Su carta era brevísima: «Salvaje mío, ladrón de mi existencia: no he ido a ti, porque este pobre *don Simplicio* se ha puesto muy malo. Imposible dejarle en esta situación... Ayer le han sacramentado... Espérame siempre... ¿Cuándo? No lo sabe tu *alma en pena*. Solo sabe que pena por ti.»

Calmáronse con esto las tristezas de Santiago; pero como luego transcurriesen más días sin traerle carta ni la persona de la exaltada mujer, volvió a caer en sus murrias, que aplacaba o adormecía con largos paseos por las *Alamedas marinas* en las risueñas orillas del Adour. Una tarde, cuando de regreso entraba en la Plaza de la Comedia, vio a Chaves que hacia él venía gozoso, restregándose las manos. «Grandes novedades, Iberillo. ¡Venga un abrazo! ¿No sabes?... En Ostende se han reunido las cabezas de la Revolución, los progresistas y demócratas condenados a muerte en garrote vil por el Gobierno de la Camarilla... Pues han acordado tirar patas arriba todo lo existente, y convocar Cortes Constituyentes para que decidan lo que ha de venir después... El único voto en contra fue el de don Juan Contreras, que dijo: "en ningún caso admitiré rey extranjero". Se nombró un triunvirato que dirija los trabajos, Prim, Aguirre, Becerra, y se hace un llamamiento a los ricos del partido para que aflojen la mosca y podamos ir formando el tesoro de la Revolución. La cuota es diez mil reales: esa cantidad se le pide a todo progresista, a todo demócrata que la tenga y quiera darla... Esto no va conmigo, pues por la Libertad he perdido cuanto tenía, y solo puedo dar mi sangre. Tú, niño de casa noble y rica, escríbele a tu padre que apronte los diez mil...»

Rehusó Ibero acompañarle al café, y se fue a su casa, pues habían pasado muchas horas sin hacer la consabida pregunta: ¿hay carta? Resultó que aquella tarde la hubo; mas no era de Teresa, sino de don Santiago Ibero, y en ella el enojado padre, anunciándole el envío de *veinticinco duros*, se los amargaba de antemano echándole una brava peluca por haber intervenido en la brutal tragedia del 22 de junio. Con el sermón paterno y la parvedad del dinero que se le ofrecía, abatiose el ánimo de Santiago, y llegó a lo más intenso el amargor de sus melancolías. Notaba en sí un fenómeno extraño, una disminución considerable, ya que no total pérdida, de su voluntad. El efecto de esto en su espíritu era como el que se produciría en un cuerpo que se quedara exangüe. Y al par que notaba el vacío de su ser, lloraba la voluntad fugitiva, esforzándose en atraparla y en meterla de nuevo en sí. Echaba de menos el mar, donde adquirido había tanta fortaleza moral y física; al capitán Lagier, su maestro en la acción; a Prim, que le daba la norma de los grandes hechos; a los amigos fuertes y tozudos, como Clavería y Moriones, y por fin, hasta la imagen de Vicentito Halconero traía como fortificante a su pensamiento, porque también el cojito amigo era un nervio de vida, por su saber primoroso y aquel entusiasmo angelical.

La noche fue dura, insana. Ahogábase en el mezquino aposento; escotero se lanzó fuera de la casa y de la ciudad, y en las *Alamedas marinas* explayó su alma hasta el amanecer. La contemplación de los astros le llevó al recuerdo de los espíritus que en otro tiempo habían sido sus amigos y consejeros, y antes que los evocara fue por ellos visitado. En sus oídos susurraron, en su mente repercutieron, sugiriendo pensamientos extraños, de un sentido, más que exótico, ultramundial. Fatigado de andar a la ventura, se sentó al arrimo de un muro, defensa o pretil del Adour sereno. La noche era calmosa, perfumada, mística. El viento Sur ardiente y espeso, ondeando con rachas locas, traía efluvios de España, ecos y vislumbres de seres o de cosas de allá... traía visión de catedrales, de ojos negros y manos blancas, olor de cabellos perfumados, sonrisas, naranjas, cantar de grillos, aroma de claveles, y el dulce silabear del habla castellana... Pasado un rato no corto en un estado entre la somnolencia y la alucinación, Ibero entró plenamente en esta. Los espíritus enemigos se alejaban y los amigos venían a su lado: no tenían rostro y sonreían; no tenían voz y hablaban. El paso de ellos por el corazón de Santiago pesaba enormemente, cortándole la respiración. Pesaba también en su cerebro, donde todos ponían el nombre de Teresa, sin sonido, sin letras; un nombre no representado por ninguno de los signos propios del mundo físico. Los espíritus lo introducían en el cráneo de Ibero, el cual era como una urna que nunca se llenaba de nombres de Teresa, por muchos millones de estos que en aquella cavidad entraran.

Apuntaba ya el claro día cuando Santiago se puso en pie. Dio algunos pasos inseguros hacia el puente mayou. Un espíritu apegado a la persona del joven vagabundo suspiró al lado de este. Ibero le dijo: «Mi fuerza no he perdido... Mi fuerza me habéis devuelto.» Y el espíritu sin rostro y sin voz afirmó. Detúvose Ibero y dijo: «Esa mujer, esa Teresa... ¡siempre Teresa!... Se me ha metido en el alma y no puedo echarla. Mientras más tarda en venir a mi lado, más honda la siento dentro de mí. ¿Por qué es esto?» El espíritu, que no tenía hombros, expresó con un movimiento inequívoco su incompetencia para contestar a tal pregunta. Era un enigma, tal vez un misterio que los seres incorpóreos no podían penetrar... Atormentado por sus dudas, Ibero interrogó de nuevo al buen espíritu, el cual, aunque no tenía dedos ni labios, impuso silencio... Entendió Santiago la indirecta, y no preguntó más.

Otras noches y días pasó en estos singulares éxtasis, hasta que una tarde, paseándose en el claustro de la catedral, sintió de improviso grande inquietud y deseos tan vivos de ir a su casa, que al instante hubo de satisfacerlos. Indudablemente había carta. Llegó... interrogó... Carta no había; pero sí una señora que acababa de llegar de la estación y que en el humilde cuartito le esperaba... «¡Teresa!... ¡Ladrón!... ¡Al fin!... ¿Has rabiado un poquito?... ¡Qué hermosa estás!» No fue corto el espacio concedido a las naturales ternezas y alegrías, y ya sosegados, explicó Teresa los motivos de su tardanza. Al primer baño cayó enfermo el pobre *don Simplicio*. Era la descomposición general de una vieja máquina, un agotamiento súbito de todo el ser... Al primer acceso quedó medio perlático; al segundo, no tuvo ya palabra más que para pedir los Sacramentos. Había pecado mucho, y quería poner en orden las cuentas del alma... No podía ella abandonarle en tal desventura.

Era ante todo cristiana, y sabía lo que es humanidad, caridad. Aunque a los siete días del primer arrechucho mejoró el consumido señor, recobrando la palabra y pudiendo valerse de sus remos, se avisó a la familia. Su sobrina, la de Yébenes, telegrafió desde San Sebastián que no iría mientras estuviera en Arechavaleta *esa mujer*... *Esa mujer* aguardó la llegada del marqués de Itálica, sobrino del enfermo, y persona corriente y razonable, que se hacía cargo de las cosas. Por fin, halló Teresa la ocasión de hacer entrega del enfermo y de los objetos de su pertenencia, y sin más despedidas ni requilorios, ¡aire!, un cochecito y a Zumárraga. Allí expidió a Patricia para Madrid y ella se vino a Bayona, donde se juntaba con su salvaje, realizando el más ardiente anhelo de su vida. Y pues él y ella eran felices, no se hablara más de lo pasado, sino de lo presente y un poquito del porvenir.

·Ni corta ni perezosa, aquella misma noche alquiló Teresa un carruaje para irse a Cambo con su ladrón, al día siguiente tempranito. Anochecieron en santa paz, inquieta y amorosa... y amanecieron en paz más inefable, con sosiego, adoración mutua y anhelo de cantar un himno al Sol, al verde de los campos, al azul del cielo y a la soberana libertad. Ya les esperaba el coche en la puerta, ya se disponían a partir, cuando los dos, asaltados de un mismo pensamiento, acordaron hacer balance y arqueo de sus recursos. «Seamos prácticos —dijo Teresa—. ¿Cuánto dinero tienes?»

—Tengo los quinientos reales de mi padre —replicó Santiago—. Los otros quinientos que *de occultis* me mandó mi madre, los gasté en comprarme ropa interior y este trajecito.

—Pues yo —dijo Teresa, que, sentada con su saquito en la falda, contaba su dinero— tengo tres mil novecientos reales... Casi cuatro mil... Con lo tuyo y lo mío juntos, somos riquísimos. Además, mis alhajas, que llevo aquí, valen algo. Las fundiremos cuando no haya otra cosa. Seremos económicos; ¿verdad, pirata mío, que seremos económicos y arregladitos? Pues con arreglo, podremos vivir largo tiempo en un pueblecito bonito y retirado... Reúne tú todo el dinero y guárdalo, que al marido le corresponde administrar los bienes matrimoniales. Vámonos, huyamos... Ocultémonos donde no tengamos más compañía que nuestra felicidad.

Entraron en el coche, y rebosando de gozo, admirados de cuanto veían, llegaron a Cambo, donde comieron... Mas con ser aquel un lindo y ameno lugar, no les pareció bastante escondido, y en el mismo coche siguieron risueños, gorjeando, hasta una aldeíta llamada *Itsatsou*... Allí se posaron; allí eligieron una rama para su nido los pobres pájaros emigrantes. En aquella espesura nemorosa, no lejos del *Paso de Roldán* (Roncesvalles), les deja el discreto historiador.

X

Triste y tediosa fue para Vicente Halconero la temporada de San Sebastián. ¿Qué hacía el amigo Ibero, qué le pasaba, a dónde había ido a parar? ¿Por qué no cumplía su promesa de visitarle? Gran desconsuelo era para el cojito verse privado de aquella dulce amistad, tan instructiva como amena, de aquellas pláticas en que la Historia libresca y la Historia vivida sabrosamente contendían. Cansado de esperarle, le había escrito innumerables cartas, dirigidas a diferentes puntos: Bayona, San Juan de Luz, Samaniego, sin que ninguna tuviese respuesta.

Distraía Vicente su soledad con los espectáculos de las bravas rompientes de la mar o con el trajín de las naves en el puerto... Paseaba por los caminos de Hernani o Pasajes, y concedía poco tiempo a la lectura. Viéndole tan lastimado de la ausencia del amigo, su madre le llevó a Bayona un día, avanzado ya septiembre: recorrieron todas las fondas, *Providencia*, *Vizcaína* y *Guipuzcoana*, los hoteles de lujo; hablaron con varios emigrados, y ninguno dio razón del misterioso aventurero. Sin duda los que pudieran informar del sujeto o de su rastro, le conocían por otro nombre. «Hijo mío —decía Lucila de regreso a España—: o tu amigo es un ingrato que no se acuerda de nosotros, o se ha muerto, o a su lado le tiene, en París o Londres, el propio don Juan Prim. Esto creo yo lo más probable.»

Esperando la formación del tren español en Irún, vieron a Tarfe, que en el andén se paseaba con el marqués de Beramendi. Fue Tarfe a saludar a Lucila: la trataba desde el tiempo de Halconero, y con el segundo marido tenía la amistad y buenas relaciones de propietarios colindantes. Cuando volvió Manolo junto a Beramendi, este le dijo: «Siempre es hermosa y lo será hasta que se muera de vieja... Su cara es para mí la más perfecta obra de Fidias. La vi por primera vez en el castillo de Atienza hace la friolera de dieciocho años. Entonces era Lucila una criatura mitológica... Me enamoré de ella, y padecí la *efusión estética*, un mal terrible, Manolo; un mal que consiste en adorar lo que suponemos privado de existencia real; un mal que es amor y miedo... Fíjate, observa con disimulo... Me ha visto, y cómo sabe que por ella perdí los cinco sentidos, y seis que tuviera... lo sabe por *Confusio*... Está muy satisfecha de que yo la vea y la mire. Es hoy una buena señora del estado llano, sedentaria, honesta y de holgada posición; lleva ya dos maridos; ha tenido no sé cuántos hijos... y con todo, aún se recrea secretamente con la admiración de los hombres, y más aún de aquellos que fueron sus enamorados... Yo, por mi parte, nunca la veo con indiferencia... Siempre es Lucila, siempre hay en ella algo de celtíbero, de aborigen, de raza madre prehistórica, engendrada por los dioses... ¿Ves?, fíjate: ya se dirige al tren... Delante va el hijo cojito... Mira qué andar grave el de ella; qué admirable compostura de rostro y cuerpo; qué gesto noble para tomar la mano de su hijo, que ya está en el coche para ayudarla a subir. Repara con qué arte se pone en la ventanilla, cómo mira hacia acá sin mirarnos y cómo finge que no sabe que la estamos mirando. Su afectación es tan noble, que imita perfectamente a la naturalidad... Bien sabe ella cuáles son las posiciones de su cabeza y busto que resultan más bonitas miradas desde aquí... Ya se retira de la ventanilla... Ya arranca el tren... Adiós, Lucila, vieja ilusión, mitología arcaica y madura. Que la vulgaridad en que vives te corone de felicidad, te engorde, y te conserve tu españolismo neto.»

Pocos días más estuvieron Cordero y su familia en San Sebastián. Ya Madrid les llamaba, y más que Madrid, el campo con las gratas faenas otoñales. Los preparativos de la vendimia comenzarían pronto. Vendimiaban en Aldea del Fresno, en Méntrida y en Torre de Esteban Ambrán... Hijos y padres gozaban en la fiesta del vino, y Lucila en aquellos días singularmente amaba el campo, por el campo mismo y por vivir junto a su padre, el viejo Ansúrez, ya cargado de años, pero conservando su vigorosa salud, despejo y gallardía. El patriarca celtíbero prolongaba en un descuidado bienestar su senectud venerable. Gozoso contemplaba la grandeza y prosperidad de Lucila, y a los hijos varones desparramados por el mundo veía o consideraba bien apañados y boyantes, cada cual según su oficio y aficiones: el pequeño, un gran músico; Leoncio, hábil armero; Gil, bandido generoso; Gonzalo, moro pudiente; Diego, marino de Rey, y por fin, de Jerónimo, el mayor, huido de la familia antes del éxodo de esta, supo que había sido contraban-dista, luego pastor, y por último fraile, hallándose a la sazón de misionero en tierras de infieles. Con tantas satisfacciones, y la salubridad activa del trabajo campestre, el hombre, como buen padre bíblico, iba camino de los cien años, y tal vez un poquito más allá.

También Beramendi y Tarfe abandonaron pronto los ocios de Guipúzcoa para tornar juntos a Madrid, donde tenían su vendimia, que era el chismo-rreo político, la reunión de Cortes, y la fiebre de conjeturas que en aquella revuelta edad embargaba la mente de todos los españoles. Atestado venía el tren, pues ya empezaba el desfile hacia cuarteles de invierno. Pasada la estación de Miranda, Beramendi dejó a su mujer y su hijo en el reservado que traía, y se fue a charlar con el marqués de Perales, que ocupaba con su familia un coche cercano. Hablaron de la cosa pública, que a juicio del marqués iba por un desfiladero tenebroso... Nadie podía decir de qué lado nos caeríamos. Narváez, debilitado por la edad, no era ya el gobernante de otros días, y se dejaba llevar de la mano por González Bravo. Teníamos, pues, de jefe de Gobierno a un hombre de corta vista que tomaba de lazarillo a un ciego. Otras cosas dijo que demostraban su atinado conocimiento de la situación política. Pertenecía Perales, como Cortina y Cantero, al grupo de los progresistas templados, que tal vez por su apartamiento de la acción demasiado viva, constituían la mayor fuerza del partido; era un prócer de notoria ilustración, un hombre recto, sencillo, gran agricultor y el primer ganadero del Reino.

Beramendi le acompañó hasta más acá de Burgos, y ávido de conversa-ción variada, se pasó al coche inmediato en que venían Tarfe y dos caba-lleros franceses, uno de ellos consejero del *Crédito Mobiliario*, otro ligado con la famosa casa de banca israelita Baüer y Weissweiller... No encontró Beramendi en aquel departamento la charla frívola y amena que requería, pues los franceses hablaban sin ningún comedimiento de la reina, de la Corte y del Gobierno español, amontonando sobre las faltas efectivas las imaginarias o por lo menos dudosas, arma envenenada de la malicia. Algo de lo que dijeron aquellos señores no se podía oír con calma, aun reconociendo su veracidad. Los rostros españoles se ruborizaban oyendo tales cosas. Por delicadeza, por quijotismo patriótico, sintiose Beramendi movido a la protesta airada, a la negación grosera... Tarfe le contuvo, diciéndole: «En el extranjero la opinión es tal, que los españoles sufrimos a cada instante los mayores sonrojos. Es fuerte cosa aguantar esto. Podemos sufrir con paciencia nuestra inferioridad mercantil, política, internacional; pero al desprecio del mundo no debiéramos resignarnos.» Callaron los españoles; los franceses arreciaron en su amarga crítica y en sus burlas, hasta que, sintiéndose molesto y sin ánimo para contradecirles, Beramendi aprovechó una parada para despedirse y volver a su departamento.

Sobre Castilla y sus campos trasquilados y amarillos había caído la noche. El viajero halló a María Ignacia soñolienta y a los hijos dormidos. Les dejó en su descanso, y arrimado a la ventanilla, de donde veía el despejado cielo, y la tierra que imitaba la llanura de un mar espeso, se entregó a la vaga meditación. En su inmensidad yacente, también la vieja Castilla dormía, descuidada de los graves afanes de la cosa pública, quizás ignorante de ellos o despreciándolos por atender más intensamente a los afanes de la vida menuda y campestre. Echaba de menos el prócer a su amigo *Confusio* para filosofar juntos sobre aquella indiferencia de la tierra madre, sobre aquel símbolo del olvido histórico... Corría el tren por el país de los Comuneros, ahora sin aliento para la rebeldía, productor de trigo y paja más que de hombres duros así en la guerra como en la política. Por lo común, todos los gobernantes nos venían hoy de Andalucía, el país del gorjeo retórico y de los parlamentarios, que eran como ruiseñores de la administración.

Pensando así, se amodorró Beramendi, y empalmando sueñecicos, llegó hasta muy cerca de Madrid, cuya proximidad hubo de reconocer por los morados plantíos de lombarda. En la estación, la servidumbre de Beramendi esperaba a los señores, y tras la servidumbre, tímido y casi invisible, el escuálido *Confusio*... Una palabra grata tuvo para todos el buen marqués, y a *Confusio* singularmente distinguió preguntándole por sus trabajos. «Ya tengo en planta —dijo este— el *Quinto Libro* de la Historia, y ahora estoy escribiendo la *Introducción* o *Discurso preliminar* que quiero leer a usted.»

Diariamente iba repatriando el ferrocarril del Norte a los madrileños que habían salido a tomar aguas, aires, o a darse tono. Aun los que veraneaban por vanidad eran inconscientes auxiliares de la higiene y de la cultura, contribuyendo a la meteorización física y mental de una parte de la raza.

A su regreso, Madrid les ofrecía su amenidad otoñal, favorecida del temple benigno; se animaban cafés, teatros y tertulias; la política iba entrando en calor y divirtiendo a la gente con sus altercados bulliciosos. Pero iban las cosas tan mal, que no terminó el año sin que anduvieran a la greña los dos mellizos, que eran dos personas distintas y un solo sistema verdadero, y se llaman Poder legislativo y Poder ejecutivo. El Parlamento gritó: *me abro*, y el Gobierno: *te cierro*, y en estas disputas, saltaron los dos presidentes: Ríos Rosas del Congreso, Serrano del Senado, con sendas protestas que firmaron diputados y senadores... ¿Protesta dijiste? Ni el Gobierno ni la reina entendían este modo de señalar, y los protestantes fueron desterrados. Y que volvieran por otra... Mientras esto pasaba, la prensa era una muda que ya no hablaba ni por señas... Se prohibía la palabra escrita, y aun la intención apenas suspirada. Así, era una delicia ver el sinnúmero de papeles clandestinos, opúsculos escandalosos, caricaturas, aleluyas, versos cáusticos que de oscuras oficinas tipográficas salían pitando y picando como enjambre de cínifes venenosos.

Una noche de comida íntima en casa de la Belvís de la Jara, cogió Beramendi a solas a su amigo Narváez, y valido de la benevolencia que el general en toda ocasión le mostraba, se permitió exponerle una opinión severa y leal sobre la marcha de las cosas públicas; y don Ramón, exasperado, sin dejarle concluir, le dio esta iracunda respuesta: «Cállate, Pepito, y no me sulfures... ¿Crees que no me hago cargo...? Todo eso me lo he dicho yo mil veces, y yo mismo me he contestado: "Verdad, verdad... pero no puede ser, no podemos hacer más que lo que hacemos...". Viene sobre mí una presión horrorosa, un peso que aplasta... Cierto que puedo sacudirme, tirar los trastos, decir: "Ahí queda eso, Señora; nombre usted un Ministerio de palaciegos y curas...". ¿Pero no ves, tontaina, que eso sería el cataclismo, y yo no quiero echar sobre mí la responsabilidad del cataclismo?... Dices: ¡Reacción! ¡Pero si no concedo más que una mínima parte de lo que me piden! ¡Si no ceso de echar freno, freno! ¡Y aun así, carape...! En fin, Pepe, déjame en paz... Yo me encuentro con la Revolución enfrente y con la Reacción detrás... Tú ves la Revolución que grita y manotea; no ves la otra fiera que tengo a retaguardia y que a la calladita quiere deslomarme... Me gustaría verte en esta brega, toreando dos cornúpetas a la vez. Es muy divertido, como hay Dios. Apenas

68

acabas tu faena defendiéndote de las astas del uno, tienes que volverte para zafarte de los pitones del otro... Es tremendo... Sé que esto me quitará la vida.»

XI

«Ven, *Confusio* amigo, escultor de pueblos —dijo Beramendi un día—; ahora que estamos solos, siéntate, saca tus papeles y léeme tu *Introducción* al *Quinto Libro*, ilustrada con apéndices y notas...»

Leyó Juanito con entonada voz y variados matices, y oíale su Mecenas sin gran fijeza de atención, pues si en algunos trozos no perdía sílaba de la ya elevada, ya descompuesta prosa del historiador, en otros se distraía, solicitado quizás de sus propios pensamientos tristes, y acababa por desvanecerse en un estado parecido a la somnolencia. Llegó, no obstante, en el curso de la lectura, un pasaje que interesó al prócer más que lo anterior; encadenó su oído a la voz de *Confusio*, y gustando mucho de aquel fragmento, le mandó que lo repitiera para conocerlo mejor y desentrañar su sentido. *Confusio* releyó:

«El Ejército fue en aquel borrascoso reinado brazo inconsciente de la Soberanía Nacional. Cuando los pueblos no logran su bienestar por la virtud de las leyes, intentan obtenerlo por las sacudidas de su instinto. Lo explicaré mejor parabólicamente. La libertad es el aire que vivifica; el orden es el calor de estufa o brasero que templa la vida nacional para contrarrestar las inclemencias de la atmósfera. Cuando los Gobiernos no saben disponer los braseros y estos producen emanaciones venenosas, los pueblos, al caer con síntomas de asfixia, se levantan de un bote y rompen los vidrios de la ley para que entre el aire... Por el contrario, cuando los pueblos se entregan con exceso a una ventilación demasiado libre, el Poder público debe arropar, tapar grietas, encender discreta lumbre, procurando un temple moderado y benigno... Hablando en términos netamente políticos, diré que cuando el Ente moderador no ha desempeñado sus funciones con el debido criterio de justicia y de oportunidad, el Ente militar ha sabido quitar de las manos inexpertas el cetro moderante para restablecer el equilibrio...»

—Bien, bien, *Confusio* —dijo Beramendi con sincera admiración—. Ahora, en esta segunda lectura, me asimilo tu idea y alabo el agudo ingenio que penetra en la entraña de los hechos humanos.

—Claramente hemos visto que la Fuerza pública, o sea Pueblo armado, obedeciendo a una fatal ley dinámica, ha sido el verdadero Poder moderador, por ineptitud de quien debía ejercerlo. Siempre que ha venido la asfixia, o sea la reacción, el Ejército ha dado entrada a los aires salutíferos, y cuando los excesos de la Libertad han puesto en peligro la paz de la Nación...

—Claro, ha restablecido el orden, el buen temple interior. Por esto, no debemos juzgar con rigor excesivo las sediciones militares, porque ellas fueron y serán aún por algún tiempo el remedio insano de una insanidad mucho más peligrosa y mortífera. ¿No es eso lo que quieres decir?

—Eso es, señor. Lo que llamamos pronunciamientos, los pequeños actos revolucionarios que amenizan dramáticamente nuestra Historia, no son más que aplicaciones heroicas de las providenciales sanguijuelas, sinapismos, ventosas o sangría que exige un agudo estado morboso. Y yo añado en mi *Discurso preliminar* que a estas intervenciones de la Patria militar debemos la poquita civilización que disfrutamos.

—Cierto. Debes añadir que cuando no se puede ir a la civilización por caminos llanos y bien trazados, se va por vericuetos...

—Ya lo he puesto, si no con las mismas palabras, con otras semejantes.

—Dime ahora qué te propones y a dónde vas por ese nuevo desfiladero de tu *Historia lógico-natural*.

—Voy al *Quinto Libro*, o sea el del glorioso reinado del Doceno Alfonso... Ya sé que tendrá usted por extravagancia el escribir un reinado antes que nos lo dé construido el tiempo en sus talleres inmortales. A eso digo que escribir lo que ha pasado no tiene ningún mérito; la gloria de un historiador está en narrar los hechos antes que sucedan, sacándolos del oscuro *no ser* con el infalible artificio de la Lógica y de la Naturaleza...

—Por grande que sea tu arte para concebir y expresar según el modo ideal la vida futura —dijo el Mecenas—, no podrás en esta crisis turbulenta sustraerte a la realidad. Ni estás tan metido en ti mismo que ignores que una revolución se está elaborando, inevitable diluvio, tras el cual no sabemos lo que vendrá.

—Si el señor marqués me lo permite —dijo *Confusio* con la serenidad extática y mística que marcaba el estado agudo de su vesania—, negaré que estalle tal revolución. Cierto que algunos locos quieren traernos ese diluvio; pero todo quedará en chubasco y mojaduras sin importancia, porque doña Isabel, con magnánimo corazón y ardiente patriotismo, abdicará en su hijo don Alfonso. Y ya tiene usted el felicísimo reinado, precedido de una Regencia formada con tres de las más ilustres personas del Reino. Las conozco; pero, con la venia del señor marqués, me abstengo de nombrarlas.

—Sí, hijo; no te comprometas: guarda el secreto de esos nombres...

—El reinado de Alfonso XII será dilatado y próspero. No habrá pronunciamientos, porque el Rey sabrá usar con tino la prerrogativa moderatriz, y alternar con discreta cadencia y turno las dos políticas, reformadora y estacionaria. No habrá guerra civil, porque he tenido buen cuidado de matar y enterrar muy hondo a don Carlos y toda su prole, y de añadidura he ido escabechando y poniendo bajo tierra a todos los españoles que salían con mañas de cabecilla, y a todos los curas de trabuco. Verdad que, aunque por dos veces he matado a Fernando VII, su espíritu anda vagando por España, y aquí y allí sugiere ideas de absolutismo teocrático, y sopla en algunos corazones para encender llamas de intolerancia y levantar humazo de Santo Oficio... Pero el nuevo Rey, que viene al Trono con ideas precisas, con aspiraciones elevadas, fruto de su grande ilustración, destruirá el maléfico influjo de aquel espíritu protervo, vagante en la selva del alma hispana.

—Trabajo le mando al nuevo Rey —dijo Beramendi zumbón—. ¿Y estás seguro de que la educación que dan al príncipe es la que corresponde a un Rey llamado a representar en la Historia papel tan grande? ¿Crees que le preparan para ese saneamiento del alma nacional, y para empresa tan difícil como librarnos de todo el maleficio que nos trae el espíritu de su abuelo?

—Creo y sé que la educación es perfecta. Los maestros del príncipe son los más sabios del Reino, y la enseñanza está bajo la inmediata dirección de hombres tan eminentes como don Isidro Losa, don...

Soltó Beramendi la carcajada, cortando el relato del grave historiador, mas sin desconcertarle, pues habituado estaba Juanito, así a las desmedidas alabanzas como a los festivos desahogos de su Mecenas, que de ambos modos le mostraba este su afecto. «No me río de ti, sino de mi amigo Losa.

El buen señor está muy lejos de sospechar que tú le has descubierto el talento que él oculta cuidadosamente. No contradigo tus opiniones, buen *Confusio*; conserva tu inocencia, que es el molde soberano en que fundes tu saber teórico de las cosas no sucedidas. El mundo ideal que describes no sería hermoso si mojaras tu pluma en la malicia de esta realidad negra. Mantente en la virginidad de tu pensamiento y cultiva tu candor, para que tus obras sean puras, diáfanas, y nos muestren las cosas humanas vistas desde el Cielo, que es un ver estrellado, magnífico y consolador... Y ahora, hijo, vete a dar un paseíto por la Moncloa; espacia tus ideas, y dales aire para que nunca se abatan rozando el suelo... Trabaja toda la mañana, y ven la tarde que quieras a leerme tus inspiraciones... Adiós, hijo, adiós.» Guardó Santiuste sus manuscritos, y besando la mano de su protector, salió rígido, lento, impasible. En el vestíbulo encontró a los hijos de Beramendi que venían de sus clases. Saludoles el historiógrafo con la misma ceremonia que emplear solía para las personas mayores, y los chicos hiciéronlo en igual forma, pues se les tenía rigurosamente prohibido mortificar con burlas al pobre vesánico.

Ocasión es esta de dar a conocer la prole de Beramendi. Del primogénito, Pepito, ya se habló en la época de su nacimiento, fecunda en sucesos históricos, como la *Invención de las llagas de Patrocinio* y el *Ministerio Relámpago*. Siguió Felicianita, que vino al mundo el 52, a poco del atentado del cura Merino. El 54, en los preludios de Vicálvaro, nació otra niña, que solo tuvo tres meses de vida, y a fines del 57 vino Agustinito, veinte días después del nacimiento del príncipe Alfonso. Y ya no hubo más. Contentos vivían los Marqueses con sus tres críos, en quienes cifraban sus más risueñas esperanzas. La sucesión de la noble y opulenta casa estaba bien asegurada, y a mayor abundamiento, tanto la niña como los varoncitos eran dóciles, guapos, y disfrutaban de excelente salud. En los tres se recreaban los padres, poniendo en su educación y crianza todo el cariño y dulzura compatibles con la severidad. En 1867, por donde ahora va Clío Familiar, había terminado Pepe sus estudios del bachillerato, y hacía sus primeros pinitos en la Universidad. Era un chico aplomado, fácil a la disciplina, bastante dúctil para seguir las direcciones que se le indicaban. Venía, pues, cortado para la vida opulenta y noble a la moderna, y con su ligero barniz universitario, su título abogacil y su correcta educación mundana, respondería cumplidamente a los fines ornamentales de su clase en el organismo patrio. Un poco de esgrima y un mucho de equitación daban la última mano a su figura social.

Felicianita, que aún estaba de traje corto, era una niña de excelente índole, muy despierta. La madre iba introduciendo en su cerebro las ideas con mucho pulso, temerosa de que se asimilara demasiado pronto el conocimiento de la vida tal como existía en el claro intelecto de María Ignacia. Sin ser una belleza, el conjunto agraciadito de su persona garantizaba, para dentro de tres o cuatro años, un buen partido matrimonial, titulado y rico...

Tinito, el Benjamín de la casa, con nueve años y pico en 1867, se había traído toda la imaginación lozana de Pepe Fajardo, su gracia y atractivos personales. A sus hermanos aventajaba en donaire y belleza; era el encanto de todos; con sus monadas y zalamerías engañaba a los padres haciéndose perdonar sus travesuras, y a su abuela, doña Visita, la tenía embobada y medio chocha. No se conseguía fácilmente que estudiara, y solo a fuerza de promesas y regalitos dominó el chiquillo las primeras letras. Su afición al dibujo era tal a los cuatro años, que no tenía su padre en el despacho papel seguro. Emborronaba los sobres de las cartas, las hojas de los libros y los márgenes de los periódicos. Un año después era maestro en la pintura de soldados graciosísimos, iluminando el trazo de tinta con lápices rojo y azul. Poco a poco iba entrando en la Aritmética y Geografía, y en el árido estudio gramatical. A los nueve años, sentada un poco la cabeza, conservaba *Tinito* su graciosa inquietud y el ángel o simpatía con que a todos cautivaba.

No vivían los Beramendi con fausto y vanidades correspondientes a la formidable riqueza que dejó el señor de Emparán. Este caballero, de médula y cáscara absolutistas, transmitió a sus herederos, con el pingüe caudal, tradiciones que fácilmente se petrificaban en la existencia, y entre aquellas ninguna persistió tanto como la moderación de los goces sociales y el bienestar comedido. La misma tradicional mesura se advertía en las relaciones, que no abarcaban un círculo demasiado extenso, limitándose a las antiguas amistades de la familia, y a las nuevas y bien seleccionadas traídas por el tiempo. Entre las primeras sobresalía don Isidro Losa, que era el único superviviente de la tertulia íntima de don Feliciano Emparán, y por esto le distinguía doña Visita con extremosas atenciones. Otra de las amistades más firmes era la de la marquesa de Madrigal, que había sido compañera de colegio de María Ignacia: desde su infancia quedaron unidas por una tierna amistad, que había de durar toda la vida. En 1867, la Madrigal desempeñaba un alto cargo de etiqueta en el cuarto de las Infantitas. Las nuevas relaciones traídas por Fajardo eran escogidísimas: Morphy, Guelbenzu, Monasterio, presidían el estamento musical en las agradables noches dedicadas al recreo artístico, y la poesía y pintura tenían su representación en Ayala, Selgas, Asquerino, en el viejo don Carlos Ribera y los jóvenes Gisbert, Palmaroli y Haes.

Eugenia de Silva, marquesa de Madrigal, era madrina de *Tinito*, a quien amaba como a sus hijos, y se lo disputaba a María Ignacia para mimarle y retenerle, llevándole de paseo en coche, y al teatro los domingos por la tarde. Estas menudencias refiere Clío Familiar, como introito a la interesante conversación que tuvieron una noche María Ignacia y su ilustre marido.

«¿No sabes, Pepe, lo que ocurre? Por segunda vez me ha dicho Eugenia que se encontraron en lo reservado del Retiro nuestro *Tinito* y el príncipe Alfonso. Jugaron juntos, y se han hecho tan amigos, que el príncipe se quedó muy triste cuando llegó el momento de la separación. Pues esta tarde, la infanta Isabel, que también estaba en el Retiro, ha convidado a almorzar a *Tinito* con ella, el príncipe y sus hermanas...»

—¿Mañana? Pues que vaya. Bueno es que el niño se acostumbre al trato de esas altas personas. Le vestirás bien, sin elegancias rebuscadas, impropias de chiquillos, y antes que vaya a Palacio le aleccionaremos, para que no diga ni haga ninguna tontería.

XII

Fue a Palacio *Tinito* y volvió encantado de la amabilidad de la señora Infanta. En cuanto almorzaron, bajó con el príncipe a las habitaciones de este, que están en el entresuelo, y Alfonso enseñó al amiguito su soberbia juguetería. ¡Vaya unos juguetes, compadre! Todo lo contaba el chiquillo con gracia y prolijidad encantadoras, sin omitir nada. Refirió que en el entresuelo había encontrado a don Isidro Losa, que aquel día estaba de guardia, muy majo, vestido de gentilhombre... Entre los juguetes, admiró principalmente *Tinito* un tren de artillería con cañones de verdad, que podían dispararse, y una fragata lo mismito que la *Numancia*, con sus marineros subidos a los palos. Allí estuvieron enredando *Tinito*, el príncipe, Juanito Ceballos, que era su compañero inseparable, y Pepito Tamames. El juego consistía en enganchar al tren de artillería las parejas de mulas, los armones, colocar en sus puestos a los artilleros, y arrastrar todo el armadijo de una habitación a otra. En esto llegó el marqués de Novaliches, que dijo al príncipe que no se sofocara demasiado, y don Isidro encargó a los cuatro que jugaran con juicio. En aquel trajín se les pasó el tiempo, hasta que llegó el profesor militar, y con él dio Alfonso la lección de manejo de carabina y sable; después lección de leer y escribir, y luego le mudaron de ropa para salir de paseo. «Salimos con él el chico de Ceballos y yo —prosiguió *Tinito* en sus explicaciones—. Íbamos en coche de mulas. Nos acompañaba don Guillermo Morphy... ¡Hala!, ¡al Retiro, a lo Reservado, a correr!... Alfonso estaba muy contento y hacía la mar de travesuras. Metía los pies en todos los charcos, y se mojaba. Morphy le reprendía; pero ¡quia!, no hacía caso... Al llegar a Palacio le cambiaron de calzado; subió a comer con la reina y el Rey. Eugenia me recogió a mí para traerme a casa.»

Reclamada por el propio Alfonso una segunda visita, volvió allá el niño de Beramendi a las diez de la mañana. El príncipe, según contó después, daba su lección con un señor cura... la lección duró más de una hora... Subieron al almuerzo en el comedor de arriba; quedáronse un ratito en el cuarto de la Infanta viéndola dar su lección de arpa con madama Roaldés. Luego, otra vez al entresuelo, donde el príncipe dio lección de carabina, disparando tres pistones, y lección de ejercicio, lo mismo que un soldado. Refiriendo esto, el salado *Tinito* expresaba a su modo, con pueril candor, la destreza de Alfonso en el ejercicio militar, y lo orgulloso que estaba de que sus amiguitos le vieran y admiraran en aquel noble estudio. Y terminó su cuento con una observación que a los padres hizo gracia; mas no la rieron por no dar lugar a que el chiquillo entrara en malicia. Fue de este modo: «Papá, voy a decirte una cosa. Alfonso no sabe nada. No le enseñan más que religión y armas.»

—Hijo mío, es todo lo que necesita un rey. Ahí tienes a San Fernando, que con eso no más fue un gran monarca y además santo.

—Yo pensé que un rey tenía que aprender gramática, porque... Si no sabe gramática, ¿cómo ha de escribir bien los decretos?

Advirtiole su padre que era de mala educación meterse a juzgar si el príncipe sabía o no sabía. Los herederos de una corona lo saben todo aunque parezcan ignorantes. Recomendole además severamente que no hablara con nadie de tales cosas, pues de lo contrario no volvería más a Palacio... Convidado *Tinito* por tercera vez a almorzar con el príncipe y las Infantas, María Ignacia le preguntó por la noche si había observado fielmente las reglas de buena crianza indispensables en mesas de tanto cumplido. «Mamá —respondió el niño—, todo lo hago como tú me lo mandaste. Cuando la señora Infanta me dice que si quiero más, le contesto que no señora, y que muchas gracias.»

—Y del tratamiento no te habrás olvidado.

—¿Qué me voy a olvidar? *Su Alteza* para arriba, *Su Alteza* para abajo. La Infanta doña Isabel es muy buena, me quiere mucho y se ríe de todo lo que digo.

—Cuéntanos otra cosa. Después del almuerzo, ¿dio la Infanta su lección de arpa?

«No: la Infantita Pilar se puso a leer en un libro dorado, y la Infantita Paz y Alfonso me dijeron que les pintara muñecos... lo que yo quisiera, vamos... La Infanta Isabel me llevó a una mesita; sacaron un pliego de papel, lápiz negro y lápiz encarnado, y yo pinté una fila de soldados en marcha, con el pie adelante y el fusil al hombro, y *entre medio* de la tropa, dos curas tocando el piporro... Se rieron mucho. Alfonso cogió el papel para guardarlo. La Paz se lo quería quitar... Riñeron; Alfonso podía más. Yo le dije a Paz: "Déjaselo, que yo pintaré otro para tu Alteza...". Bajamos al entresuelo. Después de la clase de Religión, que fue muy pesada, dio Alfonso la de manejo de espada y sable, y se puso tan valiente, que a Juanito Ceballos y a mí nos daba miedo verle. El día que sea Rey, cualquiera se le pone delante. Luego me dijo que vaya un día por la mañana, y me llevará al picadero para que le vea montar a caballo.» Sin venir a cuento, volvió el chicuelo a mofarse de las lecciones de su regio amiguito, insistiendo en que no le enseñaban más que Historia Sagrada y Religión. Reprendiole nuevamente el marqués por meterse a censor de cosas tan delicadas... ¿Qué entendía él, pobre niño, de educación de príncipes? Pero *Tinito*, sin desconcertarse, montó en las rodillas de su padre y le echó los brazos al cuello murmurando: «¿Quieres que te diga un secreto?» Y con voz muy queda soltó el secretico en el oído paterno: «No sabe nada de Reyes de España, porque yo le hablé de Ataúlfo, y riéndose me dijo que Ataúlfo era don Isidro Losa.»

—Eso puede significar que el príncipe y sus amiguitos han puesto el apodo de *Ataúlfo* al buen don Isidro. Pero no quiere decir que Alfonso desconozca los nombres de los Reyes de España. Con asomarse a la Plaza de Oriente aprende más que tú en tu librito. Lo demás se lo enseñan los retratos de que están llenos los palacios de Madrid y Sitios Reales, y el gran salón de la Armería.

Dicho esto, besó al chiquillo y entregolo al brazo secular de la madre y criadas para que le diesen su cenita y le llevaran a la cama, donde pronto se quedaría dormido como un ángel; y soñaría tal vez que se hallaba en el picadero de Caballerizas, rigiendo un vivaracho y airoso potro en compañía del futuro Rey de España. Tiempo hacía que Beramendi pensaba con insistencia en la educación del príncipe de Asturias, dando a este asunto importancia tan grande, que de él dependían la bienandanza o desventuras del próximo reinado. Por su amigo Guillermo Morphy sabía que el digno general marqués de Novaliches, mayordomo y Caballerizo mayor de Su Alteza, había dispuesto que se abriese un Registro en que diariamente anotaran la vida del príncipe los tres gentileshombres al servicio de Su Alteza, don Isidro Losa, don Guillermo Morphy y don Bernardo Ulibarri, consignando cada cual lo ocurrido en las horas de guardia respectiva.

El libro se llevaba escrupulosamente, y en él constaban las ocupaciones del niño, todo lo corporal y anímico, sus catarros frecuentes, sus tareas escolares, con nota minuciosa de los adelantos observados cada día; sus rezos y actos de devoción, el grado de apetito en las comidas, los juegos y juguetes. No faltaban las travesurillas propias de la edad, ni aun los arranques de soberbia o los generosos impulsos, que podrían ser trazos indicadores del carácter del nombre. Director de estudios era el general Sánchez Ossorio; profesores militares, un teniente coronel por cada arma; profesor de religión, el padre filipense don Cayetano Fernández, y de lectura y escritura don Antonio Castilla.

Deseaba Beramendi penetrar en el Cuarto del príncipe, verle de cerca, hablar con él, pasar la vista por el libro en que constaban todos los actos y movimientos de la vida mental y fisiológica de tan interesante persona. La ocasión de satisfacer aquella curiosidad se la facilitó el propio marqués de Novaliches, a quien tuvo una noche en su tertulia de confianza. Hablando de Su Alteza, expresó Pavía el grande amor que al príncipe profesaba, y su sentimiento de verle tan endeble de salud y tan propenso a las dolencias pulmonares. Si se agitaba un poco jugando, venía enseguida el enfriamiento, luego la tos y un poquito de fiebre. «Fíjense ustedes —decía— en la carita descolorida de Su Alteza. Su mirada es triste, y sus ojos parecen cada día más grandes... Quiera Dios que esta criatura no nos dé un disgusto el mejor día. Lástima será que se malogre, porque es bueno como un ángel, y despejadito como él solo.»

En el curso de la conversación, dijo luego Novaliches que Alfonsito estaba convaleciente de uno de aquellos resfriados que fácilmente cogía por agitarse en el juego o en el ejercicio de sable y carabina. Ya se levantaba; pero no daba lección ni salía de Palacio; se pasaba el día con el magnífico juguete que le había regalado el duque de Veragua, una Plaza de Toros corpórea, con su cuadrilla, mulas, caballos, alguaciles y demás piezas. La marquesa de Madrigal, confirmando estas referencias, propuso que pues estaba también malo Juanito Ceballos, el inseparable camarada de don Alfonso, debían llevarle a *Tinito* para que le acompañase en su aburrida convalecencia. La proposición de la dama le pareció de perlas al mayordomo y Caballerizo mayor de Su Alteza. «Mande usted a su chico mañana temprano, Pepe —dijo a Beramendi—, o llévele usted mismo, y así podrá ver al príncipe y apreciar su talento, su buen natural. Como logremos sacarlo adelante, podrá decir España: "Tengo un Rey que no me lo merezco".»

A la hora que indicó Novaliches, más bien un poquito antes, paraba el coche de Beramendi en la Puerta del príncipe. A los diez minutos de entrar en Palacio *Tinito* y su padre, y después de un viaje laberíntico por aquel confuso monumento, traspasando puertas y mamparas, sube por allá, baja por aquí, llegaron al Cuarto de don Alfonso, guiados por un alto funcionario de la Intendencia. En la antesala les recibió Morphy, que a las doce de aquel día terminaba su guardia. Impresión de tristeza y ahogo recibió el buen Fajardo al recorrer las estancias del entresuelo, asombradas por el espesor de los muros, que, con la bóveda de los techos, ofrecían aspecto de casamata: las ventanas eran troneras. Componían el Cuarto de Su Alteza varios aposentos: alcoba, guardarropa, sala de estudios, gimnasio, comedor, oratorio, secretaría, oficios, etc.

Salió Novaliches a recibir al amigo, y este no pudo disimular la impresión desagradable que el local le causaba. «No es este el mejor alojamiento para un niño de constitución débil, heredero de la Corona. La infancia de un Rey pide mayor desahogo, luz, aires de campo, alegría. ¿Por qué no vive Su Alteza en el mejor departamento de Palacio, que es todo el principal que da al Campo del Moro? ¿Para qué quieren aquellas salas amplias, inundadas de luz, con un horizonte espléndido que recrea los ojos y el espíritu? ¿No comprenden que lo primero que necesita el que ha de ser Rey, es habituarse a ver mucho, a respirar fuerte y a contemplar las cosas lejanas?» El buen Pavía alzó los hombros, inhibiéndose de aquel asunto, y Morphy se atrevió a decir: «Lo mismo pensamos nosotros; pero... quien manda, manda.»

Apenas llegaron a la presencia de Alfonso, ofreció a este sus respetos *el papá de Tinito*, que con este nombre fue presentado el marqués a Su Alteza por el general Pavía. Díjole Beramendi mil cosas lisonjeras: que tenía un gran placer en hablarle; que en él veía la mayor esperanza de la patria, y que su salud interesaba a todos los españoles. Contestó Alfonso con timidez, afable y sonriente, fiel observador ya de la urbanidad regia, que aprendido había antes que los primeros rudimentos del saber humano. Respecto a la salud, dio Novaliches las mejores impresiones; ya no le quedaba al niño más que algo de tos y un poquito de pereza. Corral, que acababa de salir, había recomendado que jugase todo el día, sin cansar la imaginación con lecciones. «Anoche —añadió el general—, Su Alteza, después de acostado, me pidió los húsares de plomo para jugar en la cama. No quería rezar... Tuve que coger yo el nuevo libro de rezos que mandó hace días Su Majestad, y leerlo para que él repitiera. De este modo rezó, aunque de mala gana...»

Protestó Alfonso con gracia, diciendo: «Pero esta mañana bien recé, marqués... Sin que me leyeras nada...»

—Sí, sí... Pero Su Alteza no quería levantarse, y tuve que coger el libro de cuentos y leerle algunos para entretenerle... hasta que vino Corral, y ordenó suprimir la lectura y abandonar el lecho...

Siguió Beramendi hablando con Su Alteza de las lecciones, de los rezos y prácticas religiosas, de la enseñanza militar, de la esgrima y equitación, y en todas sus réplicas mostró el chico un despejo y claridad de juicio que encantaron a su interlocutor. Al terminar el coloquio, los sentimientos de Beramendi con respecto al heredero de la Corona eran: un cariño intenso, un elevado interés político y una vivísima compasión.

XIII

Retirose Novaliches; entregose Alfonso con delicia al placer de enseñar su Plaza de Toros a *Tinito* y a otro niño (hijo de un portero de damas) que había bajado antes, y Pepe Fajardo pasó con su amigo Morphy a mayordomía, donde el gentilhombre de guardia tenía que anotar sus observaciones. Tuvo, pues, el hombre la mejor coyuntura para hojear el registro y conocer en sus menores detalles la vida, los estudios, conducta, indisposiciones del príncipe de Asturias, y el tratamiento físico y mental que a su salud y educación se aplicaba. El libro, destinado sin duda a documentar una parte esencialísima de la Historia patria, resultaba de inmenso interés en su insípida y deslavazada literatura.

Beramendi leyó: «*1.º de octubre*. Su Alteza Real ha almorzado a las doce de la mañana. A la una ha dado la lección de ejercicios, hasta las dos menos diez minutos; a las dos dio la lección de Escritura con el señor Castilla, y a las tres de Religión con el señor Fernández. A las cuatro y media tomó sopa de arroz como acostumbra, y a las cinco menos ocho minutos subió a las habitaciones de Su Majestad la reina para salir de paseo...»

«*4 de octubre*. Su Alteza estuvo jugando hasta las dos y cuarto. No tuvo lecciones por ser hoy día de Su Majestad el Rey, y a las tres menos cuarto subió a las habitaciones de Su Majestad la reina para asistir al besamanos con el traje de sargento primero y la cruz de Pelayo. Concluyó la ceremonia a las seis y cuarto, a cuya hora bajó Su Alteza con el señor marqués de Novaliches porque le apretaba mucho una bota (no al marqués, sino a Su Alteza). Dicho señor marqués le quitó la bota y examinó minuciosamente el pie, sin encontrarle nada de particular. De esta circunstancia se hace especial mención por haberlo creído oportuno el jefe superior del Cuarto de Su Alteza...»

Observó Beramendi en su rápida lectura la variedad de estilos de los tres caballeros guardianes de Su Alteza. En lo escrito por Morphy se revelaba el hombre de cultura y principios; discreto y claro aparecía don Bernardo Ulibarri; don Isidro Losa era la pura sencillez mental. Atento solo a la escueta obligación doméstica, llenaba páginas del libro con su gramática inocente y su fantástica ortografía. Ved la muestra:

«*Dia 6*. El Principe mi señor almorzo a las doce Dio sus Lecciones, salió a N. S. De Atocha... Comio vien se metió en la cama a las diez a dormido diez horas tomó poco chocolate se a confesado a las nuebe y media el padre Fernandez celebró la misa... *Dia 9*. Almorzo con apetito; dio sus Lecciones a las Oras marcadas y bastante inquieto: a las cuatro se aseo tomo la Sopa y Salio a Paseo Con el mayordomo señor Marques de Novaliches, Profesor Sanchez y Juanito bolbio a las Seis y Cuarto... Subio a comer a las ocho se lebanto de la mesa y hasta las diez permanecio en la camara jugando con Juanito se dio un golpe en el muslo Izquierdo con el Tallado de una Cónsola, a las diez se quedó dormido desperto a las nuebe sin moberse en toda la noche Se lebantó a las nuebe y media sin sentir dolor por el golpe rezo las oraciones asistió a misa en Su Cuarto salio a paseo a la Montaña con Su mayordomo mayor bolvio a las once y asistio a la misa de Ofrenda con SS. MM. y AA. A las doce menos Cuarto bajo y se Corto el Pelo S. A...»

Repasando el Diario, observó Fajardo que en la endeble salud del príncipe ponían los tres guardianes toda su atención. Rara era la página en que no se leía: «se despertó a media noche, estornudó y se sonó», o bien: «anoche no estornudó más que una vez.» Ulibarri escribía: «Despertó a las seis menos cuarto para sonarse, quedando dormido enseguida.» De Morphy es este párrafo: «Durante la comida estornudó Su Alteza varias veces: atri- buyéronlo Sus Majestades a haberse asomado al balcón la noche antes para oír la serenata.» Pero aún más que de la salud del cuerpo del príncipe, debían inquietarse de la del alma, pues minuciosamente apuntaban cada día sus rezos y devociones. Entre las monotonías del machacón y cansado libro, descollaba el inevitable informe de la lección de Religión y Moral que el príncipe daba diariamente. Podían olvidarse de otros asuntos; pero esta ingestión de cascote no se les quedó jamás en el tintero.

Una hora larga de Religión todos los días del año había de dar al Principito un saber dogmático que le permitiría hombrearse con el Concilio de Trento. Ocurría que cuando algunos mitrados visitaban a la reina, mandábales esta al cuarto de su hijo a que presenciaran la tarabilla religiosa. A este propósito dice Morphy con cierto cansancio irónico: «dio la lección Su Alteza en presencia de los obispos de Ávila, Guadix, Tarazona y *de otra diócesis que no recuerdo.*» Y el sencillísimo Losa nos cuenta en su parte del 30 de octubre: «A las Ocho y Media disperto labo y vistio dio gracias a Dios y tomo chocolate con apetito a las diez dio lección de Religión en la presencia del señor cardenal de Burgos quedando muy complacido de lo adelantado que esta su Alteza por lo que merecia nota de *Magníficamente en todo.*»

En lo referente a los cuidados y tratamiento medicinal del príncipe, demostraban los gentileshombres el miedo a complicaciones patológicas. Los accidentes más vulgares eran registrados como garantía del exquisito esmero que debía ponerse en conservar la preciosa vida del heredero del Trono. Constan en el libro prolijas observaciones anotadas por Ulibarri y Morphy con discreta retórica; mas el bueno de don Isidro, enemigo de circunloquios, refería los hechos con realismo ingenuo, y así su prosa histórica nos da esta candorosa sinceridad: «El Serenísimo principe mi Señor se dispertó a las nuebe menos diez minutos se labo, bistió, rezando sus Oraciones, tomó chocolate, se le mobio el Vientre muy natural y abundante; a las diez menos cuarto principio la leccion de Religion... Salio a paseo a las once menos cuarto... Con Juanito fue al gicnasio pasó una hora muy dibertida esta muy vien de Salud...»

Hojeando, encontró el marqués esta interesante página suscrita por Ulibarri: «*1.º de noviembre*. Su Alteza asistió a la Capilla Pública con Sus Majestades e Infanta Isabel: estuvo en la función con mucha atención y compostura, bajando luego a su cuarto, donde jugó hasta las tres y media, que tomó la sopa. A las cuatro se recibió aviso de Su Majestad la reina para que subiera Su Alteza al despacho con objeto de ver al *brigadier de la Armada don Juan Topete, a quien abrazó Su Alteza por indicación de Su Majestad, cuya honra fue hecha por su buen comportamiento en el combate del Callao.*»

Suspendió el curioso lector al dar las doce su fisgoneo del Diario; Morphy entregó la guardia a don Isidro Losa, y con los saludos al uno de despedida, al otro de entrada, se entretuvo el caballero más de lo que quiso. Quedó, pues, un rato en poder del bueno de Losa, el cual le rogó que fuese una mañana a la hora en que Su Alteza daba la clase de Moral y Religión. Así podría formar idea de lo bien instruidito que estaba en aquella sabiduría, la principal y más necesaria para un Rey. «Créame, don José —decía, dándole cariñosos palmetazos en el hombro—, lo que nos importa es tener un monarca muy religiosito y sumamente moral.»

Oía Pepe Fajardo al buen don Isidro como quien oye llover, que acostumbrado estaba, desde los tiempos de don Feliciano, a la densa monotonía de sus opiniones. En la casa se le apreciaba por su fiel amistad, pues tanto como tenía de anticuado en sus pensares, tenía de consecuente en sus sentires. Era, pues, un hombre de buen natural, afectuoso, que había sabido hacerse perdonar su inverosímil, casi milagroso encumbramiento. Si el palatinismo es una carrera, no se vio jamás carrera más loca que la de aquel bendito señor. Empezó por cerero de Sor Patrocinio, fámulo más bien de la cerería que a la llagada *Madre* suministraba velas y blandones; adornábale los altaruchos; le servía en recaditos y encomiendas. De estos oscuros menesteres pasó a la servidumbre del Rey don Francisco, donde su lealtad, diligencia y buen modo le captaron la voluntad del augusto amo. Servidor fiel de la familia, velozmente adelantó y subió en el escalafón palaciego. Fue Ujier, secretario de Cámara, Gentilhombre de casa y boca, mayordomo de Semana... llegó a poseer la gran Cruz de Isabel la Católica, y por fin, el título de conde. En el trato particular, don Isidro era siempre llano, modesto, y no tenía más orgullo que la incondicional y ardiente adhesión a la Familia, en cuyo servicio había subido de cerero a personaje resplandeciente de galones, cintajos y veneras que infundían a la gente un respeto hierático. Su estatura era menos que mediana; sus cabellos, su bigote espeso y cortado blanqueaban ya; su cuerpo rechoncho inclinábase un poco, como cediendo al peso de tantos honores.

Conversó de nuevo Pepe Fajardo con Su Alteza, teniendo ocasión de apreciar por segunda vez su bondad y claro entendimiento; recomendó a *Tinito* la formalidad, y con un apretón de manos a don Isidro y nuevos espaldarazos de este, hizo su despedida del Cuarto del príncipe y de Palacio, satisfecho de las enseñanzas de aquella visita. En su casa contó a María Ignacia cuanto había visto, y tres días después recibió la visita del gran *Confusio*, con quien sostuvo un coloquio interesante, digno de pasar a la Historia, aunque esta sea la llamada *Lógico-Natural*.

«Ya puedes ir abandonando −dijo Beramendi− tu plan de reinado de Alfonso *Doceno*. Si así no lo haces, desde nuestros sepulcros oiremos las carcajadas de la realidad. He visto de cerca al príncipe, he respirado el ambiente que él respira, he tomado el pulso a su educación y a sus educadores, y he venido al convencimiento de que su reinado, si Dios no lo dispone de otro modo, no será como tú lo imaginas... Sí, honrado *Confusio*; sí, candoroso *Confusio*... Alfonso es un niño inteligentísimo; posee cualidades de corazón y pensamiento que bien cultivadas, bien dirigidas, nos darían un Rey digno de este pueblo; pero semejante ideal no veremos realizado, porque se le cría para idiota: en vez de ilustrarle, le embrutecen; en vez de abrirle los ojos a la ciencia, a la vida y a la naturaleza, se los cierran para que su alma tierna ahonde en las tinieblas y se apaciente en la ignorancia.»

Decía esto el buen Fajardo poseído de ardimiento y cólera; medía la habitación con pasos de gigante, y sus brazos aspeaban por encima de la cabeza. El pobre Santiuste oía sin chistar, pálido y atónito ante la iracunda voz y descompuestos ademanes de su Mecenas. El cual prosiguió: «Compadezco a ese niño y compadezco a mi Patria. En Alfonso vi una esperanza. Ya no veo más que un desengaño, un caso más de esta inmensa tristeza española, que ya ¡vive Dios!, se nos está haciendo secular.»

Calló el prócer después de dar un fuerte manotazo en la mesa, junto a la cual se sentaba el esmirriado Juanito. Este saltó de su asiento como un muñeco de goma. Siguió una corta pausa, durante la cual el escultor de pueblos revolvió en su turbada mente las ideas optimistas que acerca de la educación del príncipe tenía, y como buen lunático se dispuso a sostenerlas diciendo: «Señor, con la venia de usted yo insisto en que los educadores del heredero de la Corona sabrán modelar al hombre y al Rey para que sea la mayor gloria de esta Nación en el siglo que corre y parte del que venga.»

−Por esta vez, *Confusio* amigo −dijo Beramendi cada vez más nervioso y exaltado−, no te dejo vagar por las nubes, no permito que te encarames a las estrellas para escribir tu Historia. ¿Sabes lo que hago? Agarrarte por el pescuezo, restregarte el hocico contra las asperezas de la realidad, para que te enteres, para que conozcas los hechos tales como son. *(Marcando con gesto vigoroso la intención de hacer lo que decía...)* Así sabrás la verdad de la educación del príncipe, que no es educación, sino todo lo contrario, un sistema contra-educativo. Sus maestros le enseñan a ignorar, y cuanto más adelantan en sus lecciones, más adelanta el niño en el arte de no saber nada... Bien está el manejo de las armas; buena es la equitación como ejercicio corporal: la prestancia de un Rey exige todo eso... ¿Pero acaso no pide también una fuerte enseñanza espiritual? ¿Es el Rey no más que un figurón a pie o a caballo para presidir ceremonias ociosas o paradas teatrales? Un Rey es la cabeza, el corazón, el brazo del pueblo, y debe resumir en su ser las ideas, los anhelos y toda la energía de los millones de almas que componen el Reino. ¿No lo crees así, o es que tú también te has vuelto idiota?

XIV

—Así lo creo —dijo *Confusio* con más fuerza en el movimiento de cabeza que en la delgada y tímida voz.

—Pues bien: para el modelado espiritual de nuestro Rey no hay en aquella casa más que un cura teólogo y poeta, que tiene el encargo de administrar diariamente al príncipe una dosis de Religión indigesta y de Moral abstracta que el pobre niño aprende a lo papagayo. Con escoplo y martillo, el don Cayetano va metiendo en el cerebro de Alfonsito sus lecciones. ¿Y estas qué son más que un conglomerado farragoso que se irá endureciendo y petrificando, masa inerte de conceptos sin sentido, que no dejará lugar para otras ideas si en su día quisieran entrar allí? Muy santo y muy bueno que se enseñen al primero de los españoles los principios fundamentales de la Religión que profesamos. Pero el catecismo es sencillo, breve, facilísimo. ¿A qué vienen esas pesadas y tediosas lecciones? Lo que Jesucristo enseñó con aforismos y parábolas de hermosa concisión, ¿por qué lo ha de enseñar don Cayetano en días y días con amplificaciones hueras y pesadeces sermonarias? ¿Qué sustancia ha de sacar Su Alteza de esa ingestión de paja, en la cual van perdidos algunos granos de trigo? Bastaría para enseñar al príncipe la Religión las cortas lecciones de un aya discreta y dulce... ¿Y

85

qué me dices de ese furor para incrustar en la mente de Alfonso una moral teórica y formularia que el niño no puede entender? ¿No sería más eficaz enseñarle la Moral con continuos ejemplos y observaciones de la vida? Yo te aseguro que si el príncipe no echa por sí mismo de su cerebro toda la paja y el serrín que le introduce con su labor de fabricante de muñecos el padre filipense, acabará por no tener religión ni moral: será un volteriano y un hombre sin probidad...

—Cierto, cierto —dijo *Confusio*, que con la fuerte inyección de ideas administrada por Beramendi se puso en gran inquietud, y levantándose de un salto empezó a dar manotazos y a correr disparado por la estancia—. Lo que el señor dice es claro y sencillo como el Evangelio... Educación mísera, educación de Seminario, no para príncipes... En todo caso para princesas... No para Reyes, sino para sacerdotisas destinadas al bordado de casullas. Pero yo, señor... y no se incomode por lo que digo... yo tengo compromiso de presentar el reinado de Alfonso como de los más bienaventurados y magníficos. Es inspiración, señor; es aviso del Cielo que siento en mi alma; y si yo abandonara este criterio para adoptar otro, me moriría sin remedio... porque, créalo el señor marqués, mi vida está estrechamente enlazada a estas dulces mentiras.

Cogiole Beramendi del brazo y le llevó al sillón, obligándole a sentarse. «Sosiégate, pobre *Confusio* —le dijo—, y óyeme. Hay un modo de conciliar tus ideas con las mías, tu ilusión con la realidad. Escribe el reinado a tu gusto: glorioso, lleno de prosperidades, y además largo. Puedes dilatarlo hasta comprender todo el primer cuarto del siglo que viene. Dale al buen Alfonso una larga vida, y en ese tiempo despáchate a tu gusto, haz de esta pobre España un país extraordinariamente venturoso y civilizado, devolviéndole sus pasadas grandezas. Mas para eso necesitas educar al Rey. ¿Cómo? Voy a decírtelo. Nada conseguirás teniéndole bajo la férula de don Cayetano Fernández. Sácale de ese ambiente de ñoñerías, rezos y lecturas de libritos devotos del padre Claret; aplícale el remedio heroico, el procedimiento educativo y bien probado... ¿No caes en ello? Pues si quieres hacer de don Alfonso un gran Rey, de vida fecunda y altos hechos, arráncale a viva fuerza de ese oscuro Cuarto Real y échale de aquí, lánzale al azar de la vida libre...»

—¡Revolución! —murmuró por lo bajo el trastornado pensador, como hablando con su camisa—. ¿Y...?

—Revolución, sí —dijo Beramendi con nueva inquietud y furia de pensamiento, soltándose a los paseos de gigante en la estancia—. Revolución, Cirugía política, ya que la Medicina está visto que no sirve para nada... Amputación, hijo, pues no hay otro remedio. Tienes que coger al príncipe y convertirle en Juan Particular, lanzándole al aire del mundo, a la adversidad... Verás cómo se despabila... verás cómo sus talentos renacen, cómo su voluntad se fortifica, y todo su ser adquiere gran viveza y brío. Hazlo así: cierra los ojos, y fuera con todos. Esta gente no aprende de otro modo... Hay que desentumecer, hay que sanear, penetrar en Palacio con un largo plumero y quitar las telarañas que ha tejido en los altos y bajos rincones el genio teocrático... Y en cuanto al espíritu de Fernando VII, que pegado a los tapices, a las sedas y alfombras allí subsiste, no echarás más que con exorcismos de Prim y buenos hisopazos de agua de Mendizábal... Anda, hijo; emprende la obra. No te olvides de quemar la santa túnica de Patrocinio, sudada y asquerosa, que allí encontrarás; quemarás asimismo todos los papeles que encuentres de la bonísima cuanto inexperta doña Isabel, pues nada pierde la Historia con que las llamas devoren ese archivo... Y por fin, el Cuarto del Rey don Francisco lo sanearás y purificarás, no con el fuego, porque no lo merece, sino con aire tan solo: bastará que abras balcones, puertas y ventanas para que salgan todos los mochuelos, lechuzas, murciélagos, correderas y demás alimañas que allí han hecho su habitación...

»Luego que termines estas operaciones salutíferas, mi buen *Confusio* —añadió el Mecenas—, dejas pasar tiempo, el tiempo prudencial según tu criterio, y cuando creas llegada la ocasión, traes del extranjero a nuestro príncipe y le proclamas Rey. Verás cómo viene robusto, templado por la desgracia, fuerte de voluntad, vigoroso de entendimiento, nutrido de sanas ideas, y encaminado a las resoluciones que le harán digno jefe de un Estado glorioso. En tales condiciones, podrás construir, con el nombre de Alfonso Doceno, un reinado que no debe durar menos de medio siglo.

La convicción y elocuencia con que hablaba el ingenioso Beramendi fue mecha que inflamó la pólvora de ideas, que almacenada en su tumultuoso cerebro tenía el buen *Confusio*, porque estalló en entusiasmo y alegría como el que súbitamente descubriera un mundo. Saltando del asiento, erizado el cabello, encendidos los ojos, altos los brazos, exclamó: «Señor marqués, bendita sea su boca, que me ha dado la clave de mi *Libro Quinto*. Ya lo veo claro; ya veo el reinado grandioso, el reinado de paz, ventura y progreso, que prolongaré, si usted me lo permite, hasta 1925.»

Mientras le decía Beramendi que podía prolongar el reinado de Alfonso todo lo que le diese la gana, y crear una extraordinaria riqueza nacional, un Ejército poderoso, una Marina formidable, aumentar las colonias, extender el dominio hispánico por África y América, *etc.*, *etc.*, fue nuestro buen Santiuste cayendo desde la altura de su entusiasmo a la profundidad de un frío aplanamiento.

«Pero, señor marqués —dijo con desconsolada y temblorosa voz—, desde que arrojo a nuestro Alfonso hasta que le traigo de nuevo a España, hay un espacio, un interregno... ¿Qué pongo en él?... ¿Prim dictador, Prim Cromwell, Prim Rey?... ¿O será más bonito que ponga un poco de República?»

—Pon lo que quieras —respondió el Mecenas con plena voz vibrante, pues, trocados los papeles, él era el más exaltado y Santiuste el más apacible—. No me preguntes a mí lo que has de poner. ¿Soy yo acaso el historiógrafo *lógico-natural*, maestro en la pintura de sucesos fabulosos, ideales, nunca vistos, nunca imaginados por mortal alguno? De tu meollo fertilísimo sacarás materia para ese interregno y para tres más... Pon Repúblicas, Protectorados, Dictaduras; pon audacias, calamidades, transformaciones felices, éxitos locos, fracasos más locos aún; pon grandezas caídas, pequeñeces exaltadas, explosiones de amor, de ira, de heroísmo, de vileza, inauditos casos de probidad y de corrupción. Si los Reyes necesitan desentumecerse y estirar brazos y piernas, más necesitados están los pueblos del ejercicio libre, de la tensión de músculos y de la celeridad de la sangre. Pon fases inesperadas, tintas vigorosas, inflexiones violentas en la continuación natural de la vida. No pongas puertas al campo de tu inventiva, ni barreras a tu erudición adquirida en la biblioteca del espacio; derrama tu ciencia ideal, la que más satisface al alma, para que te admiren las generaciones, para que te...

Cortada fue bruscamente la declamación del buen Fajardo por la presencia de su mujer, que entreabrió la puerta del despacho diciendo: «Pero, Pepe, ¿qué es esto?»

Desde un gabinete, donde estaba con doña Visita y don Isidro Losa, oyó María Ignacia la voz de su marido en un tono y diapasón desusados. Corrió allá, creyendo que el desvaído *Confusio* le había dado motivo para montar en cólera.

«No es nada, mujer –dijo el marqués, recobrando al momento su calma risueña–. Juanito y yo, por pasar el rato, nos ensayábamos en la oratoria tribunicia. Este se mostraba partidario de las formas reposadas; yo quise ponerle un ejemplo del decir violento, de la imprecación, del exabrupto...»

No gustaba a la marquesa que las conversaciones de Pepe con el historiador *lógico-natural* fuesen demasiado largas. «Ya es hora, Juanito –dijo a este–, de que vaya usted a dar su paseo... Con que... Adiós... Hasta mañana.» De la misma opinión fue Beramendi, que despidió al amigo en la forma más cariñosa... Sola con el esposo, María Ignacia le recordó que Su Majestad había llamado a la Cámara Real a *Tinito*. Obsequiosa estuvo doña Isabel con el niño, colmándole de caricias y afectos, y al despedirle, díjole que tendría mucho gusto en que fueran sus papás a visitarla. «Acordamos –agregó la marquesa– pedir a Su Majestad una audiencia para darle las gracias por las atenciones que tanto las Infantas como el príncipe han prodigado a nuestro hijo. Don Isidro Losa se encargó de facilitarnos la audiencia... Pues ahí está. Viene a decirnos que Su Majestad nos recibirá mañana a las tres, en audiencia especial para nosotros solos... ¿Te enteras? Parece que estás lelo... Mañana; y tenemos que llevar a Felicianita. La reina desea conocerla.»

–Mañana... No estoy lelo, mujer, sino contentísimo de que ofrezcamos nuestros respetos a doña Isabel... Buenas cosas le diré... No, no te asustes... Le diré tan solo que se vaya preparando... No, tampoco es eso. Le diré que... Nada: que nos veremos en París el año que viene por este tiempo.

–Vamos, tú estás hoy de juego... Ven a ver a don Isidro.

–Voy a ver al gran don Isidro, que es uno de los más robustos pilares en que se asienta la Monarquía española.

Toda aquella tarde estuvo Pepe divagando en estas chispeantes bromas, lo que a su mujer inquietaba un poquito, pues quería verle siempre bien aplomado y sin el menor desentono en sus pensamientos. Y hasta el día siguiente, cuando ya se disponían a salir para Palacio, persistía la marquesa en su inquietud, porque Pepe no dejaba de asustarla con sus equívocos maleantes. «Me parece, querida esposa, que saldremos de la audiencia entre alabarderos.»

—Quita allá, tonto. No te hago caso...

Cesaron las bromas al salir en coche para Palacio. Llevaban a *Tinito* y a Feliciana, y por el camino el pequeño daba a su hermanita lecciones de etiqueta, pues la niña no se había visto nunca entre personas reales... Tras una espera brevísima, el gentilhombre de guardia, conde de Moctezuma, condújoles a la presencia de Su Majestad, que en su Cámara les esperaba con el príncipe de Asturias. ¡Con qué afecto tan sencillo y familiar les recibió la Señora! Besó María Ignacia la mano de la reina, y esta besó a Felicianita, ponderando su dulce belleza; a *Tinito* acarició también, y al saludo de Beramendi dio esta donosa respuesta: «Sí, sí: contenta me tienes... Necesito llamaros para que vengáis a verme. Sé que me queréis, porque me lo cuentan; pero no se os ocurre venir a decírmelo.»

Marido y mujer replicaron con toda sutileza posible a la bondad de la Soberana, que les mandó sentarse, y ella puso a su lado, en el confidente, a Felicianita, cuya mano conservó un rato entre las suyas. María Ignacia estaba frente a Su Majestad; Beramendi un poco más lejos, y Alfonso y *Tinito*, replegándose al ángulo próximo al balcón, se entretuvieron en hojear un voluminoso librote con estampas o figurines de todos los uniformes antiguos y modernos del Ejército español.

«Ignacia —dijo la reina—, viéndote me parece que veo a tu buen padre..., ¡oh, aquel don Feliciano!... Carácter recto y leal como ninguno. ¡Y luego tan religioso...! ¡Ah!, caballeros como Emparán son los que yo quisiera tener siempre a mi lado para que me aconsejaran... Créelo, pocos hombres hemos tenido aquí como tu padre... A él debo la inmensa ventaja de que bastantes carlistas me hayan reconocido, y que estén conmigo muchos que estuvieron con mi primo Montemolín.»

Esperaba María Ignacia que contestara su marido a estos expresivos conceptos, que escondían sin duda una intención política. Pero como él no chistó, limitándose a una ceremoniosa cabezada, tuvo ella que aprontar frases de relleno: «Yo procuro imitar a mi padre... imitarle en su sencillez, en sus virtudes...» Y por poner un puntalito a la conversación, que se caía de un lado, hizo el panegírico del señor de Emparán y el relato patético de su muerte, que fue como la de un santo. Mientras la dama salía del paso con estas remembranzas anecdóticas, Beramendi hablaba con doña Isabel; pero solo con el pensamiento, y sin desplegar los labios le dirigía estas severas reconvenciones: «¿Por qué celebras la adhesión del absolutismo, si el llamarlo y acogerlo ha sido tu error político más grande, pobre Majestad sin juicio? Eso, eso es lo que más te ha perjudicado y acabará por perderte: agasajar a los que te disputaron el Trono, y dar con el pie a los que derramaron su sangre por asegurarte en él. Te has pasado al bando vencido, y para los que te aborrecieron has reservado los honores, las mercedes, el poder. Hipócritamente se agrupan a tu lado, y con devotas alharacas te rodean, te adulan, te abrazan... Pero no te fíes: los que parecen abrazos son empujones hacia el abismo.»

XV

En este punto, la reina, contestando a la última frase de María Ignacia, decía: «Sí, sí: ya sé que sois muy religiosos. Es la tradición de vuestra casa... Más arraigada estará la buena doctrina en ti y en tus hijos que en tu marido. *(Risueña, mirando a Beramendi.)* Porque de la religión de ese no me fío yo... Está imbuido en las ideas que hoy enloquecen al mundo...»

—Permítame Vuestra Majestad —dijo con prontitud el aludido—, que me defienda de esa injusta acusación. Yo...

—No, no entremos ahora en esas honduras —indicó Isabel bondadosa, tolerante—. Los hombres... ya se sabe... O tienen bula, o se la toman, para ser un poquito incrédulos.

—Señora, yo aseguro a Vuestra Majestad que las libertades que me da esa bula no las utilizo más que para pensamientos y acciones en honor y provecho de Isabel II y de su Real Familia.

—Está muy bien. Sé que eres bueno, leal. Yo te cuento entre los mejores. Te quiero mucho, Beramendi. A ti y a todos los tuyos estoy muy agradecida.

Siguieron a esto palabras respetuosas de ambos cónyuges y un tímido murmullo de la niña. Doña Isabel, árbitra de los tópicos y giros de la conversación, la llevó a donde quiso, preguntando a los Marqueses por la educación de sus hijos, si eran aplicados, si adelantaban... Divagó María Ignacia; divagó también Felicianita, reseñando las prácticas de su colegio, y Fajardo, a quien la esposa echaba miradas terribles reconviniéndole por su silencio, habló con afectado calor de los sistemas educativos, concluyendo por ensalzar como más excelente el que se seguía y observaba con el Serenísimo príncipe don Alfonso. Por creerlo así, pensaba ponerle a *Tinito* un profesor de Religión y Moral que fundamentara en el corazón del niño la fe, las virtudes...

Contra lo que todos creyeron, doña Isabel no dio importancia a esta piadosa idea, o se había distraído pensando en cosas distantes. Algo habló en voz queda con María Ignacia, y en tanto el marido de esta se despachó a su gusto, soltando diques, no a la palabra, sino al pensamiento, en esta forma cruel: «Pobre Majestad, las ridiculeces de la etiqueta que han inventado los adornados caballeros palatinos para incomunicar a los Reyes con el sentimiento nacional, me obligan a no decirte la verdad. Ninguno de los que venimos a rendirte acatamiento te ofrecemos la verdad, porque te asustarías de oírla. Ni aun los que más entran en tu intimidad entran con la verdad. A tu intimidad llegan mintiendo, puesta la imaginación en sus provechos... Recibe, pues, bondadosa Isabel, el homenaje de mis doradas mentiras. Cuanto te he dicho esta tarde es una ofrenda de flores de trapo, únicas que se reciben en los regios altares... Tú, más que otros reyes inclinada a lo familiar y plebeyo, dejas que llegue a ti la verdad española en cosas externas, decorativas y verbales; pero en las cosas de carácter público no quieres más que la mentira, porque en ella estás educada, y falsedad es la misma capa religiosa, mejor dicho, velo transparente, con que quieres encubrir tus errores políticos y no políticos, reina descuidada y sin ventura.»

Lo que se decían la reina y María Ignacia llegaba muy apagado a los oídos de Beramendi. Más claramente percibía el murmullo de la conversación de los dos niños viendo y comentando las estampas, y el ruido de las luengas hojas de papel cuando la mano de Alfonso las volvía. Doña Isabel alzó la voz con esta frase: «María Ignacia, quiero darte la banda de María Luisa... No me perdonaré nunca no haberlo hecho antes. Ha sido un descuido... Soy muy descuidada, ¿verdad?» La marquesa se deshizo en cumplidos y gratitudes, y Beramendi no tuvo más remedio que decir: «Señora, las bondades de Vuestra Majestad no tienen límite. ¿Cómo expresar a la graciosa Soberana nuestro agradecimiento?» Y mientras Isabel hablaba con Ignacia de otras mercedes para sus hijos, Beramendi soltó así el pensamiento: «Para nada nos hace falta ese cintajo... Lo tomamos, porque si tú admites nuestros homenajes mentirosos, de ti recibimos la mentira, o sea los signos de vanidad. Rey y pueblo nos engañamos recíprocamente, obsequiándonos con trapos pintados que parecen flores, y con honores pintados o escritos que parecen afectos.»

Isabel decía: «Tengo que daros otro título, un titulito de conde o Vizconde, que pueda lucir vuestro primogénito cuando llegue a la mayor edad...» María Ignacia no tuvo más remedio que coger el incensario y echar sobre la reina este humo espeso y oloroso: «Señora, Vuestra Majestad nos abruma con sus mercedes. ¿Qué hemos hecho nosotros para merecer tales honores?» También sahumó de lo lindo el marqués, y su mujer añadió: «Nuestra reina es la misma bondad. Por eso la quieren tanto los españoles...»

—¡Ah!, no, no —exclamó Isabel con dejo de melancolía—: ya no me quieren... ya no me quieren como me querían... y muchos me aborrecen... No por culpa mía, pues bien sabe Dios que yo no he cambiado en mi amor a los españoles... Pero las cosas han venido a esta tirantez... ¡qué sé yo!... por acaloramientos de unos y otros... ¿Verdad, Beramendi, que no tengo yo la culpa?

Y el agudo Fajardo saltó y dijo con exquisita ficción cortesana: «Ninguna parte tiene Vuestra Majestad en esta situación embrollada y penosa. Ello es obra de los hombres públicos, movidos siempre de la ambición, del egoísmo...»

—¿Crees que esto se despejará, que se calmarán las pasiones?

—¡Oh, Señora!, yo espero que el Gobierno irá confirmando su autoridad, y que los que están en rebeldía reconocerán su error...

—Eso me dicen todos, ya, ya... —indicó Isabel con ligera inflexión picaresca en sus labios, hechos al concepto maleante—. Veremos por dónde salimos. Yo confío siempre en Dios, que creo no me abandonará.

Y mientras las reina, volviéndose a María Ignacia, desarrollaba la misma idea en forma familiar, Beramendi le dirigió con el pensamiento estas graves razones: «No invoques el Dios verdadero mientras vivas prosternada ante el falso. Ese Dios tuyo, ese ídolo fabricado por la superstición y vestido con los trapos de la lisonja, este comodín de tu espiritualidad grosera, no vendrá en tu ayuda, porque no es Dios, ni nada. Te compadezco, Majestad ciega, dadivosa y destornillada. Los que tanto te amaron, ahora te compadecen... Has cometido la torpeza de convertir el amor de los españoles en lástima, cuando no en aborrecimiento. Yo reconozco tu bondad, tu ternura; mas no bastan esas prendas para regir a un pueblo... El pueblo español se ha cansado de esperar el fruto de ese árbol de tu bondad, que has entregado al fariseísmo para que lo cultive.»

Y cuando Isabel, poniéndose en pie, señaló el término de la visita, y prodigaba sus afectos a María Ignacia y a la inocente Feliciana, Beramendi arrojó sobre la Majestad esta muda salutación de despedida: «Adiós, reina Isabel. Has torcido tu sino. Empezaste a reinar con las caricias de todas las hadas benéficas, y esas hadas protectoras se te han convertido en diablos que te arrastran a la perdición... Como en tus oídos no sabe sonar la verdad, no puedo decirte que reinarás hasta que O'Donnell dé permiso a los generales de la Unión para secundar los planes de Prim. ¡Pobre reina!, ¿cómo decirte esto? Me tendrías por loco, me tendrías por rebelde y enemigo de tu persona, y asustada correrías a pedir consuelo a tus diablos monjiles, y a la odiosa caterva que ha levantado un denso murallón entre Isabel II y el amor de España... Y al separar de tu nombre mis afectos, te digo: *"Adiós, mujer de York, La de los tristes destinos...* Dios salve a tu descendencia, ya que a ti no te salve".»

XVI

Con refinadas etiquetas y besuqueo de manos, la noble familia se despidió de la reina y del heredero de la Corona. Por el camino y en su casa comentaron los Marqueses la visita, mostrándose agradecidos (ella principalmente) a la bondad de la Señora, y un tanto dudosos (él más que ella) del valor de las bandas y títulos con que la graciosa Majestad les obsequiaba. Divagó risueña y con un poquito de vanidad María Ignacia, pensando y diciendo que le gustaría para Pepito el título de *conde de Monreal*, nombre de la inmensa propiedad que en aquel lugar de Navarra poseían. A todo contestaba Fajardo afirmativamente; que nada era para él tan grato como acomodarse a las ideas y gustos de su buena esposa.

Con sus amigos, que nunca le faltaban; con la política y con los viajes aerostáticos de *Confusio* por los espacios de la Historia, pasó Beramendi muy entretenido los primeros meses del 67. La reunión de las nuevas Cortes moderadas, con la servil reata ministerial que trajo González Bravo; la flamante *Constitución interna*, entremés político del mismo *Maese González*, y otras cosillas que diariamente surgían en el retablo de los acontecimientos, eran la sabrosa comidilla del vulgo. De la tal *Constitución interna* hizo Juanito una divertida parodia en verso libre, o libertino, que ahora no tiene cabida en estas páginas por la preferencia que es forzoso dar a un asunto más relacionado con la persona del amigo Fajardo... Pues sucedió que una mañana, cuando más descuidado estaba el hombre, vio aparecer una luctuosa, tétrica y suspirante señora, que al modo de fantasma penetró en el despacho. Cubríase la visión con un negro y tupido velo matizado de ala de mosca, y por entre las ajadas ropas salía, como de un féretro, una mano enguantada y tiesa.

«Señor marqués, una madre desolada viene a solicitar su amparo...» y diciéndolo, levantó con solemne ademán el velo y mostró la faz dolorosa y marcadamente desnutrida de doña Manuela Pez.

«Siéntese usted, señora, y dígame...»

—No me niegue usted su amparo —dijo la triste dueña—. Mi tribulación solo puede comprenderla usted, tan amante de la familia. Tengo una hija... usted la conoce... Teresa, corazón tierno, voluntad desgobernada, cabeza vacía de todo juicio. Es mi única familia, el único bien que poseo, pues ningún otro me ha dejado poseer Dios... Todo Madrid sabe que hace siete meses mi dislocada hija se escapó de Arechavaleta, donde al arrimo estaba del difunto marqués de la Sagra... que en aquellos días aún no era difunto... y arrebatada de su liviandad marchó a Francia con un bandido, con un salvaje que había conocido al ir con Prim desde Fuentidueña de Tajo a los montes de Toledo... Tan loca como Teresa fugada he vivido yo estos meses con el trajín de buscarla. Por fin, no ha muchos días he averiguado dónde se esconden los criminales, y también sé que el señor marqués conoce a ese maldito Ibero y está con él en correspondencia. Por lo que más usted quiera, señor, facilíteme el medio de sorprenderles, trincarles bien trincados, y traerles acá bajo partida de registro.

Sorprendido Beramendi de tales cuentos, dijo a la enlutada que no sabía de Teresa ni del bandido, y que bien podía irse a otra parte con aquellas músicas. Mucho trabajo le costó aquel día sacudirse el pesado moscardón; pero al fin se fue Manolita sin obtener lo que deseaba, lamentándose de su mala suerte. Peor había de ser la del marqués, porque pasados luengos días volvió a presentarse la dueña con la misma cancamurria, y de rodillas, tal como ante Don Quijote la Micomicona, pidió al caballero el auxilio de su fuerte brazo... «Porque usted tiene influencia con el Gobierno —le dijo bañado en lágrimas el ya flácido rostro—, y puede conseguir que por la vía diplomática se pida la extradición de esos tunantes, y que vengan aquí atados codo con codo entre guardias civiles.»

—¡Pero, señora, si dije a usted...! ¡Vaya, que no es floja monserga la que usted me trae!...

—Me ha dicho *Sebo* que el señor marqués puede hacer que vengan acá reclamados por la autoridad militar, pues el Iberito es un conspirador tremendo. Como que él y Chaves están en la frontera tramando la caída de Isabel II... Y para que el señor marqués se convenza de lo malos que son Teresa y su salvaje, sepa que no solo conspiran, sino que ofenden y ultrajan a nuestra santa Religión con el culto a los ídolos que allá practican, sí, señor...

—La idolatría y el fetichismo son la más cómoda religión entre salvajes. Andarán por los bosques, comerán raíces y vestirán pintorescos taparrabos.

—No visten deshonestamente, según me han dicho. Entiendo yo que su traje se compone de una sábana blanca que les cubre todo el cuerpo, y llevan corona de ramaje en la cabeza, al modo de esos druidas que salen en *la Norma*. Mis noticias son que viven en un lugar montañoso cerca de San Juan de Pie de Puerto.

Sospechando que las historias contadas por la dueña no eran más que un encubrimiento artificioso de la necesidad que la tal sufría, el marqués le dijo: «Yo, señora, nada puedo hacer en ese negocio, y por tanto, le suplico que se retire y no vuelva más a mi casa con esa matraca. Si quiere usted aceptar cinco duros como indemnización por la soledad y estrechez en que la pone su hija, tómelos, y que Dios la ampare y la Virgen la consuele.»

Tomó doña Manuela, no sin escrúpulos de su melindrosa dignidad, la moneda de oro, y salió con tiesura y oscilación de Dolorosa llevada en andas... Aunque algo había oído Beramendi de la fuga de Teresa, ignoraba que ella y el joven Ibero vivían allende el Pirineo en completa paz idílica, sin la menor nube que empañara el cielo de su ventura; que Teresa, lejos de manifestar cansancio, se afianzaba más cada día en el gusto de aquel vivir íntimo y pobre, sin más que lo preciso para la existencia material; que Ibero se maravillaba de verla tan constante en sus sentimientos, y que para los dos transcurrían los días dichosos sin que se les ocurriera cambiar de vida. Extraña cosa era que una mujer tan corrida y aventada como Teresa hubiese llegado a la condensación de sus afectos y a consagrar toda su alma a un solo hombre, sin pensar en nuevos cambios, estimando aquel amor y aquel vivir como reposo definitivo de la movilidad de su juventud. No era la juiciosa que se equivoca, sino la equivocada que rectifica, la fatigada que se sienta y se adormece en la tardía enmienda de sus errores.

No sabía tampoco Fajardo que Ibero había ido cayendo en una dulce pereza mental, a medida que el alma de la pecadora penetraba más en la suya. Primer síntoma de aquella pereza era un creciente olvido del ensoñado amor que le hizo caballero de una Dulcineíta lejana. La imagen de esta subsistía en la mente del galán, mas ya desvanecida, borrosa... El hombre vivía más en el presente que en el pasado azaroso y en el porvenir oscuro. Y es que el presente, cuando viene con fácil curso y libre de inquietudes, tiene una fuerza incontrastable. Es un constructor de vida que emplea los materiales más sólidos, desechando todo lo inconsistente, ilusorio y fantástico... Habíanse arreglado Santiago y Teresa con una honrada familia que les alojaba por poco dinero, y ellos con otro poco atendían a su sustento frugal. La pella traída de Bayona había de tener fin, aunque los amantes, con económicos estirones y arbitrios, trataban de alargarla. El tiempo corría, la existencia se prolongaba, y el metal de las monedas se deshacía de oro en plata, de plata en cobre, y de cobre en aire.

Para dilatar el agotamiento de la pequeña mina, Santiago trabajó en una industria. Existían en Itsatsou tornerías de boj movidas por saltos de agua. Una de estas era propiedad de Carlos Bidache, casero y patrón de la enamorada pareja. Empezó Ibero por pasar algunos ratos en el taller, viendo modelar al torno lindas piezas de aquel palo duro y coherente como marfil, aros de servilletas, anillas de cortinas, peonzas, fichas de damas y ajedrez, y otras fruslerías graciosas. Al principio no hacía más que mirar; luego ayudaba; cogió al fin las herramientas. Su habilidad se manifestó tan pronto, que al poco tiempo le señalaron un franco de jornal... No tardó en ganar dos. De su trabajo salía satisfecho, y en el jardincito frontero al taller le esperaba Teresa con la patrona y amiga María Bidache. Gozosos volvían a casa los amantes, libres de cavilaciones extrañas a la dulce paz en que vivían.

Entre las cualidades anímicas de Ibero descollaba la sinceridad. Sus ojos negros, que constantemente cambiaban la luz interna con la luz del mundo, solían tomar la delantera a la palabra; su frente espaciosa, su varonil rostro, en que la belleza de líneas tan bien se avenía con el tostado color, hablaban para quien supiera entenderlos. Tanto como él sincero era Teresa perspicaz. El amor definitivo y sintético que ponía sello a su existencia, dábale prodigiosa facilidad para leer en los ojos y en la cara de Santiago como en el más claro libro. Algunas noches, antes o después de cenar, viéndole meditabundo, le decía: «Ya sé en lo que estás pensando. Piensas que este trabajo de la tornería, esto de hacer bagatelas y chirimbolos, no es para ti... Y te acuerdas del mar... De los barcos en que has navegado, de don Ramón Lagier... Todo aquello era grande, y esto es para ti un país de juguetes... ¿Verdad que es eso lo que piensas?»

—Eso es —dijo Ibero, que abría su alma de par en par siempre que Teresa le mandaba que abriera—. Pero aunque piense en la mar y en don Ramón y en todo lo grande, debajo de este pensamiento, que es el humo, hay otros, Teresa, otros que son el fuego, el verdadero fuego de mi vida.

Dos noches después trasteaba Teresa en sus habitaciones, poniendo en los menesteres domésticos la donosura y gracia que de la vida regalada había traído a la vida pobre. En los trajines de cocina y del arreglito de la casa, sabía mantenerse siempre limpia, y evitar con arte supremo la grosería, la fealdad y el desmerecimiento de su persona. Santiago leía la *Petite Gironde*, que le daba Bidache para que se enterara de las cosas de España.

«Sé lo que piensas —le dijo Teresa—, antes y después de leer el periódico. Piensas en Prim... Quieres echar de tu pensamiento al grande hombre, y el grande hombre vuelve... Piensas en la conspiración, en si van y vienen... En el levantamiento, y en la pobre doña Isabel destronada.»

—Verdad que pienso en lo que dices. No puede uno olvidar que es español. ¿Quién no desea para su patria un buen gobierno? Yo tengo patriotismo; me gusta ver desde aquí a los que ayudan al gran Prim en su obra...

Avanzaba ya el verano cuando los Bidaches, que eran hijo y padre, ambos casados, determinaron trasladarse a Olorón, donde Carlos Bidache *junior* había tomado en arriendo una vieja marmolería y canteras para trabajarlas con los modernos medios industriales. Decidieron Ibero y Teresa seguir a sus patrones por el grande afecto que les tenían, y acaso porque la extracción y laboreo del mármol podría ofrecer a Santiago extenso campo de actividad. Resolvió entonces Teresa vender parte de sus alhajas; y al efecto, se fueron un día los dos a Bayona, encaminados por Bidache a un cambista de moneda y tratante en pedrería, hombre de rigurosa probidad que no había de engañarles. Era el tal emigrado realista, del tiempo de los Apostólicos, viejísimo ya, olvidado de la lengua española sin haber aprendido bien la francesa. Llamábase Chaviri, y vivía en Saint-Esprit con tres hijos habidos de una hebrea, ya difunta.

Recibidos por el marchante, regatearon el valor de las joyas. Chaviri, con un lenguaje de filología comparada, revoltijo de *patois*, vascuence, francés corrupto y español aljamiado, defendía su negocio; Santiago y Teresa miraban por lo suyo; al fin, visto que el apostólico judaizante no apretaba con exceso, se cerró trato. En la tienda de Saint-Esprit quedaron varios pendientes, alfileres de pecho, sortijas y otras menudencias, y los amantes cargaron con unos mil seiscientos francos en buena moneda. Aún le restaban a Teresa dos perlas magníficas y algunos brillantes y esmeraldas que reservó para futuras contingencias.

Con la operación de venta y algunas compras, se les hizo tarde y tuvieron que quedarse en Bayona, hospedándose en la *Providencia*, donde se les apareció, como salido por escotillón, el gran Chaves, que muy gozoso de verles, informó a su amigo Ibero *sotto voce* de la nueva intentona que estaban preparando. El golpe se daría por la frontera de Aragón, y para ello contaban con los carabineros y con voluntarios mandados por sargentos y oficiales. «La cosa va de veras —decía—. El movimiento por el Pirineo aragonés está a cargo de Moriones, que operará en combinación con Pierrad y Baldrich, y es casi seguro que vendrá don Juan Prim a ponerse al frente. Si viene, ¡adiós, Isabel mía! En un par de jornadas nos plantaremos en Zaragoza. Y para que sea completo el sofoco que vamos a dar a la maldita Reacción, Contreras pasará el Pirineo por el Valle de Arán, y Bonet, Casanova y Gaminde por Lérida. ¡Adiós Madrid, adiós Camarilla y Narváez y Patrocinio de mi alma! De esta hecha seréis polvo.»

No mostraba Ibero poco interés en los planes guerreros comunicados por Chaves. Creíalos razonables, prácticos, y de éxito seguro si en efecto venía Prim a infundir a todos su ardimiento. Lo mismo pensaba Teresa, que añadió esta sensata observación: «¡Que venga Prim, que venga! Si le hubierais tenido en Madrid el 22 de junio, no habríais salido con las manos en la cabeza, y sabe Dios lo que hoy sería nuestra triste España.»

Viendo el revolucionario incansable la buena disposición del valiente joven, le incitó a coger de nuevo las armas por la causa santísima de la Libertad. Ocasión como aquella no debía desperdiciar un buen patriota. Si se decidía, irían juntos a ponerse al lado de Moriones. Insistente en sus manejos de catequista, dijo a Ibero que su amigo Muñiz había llegado a Bayona, haciendo el viaje de Madrid a la frontera disfrazado de cura. Muy pronto saldría para París a recibir y traer las órdenes del general. Si Santiago deseaba verle, le llevaría pronto al escondite de don Ricardo, que por burlar la vigilancia del cónsul de España, se ocultaba en la casa de una tendera de telas (*rue d'Espagne*), donde también vivían agazapados Damato y Montemar. Excusose el otro, alegando la precisión de volverse al pueblo al romper el día. Mas el tentador Chaves, que con las alegres y soñadas glorias de la lucha por la Libertad quería inflamar el alma de Ibero, añadió estas razones: «Aquí tienes, dispuesto a ponerse en marcha conmigo y otros patriotas, a un sargento amigo y paisano tuyo, llamado Silvestre Quirós.» Ni por estas se le comunicó a Santiago, al menos ostensiblemente, el entusiasmo del tentador, y se despidió para Itsatsou y Olorón, a donde trasladaría su residencia.

Prorrumpió Chaves en exclamaciones de regocijo, diciendo: «Pues nos veremos en Olorón, que de allí hemos de partir para el Pirineo, hijo... ¿Y dices que vais a vivir a la marmolería de Camus?... La conozco. Allí habitamos Moriones y yo una temporadita... Con que hasta luego, amigos míos, y digamos con el ángel: ¡Prim, Libertad!»

Partieron los tórtolos, y a los pocos días hallábanse establecidos en Olorón, junto a los industriosos Bidaches. Estos eran la paz, Chaves la guerra y las aventuras. Entablose una corta porfía, de la cual hablará Clío Familiar en las páginas siguientes, anotando además la repentina y admirable resolución de Teresa Villaescusa, que iba resultando mujer de altas ideas, de corazón tan grande como las gigantescas moles del cercano Pirineo.

XVII

La marmolería de Camus, donde se instalaron los prófugos, estaba en el arrabal de Sainte Marie, separado de la villa de Olorón por la torrentera de Aspe, que baja del Pirineo metiendo ruido y levantando espumas. El sitio era ameno; dábanle mayor encanto las casas risueñas y ajardinadas, las verdes campiñas próximas y el panorama espléndido de la cordillera, imponente muro entre Francia y España. La serrería de mármoles, cuya restauración industrial emprendió Bidache hijo sin demora, ofrecía campo de actividad al buen Ibero, y este no dejó de ver en ella, desde los primeros instantes, una granjería provechosa para el porvenir. Pero no bien cumplida una semana de vivir Teresa y su amado en aquel apacible refugio, se apareció de nuevo el impetuoso Chaves, que, como serpiente del Paraíso, siguió tentando con promesas de gloria y otros halagos al fogoso Iberito. Y para reforzar su dialéctica, llevó una tarde a Silvestre Quirós, el amigo y paisano de Santiago. Aunque Silvestre había salido de España con los galones de sargento primero, en el ancho campo de la emigración era considerado ya como teniente o capitán (no se sabe con certeza), y se le daba el mando de una compañía mixta de contrabandistas y carabineros.

Resistía Santiago heroicamente la sugestión guerrera y patriótica de sus amigos, no porque dejara de prender en su alma el fuego que aquellos locos le transmitían arrojándole conceptos incendiarios, sino porque, firme en el amor de Teresa, pensaba que esta había de padecer cruelmente viéndole correr en pos del fantasma revolucionario. La separación, además, habría de ser para entrambos amarguísima. Hallándose, pues, una noche en estas luchas de su mente arrebatada y de su corazón amante, retirados ya los dos en su aposento después de cenar, sobrevinieron estos memorables razonamientos que hizo Teresa con elevado y generoso espíritu:

«Muchas cosas he aprendido, Santiago, desde que rompí con aquella vida indigna para quererte a ti solo. El amor tuyo y esta paz en que vivimos, han despertado todo lo bueno que puso Dios en mí. Quiero decir que, por quererte tanto, ya no tengo más egoísmo que el del amor; pero fuera de esto, no apetezco otro bien que el tuyo, y todo cuanto poseo lo doy porque seas feliz, porque veas cumplidas tus aspiraciones... ¿Me vas entendiendo?... ¿Por qué me prendé yo de ti en aquellos caminos manchegos? Por lo que me contaste de tu ensoñamiento de cosas grandes desde que eras chiquito, por el afán que yo veía en ti de ayudar a los hombres valientes y de igualarte a ellos. Pues si por esto te amé y te amo, ¿no es un desatino que yo te estorbe para realizar lo que te pide tu carácter, tu corazón y tu natural todo? ¿No sería yo criminal si te amarrara para siempre a esta vida de menudencias, en la cual no puedes salir de la insignificancia, de la nulidad? Mucho he pensado en esto desde que hablamos con Chaves en Bayona. A fuerza de cavilar y cavilar, aquí tengo una idea que creo inspirada por Dios. Vas a saberla: la mejor prueba de amor que puedo dar a mi águila es soltarle las ataduras y decirle: "Vete a tus espacios altos, águila mía, que aquí me quedo yo viéndote subir y esperando que vuelvas a mi lado".»

Suspenso y aturdido dejaron a Ibero estas declaraciones, que tan alto sentido de la vida entrañaban, y no supo por el pronto contestar más que con vaguedades y protestas de amorosa constancia.

«Creo todo lo que me dices —prosiguió Teresa— y es preciso que creas tú todo lo que a decirte voy. Prepárate porque oirás cosas de esas que causan miedo por demasiado sinceras... Yo soy, digo, yo he sido una mujer mala... una mujer perdida... O si esto te parece duro, una mujer sin juicio. Soy de esas que han nacido para una vida dividida en dos partes, una buena y otra mala; pero si lo común en las que nacen con ese sino es vivir primero la mitad buena y luego la mala (y en este caso se hallan muchas casadas), a mí me ha tocado el poner la mitad mala antes que la buena, y en esta estoy ahora... El cuento es que con mi pasado deshonroso no puedo echar sobre ti más que una sombra muy negra y muy mala. ¿Qué posición puedes tú alcanzar, ni qué honra ni qué provechos al lado de Teresa Villaescusa? Si de este rincón saliéramos para volver a Madrid, serías conmigo un hombre mal mirado de todo el mundo. ¿Y de tus padres, qué diré yo? Sin duda se avergonzarían de llamarte hijo. *(Nuevas protestas de Santiago invocando la razón libre, la independencia moral y qué sé yo qué.)* Ante eso, mi conciencia se subleva. La mujer mala se levanta, sacude el polvo que de los tiempos de su maldad aún pueda quedarle encima, y dice: «Santiago mío, vete a mirar de cerca las grandezas de Prim o de Moriones; llégate a la fantasma, tócala: sabrás lo que hay en ella. No diré yo que no encuentres lo que buscas. ¿Quién sabe lo que Dios te tiene reservado? Ya salgas bien de tu nueva tentativa, ya salgas malamente, aquí me hallarás... A no ser que te quedes por allá o no quieras volver, en cuyo caso yo seguramente no habría de sobrevivir a mi soledad...»

Aún resistió Santiago, poniendo el amor por cima de la gloria y de toda ambición. Mas como Teresa repitiera su poderoso razonar, inspirado en la realidad de la vida, se rindió el hombre, y declaró que iría, sí, a probar nuevamente fortuna en la guerra sediciosa; pero lo hacía por obediencia a los deseos de su amada, y con firmísimo propósito de volver a su lado vencedor o vencido. Dijo Teresa que a tal prueba le sometía por deber de conciencia y por estímulo del amor mismo, el cual, también algo ambicioso, a su modo buscaba un poquito de grandeza... Y además de aquella prueba, a otra le sometería; mas como era tarde, pensaran en dormir, que tiempo habría de decir lo restante.

Durmió inquieto Santiago, y Teresa no pegó los ojos, pasando la mayor parte de la noche en monólogos ardientes, engarzados uno con otro, al modo de rosario, por el hilo de esta idea fija: «La otra prueba es más dura, es terrible; pero aunque en ello me juegue yo la vida, a esa prueba voy. En esta segunda mitad de mi vida, que debiera ser mala y me ha salido buena, me he vuelto más lista que antes lo fui; tengo talento que ya lo quisieran las honradas a carta cabal, y un tesón y una entereza que ya, ya... Pues es preciso que esa ilusión vieja de Santiago por la tal Salomita se confirme o se desvanezca. O ella o yo... No quiero incertidumbres ni tonterías de si será o no será. Le diré a Santiago que en cuanto salga de su aventura bien o mal, se vaya a donde está esa niña zangolotina y la vea... y escoja entre ella y yo... Esas cositas del ideal y de la belleza soñada me ponen en una celera horrible. Quiero disipar esa nube y dejar bien limpio y claro el cielo mío... He averiguado que la niña pura está cerca de aquí, en un pueblo que llaman Lourdes... Por lo que de ella me han dicho, se me ha metido en la cabeza que es una desaborida, que no ha de gustar a Santiago cuando la vea y la trate más que la ha tratado y visto... Yo soy valiente; voy a la cabeza de las dificultades, estoque en mano, y el toro me mata a mí o yo le mato a él... Santiago mío, no quiero la menor duda entre nosotros. Antes que dudar, morir...»

De este delicado asunto y espinosa prueba habló a Ibero al siguiente día, con disgusto de él, que ya se iba acostumbrando a ver la estrella que llamó Polar apagándose gradualmente. Heroica y altanera, Teresita repitió la terrible fórmula *antes que dudar morir*, añadiendo el lugar de residencia de la Dulcineíta, y requiriendo a Santiago a que de una vez despejase aquel misterio, cerciorándose de si el ídolo adorado en sueños era persona o muñeca. Con cierta repugnancia habló Santiago a Teresa de este asunto, y enérgicamente dijo que de las dos pruebas, solo a la primera se sometía, y la otra debía ser de plano desechada como impertinente y peligrosa... Y volvieron Chaves y Quirós, y al saber que la parienta de Ibero le daba licencia para incorporarse a los expedicionarios, alegráronse lo indecible.

En aquellos días estaba Olorón lleno de emigrados, los más con nombre fingido y disfrazando como podían la condición y nacionalidad. De Burdeos había traído Chaves unos treinta, y otros procedían de Bayona, Mont de Marsan y Tarbes. Teresa, que era buena observadora, vio en Sainte Marie y en la villa caras conocidas, tipos de militares y de patriotería ciudadana, fisonomías vascas, figuras madrileñas. La presencia de policía y gendarmes venidos de Pau aventaron el enjambre, que se corrió hacia el Sur, esparciéndose en la enorme muralla Pirenaica. Llegó por fin la noche en que hubo de emprender Ibero el camino de su aventura. La despedida fue tiernísima, partiendo él con aflicción muda, quedando Teresa llorosa y abrumada de presentimientos.

Con Santiago salieron de Sainte Marie Chaves y *el Pollero* poco después de las diez de la noche, y por trochas y veredas tomaron la orilla izquierda de la torrentera de Aspe, aguas arriba, en dirección Sur. No llevaban más que lo puesto y una muda de ropa ligera, en envoltorio a modo de mochila; faja donde guardaban el tabaco, la navaja y algún dinero; alpargatas, boina, y el corazón lleno de esperanzas. Anduvieron buen trecho silenciosos, y lejos ya del punto de partida, rompió Chaves con estas advertencias y explicaciones: «Iremos juntos hasta un sitio llamado *Puente de Lescun*. Allí encontraremos a Silvestre Quirós y a otros amigos, y nos separaremos en dos grupos. Yo iré en el que ha de seguir hasta Canfranc. Tú, Santiago, y tú, Isidro, iréis con Silvestre al Valle de Ansó, donde recogeréis la partida de escopeteros que allí se está organizando.»

Algo faltaba que el ardiente revolucionario dejó para lo último, por ser lo más penoso y desagradable. «Amigos —dijo suspirando—, tengo que comunicaros una mala noticia. Don Juan Prim no viene, como nos habían prometido, pues se ha resuelto que vaya a Valencia, donde se dará otro golpe. Es un dolor; nos han jorobado; pero qué remedio... Nos mandará Moriones, que es de los que tienen los calzones bien puestos, y las ternillas en su sitio, y además conoce palmo a palmo los terrenos de Aragón. Ánimo y adelante.» A cuerno quemado les supo la noticia a los dos patriotas; ambos recordaron el desastre de Madrid por la ausencia de Prim, y Santiago refirió el de Valencia, donde las tropas se echaron atrás en el momento preciso, sin que la presencia del general valiera de nada.

Amanecía cuando llegaron a *Pont de Lescun*, y en una casa, que más bien parecía castillo en ruinas, encontraron a los amigos anunciados por Chaves. Reuniéronse allí unos catorce hombres, aragoneses en su mayoría, según declaraban la traza y el acento. Diez eran los que habían de seguir a Canfranc. Cuatro pasarían al Valle de Ansó a las órdenes de Silvestre, y guiados por un ansotano... Adiós, adiós. Un cantinero híbrido de baturro y francés les sirvió la mañana, y mejor bebidos que comidos, emprendieron la marcha los dos grupos, cada cual a su destino, por angostas veredas trazadas por el ligero pie de las cabras. Pero los vericuetos más riscosos e inaccesibles fueron los que acometió la partida gobernada por Silvestre Quirós, que había de franquear enormes desniveles hasta encaramarse en las estribaciones del *Pico d'Anie*, por donde buscaría el desfiladero que les abriera paso a la cuenca del Veral. Todo el día invirtieron aquellos infelices en escalar peñascos, vadear torrentes, gatear por céspedes resbaladizos o por lastras donde difícilmente podían asegurar el pie. Tras de una gran masa rocosa vencida, aparecía otra más imponente y adusta, y tras una temerosa angostura suspendida sobre el abismo, venía un cornisón que ladeados pasaban agarrándose a los picos de la peña, o a los arbustos que en las grietas crecían. Ibero, que no creía existiese espectáculo más grandioso que el del mar, quedó absorto y aterrado ante la majestad de aquel mundo de las alturas, oleaje petrificado, imprecación que la tierra lanza contra el cielo, desesperada por no poder escalarlo.

El guía, cuyo vigor muscular se había educado en el contrabando, no conocía la fatiga. Los cinco expedicionarios sacaban fuerzas de flaqueza, y sometían piernas y pulmones a un inmenso trabajo. Pero en el constante ascender, la variedad de paisajes les sorprendía y a veces les anonadaba: a la salida de un pasadizo de rocas, bordearon un lago que dormía entre muros verdosos; luego vieron a sus pies el lugar de Lescun, y sobre sus cabezas unos picachos tan inclinados sobre la vertical, que al parecer bastaría que alguien tosiera o diese unas palmadas, para que se vinieran abajo con la nieve que en sus espaldas y en sus rebordes tenían... Los caminantes no podían ya con sus cuerpos. Pero el guía les arreaba, siempre risueño y zumbón, anunciándoles que pronto llegarían a su descanso. Por fin, en una revuelta del Puerto de *Anie* llegaron a una corta meseta, donde el guía, hundiendo en el suelo el regatón de su palo, les dijo alegre y triunfante: «Alto aquí, caballeros, tomen respiro, y echen una miradica para esa parte baja por donde se pone el Sol.»

El Sol se ponía con esplendor de llamaradas rojizas entre nubes, por la parte en que todas las masas de montes aparecían en descenso. Miraron los asendereados andantes, y vieron al término de la gran escalera de montañas un vacío, un azul plano, que les pareció un pedazo de cielo, desprendido por detrás del mundo visible. «Es el mar, el mar», gritaron los tres a una, quedando embelesados en la contemplación del sublime cuadro. Era el golfo de Gascuña; podían mirarlo a noventa kilómetros de distancia y desde una altura de dos mil metros. Ante el mar y la montaña, Ibero, silencioso, pensó que a la medida de aquellas grandezas debieran cortarse siempre los hechos humanos.

XVIII

Elegido por el ansotano un sitio para vivaquear, encendieron lumbre y a ella se arrimaron gozosos; que agosto dejaba sentir en aquellas alturas su cruda frialdad. La noche fue alegre, amenizada por la fogata y una cena frugal. Con esto y una dormida breve, repararon sus fuerzas, y a la madrugada siguieron su camino por gargantas estrechas y ondulantes senderos con más bajadas que subidas. A las tres horas de camino oyeron un *ujujú* lejano, después otro más próximo. «No hay qué temer —dijo el práctico—: son amigos», y soltó él una especie de relincho que repercutió en las solitarias hoces por donde caminaban. Al poco rato se les aparecieron tres hombres armados de escopetas. Eran montañeses de Hecho. Reconocidos por Quirós, se estrecharon las manos gritando: «¡Aragón... Libertad!»

Al cabo de otra larga caminata, vieron dos hombres que se alejaban traspasando una loma: eran carabineros franceses que se recogían a sus puestos. A la media hora, llegaron a una caseta, frente a la cual Silvestre Quirós se detuvo con cierta solemnidad, y descubriéndose dijo: «Señores, estamos en España.» *Isidro el Pollero*, arrebatado de súbito entusiasmo, saludó el suelo de la patria con patadas vigorosas y estos desaforados gritos: «Aquí nos tienes, España; venimos a traerte la Libertad. Tómala *(reforzando los pisotones)*, tómala por buenas o por malas.» Poseído Ibero de emoción viva, callaba, y pisaba suavemente. Sus primeros pasos en España después de tan larga emigración eran mesurados, respetuosos, como si hollaran una superficie sensible.

A medida que avanzaban en la estrecha cuenca por donde corrían jugueteando las recién nacidas aguas del Veral, los senderos les ofrecían mejor andadura. A un lado y otro veían los ganados de Ansó pastando en las verdes praderas; veían cabañas, casitas pobres, menguados huertecillos entre peñas. El río crecía rápidamente, amamantado por delgados arroyos que ondulando bajaban del monte; nutríase después de mayores caudales, y cuando ya por su crecimiento adquiría plenitud, lo apresaban para utilizar su juvenil pujanza en el meneo de las ruedas de molino.

Cerca ya de mediodía encontraron otros amigos contrabandistas; uniéronse a estos unos pastores, que sin abandonar su pacífica condición bucólica celebraron la bondad y justicia de la *Causa* (que sus entendimientos vagamente comprendían), y se dolieron de no poder auxiliarla con activo concurso. En prueba de solidaridad, convidaron a los forasteros y sus acompañantes a una calderada de oveja. Ardía ya el fuego entre las trébedes, ya estaba la res desollada. Aceptó galanamente Quirós en nombre de todos, y el festín fue placentero, sabroso, amenizado por la conversación y por los zaques que muy a punto llevaron los carabineros.

A todos conocía Quirós en el Valle, donde había vivido dos largos meses haciendo propaganda revolucionaria y reclutando prosélitos. Era uno de los más activos y despiertos agentes de Moriones. Su labia persuasiva, su arrogancia y despejo, le captaron la simpatía y la adhesión de la gente ansotana... Despedidos cordialmente de los generosos rústicos, siguieron adelante. Ibero, que todo lo observaba, vio parcelas recién segadas, otras por segar, con las doradas mieses ondulantes; vio plantíos de lino, de patatas, de legumbres, pocas viviendas, animales estacados aquí y allí, algunos hombres, mujer ninguna... Sorprendíase de esta ausencia de las ansotanas, cuyo traje conocía por las llamadas *chesas*, que había visto vendiendo paquetes de hierbas en Rioja y en Madrid... Sus miradas vagaban de un lado a otro examinando la tierra y los hombres, y echando de menos el sexo femenino, cuando se ofrecieron a su vista los techos de pizarra y los negros muros de la Villa de Ansó. Como no era prudente que tantos hombres entrasen en cuadrilla, ordenó Silvestre que se dispersaran, para reunirse por la noche en puntos determinados. Entraron, pues, solos Quirós y Santiago, llevando detrás al *Pollero* y a un vecino de la Villa, de los más pudientes, llamado Garcijiménez, en cuya casa habían de alojarse el jefe y sus allegados.

Si en el campo sorprendió a Santiago la falta de mujeres, en la primera calle del pueblo fue grande su asombro al ver las escuetas figuras vestidas con la basquiña de paño verde, sin talle, suelta y airosa, marcando los pliegues rígidos desde el seno al borde de la falda. Al fin aparecían las *chesas*; mas eran tan tímidas, que al ver los forasteros corrían a esconderse de una puerta a otra. Luego, recelosas, miraban desde el zaguán oscuro; otras se asomaban a los cuadrados ventanuchos, que eran ojos y oídos por donde las recatadas viviendas percibían las imágenes y ruidos que del mundo externo llegaban a la Villa. Las calles de esta permanecían en la franca libertad de afirmado y alineación que se les dio, siglos antes, cuando fueron abiertas: eran torrenteras secas en verano, o cauces pedregosos con islotes y pasaderas en invierno. Las casas de piedra ennegrecida por la humedad eran altas, adustas, remendadas de distintos revocos y chapuzas; en ellas se advertía la pobreza ceremoniosa. Atravesando de un callejón a otro hasta llegar a la Plaza, Ibero habló así a Quirós: «Dime, Silvestre, ¿estamos en el siglo XII?» Y el otro respondió: «Casas y mujeres, todo es aquí gótico, o como quien dice, de la Edad Media.»

Pararon en una corta calle o pasadizo que daba a la plaza, y dentro de la casa de Garcijiménez, que era de las mejores de Ansó, aguardaban a Ibero mayores sorpresas. Allí vio de cerca a las ansotanas, y admiró su atavío medieval, que a todos los trajes de mujer conocidos supera en sencilla elegancia. Las dos hijas del dueño de la casa entraban y salían con herradas, transportando el agua de la fuente. Eran bonitas, delgadas, sutiles, y más las sutilizaba la basquiña verde de contados pliegues largos, que daban cierta reminiscencia ojival a los cuerpos enjutos. Vio las mangas cortadas en el hombro y codo, por donde salían buches de la camisa; vio el peinado, que consistía en torcer todo el pelo en una sola mata, envolviéndola con cinta roja: resultaba como una cuerda, que se arrollaba en la cabeza a modo de turbante. Sobre este ponían las muchachas el pañuelo, que los días festivos era de seda de brillantes colores, y los diferentes modos de ponérselo y de anudarlo atrás o adelante indicaban el gusto personal de cada una, y a veces el estado de su ánimo. Los pendientes de filigrana, las cadenas y medallas que colgaban del cuello y que relucían sobre la camisa y el canesú de la basquiña, completaban la arcaica figura... traída de las tablas góticas o de las iluminadas vitelas a la realidad de nuestro siglo.

La distribución interior de la casa también fue motivo de sorpresa para Santiago. En la planta baja estaban los graneros; seguían más arriba, en un piso o en dos, las habitaciones de dormir, y en lo más alto el comedor y la cocina. Esta, bien pavimentada de grandes lastras pizarrosas, tenía poyos alrededor del hogar, y ancha campana para expeler los humos al aire. La mujer o señora de Garcijiménez, asistida de sus hijas y criadas, hacía la comida, que mientras allí estuvieron los huéspedes fue brutalmente opípara y abundante. Dos veces al día les atracaban de ternesco, gallinas asadas, truchas corpulentas del Veral, todo ello estimulado por el ajilimójili, y sin que cesaran las rondas de vino. Otra sorpresa de los forasteros: que solo los hombres se sentaban a la mesa en la pieza que hacía de comedor, y eran servidos por las muchachas. Estas y la madre y todo el mujerío comían en la cocina. La superioridad feudal del hombre era, como el atavío mujeril, remembranza gótica en aquellas escondidas tierras aragonesas.

Llamábase Garcijiménez a sí propio *el contrabandista más honrado*. La lucha con el Fisco era, en su conciencia, una industria lícita, y el Fisco un detentador de los derechos del pueblo; además, en todos los tratos no relacionados con las Aduanas y el Resguardo, su probidad no tenía la menor tacha. En Ansó le conceptuaban rico: poseía tierras y ganados, y en las Cinco Villas había colocado algún dinero en préstamos con hipoteca. Si en su cabeza dura germinó la semilla revolucionaria, no fue solo por el ardor irreflexivo que tales ideas despertaban, sino porque honradamente creía que toda aquella música de *Prim, Libertad*, había de favorecer la fácil introducción de mulas y muletos, su más pingüe negocio.

En la casa de este honrado vividor quedaron afiliados unos cuarenta hombres, entre paisanos y carabineros. Viéronse allí unidos contra el despotismo político los que, según las leyes del despotismo fiscal, eran enemigos acérrimos. Dispuso Quirós que saliesen en grupos de dos o tres, recorriendo la Hoz, río abajo, hasta la Canal de Berdun. En la Pardina y en Biniés recogerían las armas los que no las tenían, reuniéndose todos en Javierregay, donde encontrarían de seguro órdenes de Moriones. *El grueso de los sublevados*, que no bajaba de setecientos individuos, estaría probablemente entre Jaca y Berdun. O mucho se equivocaba Silvestre, o el plan de Moriones era invadir con rápido avance las Cinco Villas de Aragón. Hablaba el sargento con todo el aplomo y gravedad de un general de división, y con atenta fe le oían aquellos inocentes y alucinados hombres.

Emprendieron, pues, la marcha al amanecer de un claro día por los escarpados montes de la orilla derecha del Veral. Ibero, inseparable de Quirós, llegó con este y otros tres a la Pardina, donde comieron y se proveyeron de armas; pasaron la Hoz por una elevada cornisa de piedra que iba ondulando al son del río, y contemplaban desde vertiginosa altura la cristalina corriente, en la cual se distinguían las enormes truchas, dueñas de su elemento en aquella región abrupta y solitaria. Reuniéronse al día siguiente en Biniés unos cincuenta hombres a la sombra de un gigantesco y seculoso nogal que en aquella tierra existe, decano de los nogales españoles, y uno de los más nobles, venerables y opulentos árboles que los siglos han perpetuado en el mundo. De Biniés partieron para Javierregay, donde ya eran sesenta y pico, y allí les salió al encuentro un emisario de Moriones. Llamábase Miranda, y era sargento de Artillería de los que escaparon el 22 de junio. El tal les transmitió la orden de que marcharan en dirección de la Sierra de Marcuello, donde se unirían a las fuerzas de Moriones y Pierrad.

Andando en el rumbo indicado, les contó el sargento Miranda que Moriones había empleado los medios de guerra más enérgicos para llevar a su campo a todos los carabineros de las Comandancias que prestaban servicio en aquella parte del Pirineo. Fácilmente consiguió la incorporación de muchos *números*; pero con la oficialidad no fue tan afortunado: algún teniente, algún capitán perecieron en esta brega, y otros escaparon a Francia. Con este *ten con ten* reunió don Domingo como unos cuatrocientos carabineros.

Conviene apuntar aquí que a la salida de Javierregay el sagaz contrabandista Garcijiménez pidió permiso al jefe para ir a Tiermas a traer veinte hombres que allí tenía dispuestos. Partió con esta encomienda el cuco ansotano, llevándose al *Pollero* en clase de ayudante, y a ninguno de los dos se le volvió a ver más... Traspasaron los expedicionarios el riscoso laberinto en cuyo seno está San Juan de la Peña, cuna gloriosa de la nacionalidad aragonesa; descendieron al valle del Gállego, vadearon este río, y siguiendo por terreno quebrado, amanecieron en un pueblo llamado Linás, donde estaban Pierrad y Moriones. Acomodáronse allí lo mejor que se pudo. La pobreza del lugar apenas les brindaba lo preciso para sustentarse miserablemente, y la precipitación fatal de los sucesos no les dio tiempo para el descanso. Antes de mediodía se supo que venían contra los sublevados tropas del Gobierno. Pierrad y Moriones deliberaron en medio de la plaza, y se convino en que este dirigiría la acción, quedándose el general con su gente, como cuerpo de reserva, detrás del pueblo, a la falda de las colinas circundantes.

Un segundo espía patriota llegó a Linás a uña de caballo; trajo la noticia de que venía el general Manso de Zúñiga con Cazadores de Ciudad Rodrigo, una sección de Caballería y buen golpe de Guardias civiles. Como en estas exaltaciones del espíritu político en guerra la mente popular propende a las formas pintorescas, el emisario venido de Huesca terminó su mensaje con esta pincelada de colorido africano: «Al salir para acá, Manso de Zúñiga ha dicho que volvería con la cabeza de Moriones atada a la cola de su caballo.»

XIX

Algunas docenas de casas míseras, formando callejuelas y una irregular plaza, componían el lugar de Linás de Mascuello, a la falda de un cerro, del conglomerado rojo que tanto abunda en tierras de Aragón. Frente al pueblo, por la parte contraria al monte, había eras extensas; seguían terrenos cercados de frágiles tapias de adobes, entre las cuales una o dos callejas comunicaban el lugar con el camino de Ayerbe. Por estas callejas tenía que entrar forzosamente Manso de Zúñiga.

Moriones, que en el escalafón del Ejército no era más que capitán, tenía título y autoridad de coronel en las falanges de la emigración revolucionaria. Al frente de los sublevados aragoneses apareció vestido de paisano, con chaquetón parduzco, sombrerillo blando, el ala inclinada por delante al modo de visera, sin ninguna insignia ni distintivo militar, sin armas a la vista. Era un hombre duro, seco, voluntarioso, fruto de la tierra clásica del baturrismo, Egea de los Caballeros, una de las Cinco Villas de Aragón. Su valor temerario, unido al maravilloso instinto estratégico, hacían de él un guerrillero indomable. En la Guerra de la Independencia no habría tenido rival; en la Civil habría sido un Zumalacárregui; en aquella nueva contienda entre españoles por un más o un menos de Libertad, ocasión y medios le faltaron para realizar verdaderas maravillas. Bien acreditó su maestría guerrillera en la intentona de agosto del 67, recogiendo y organizando a los carabineros con los ardides y el rigor necesarios en tales casos, y agregándoles los fornidos montañeses de Hecho y Ansó. A estos llamaban vulgarmente *cheses*; su atavío, describiendo de abajo arriba, era: peales, calzón, faja morada, chaqueta jaquesa, sombrero redondo sobre el pañuelo, en los más pañuelo solo, muy ceñido a la cabeza.

Desde el mediodía, esperando por momentos la visita de las tropas regulares, Moriones dispuso a su gente en esta forma: tras de las tapias de los callejones por donde forzosamente habían de entrar en el pueblo los soldados, puso a los carabineros, con orden de agazaparse tumbados en tierra, o al abrigo de los adobes. A los *cheses* colocó en las eras, tapando por izquierda y derecha las primeras bocacalles del pueblo. Silvestre Quirós, que como ayudante de órdenes llevaba a su lado a Santiago Ibero, mandaba una de las secciones de esta fuerza. Los demás obedecían al sargento Miranda y a otros improvisados oficiales, que si carecían de galones y distintivos, iban bien pertrechados de coraje. Los sargentos supervivientes del 22 de junio sentían particular ojeriza contra los Cazadores de Ciudad Rodrigo, y querían vengarse de aquel Cuerpo, porque, comprometido a sublevarse con los artilleros, faltó por estar aquel día de guardia en Palacio.

Apenas ocupados por los carabineros y *cheses* los sitios en que Moriones les puso, el militar bullicio de cornetas y clarines anunció el avance de la tropa. Manso de Zúñiga debía de ser hombre de grande arrojo, porque en vez de iniciar su ataque enviando una o dos compañías al reconocimiento de las entradas del pueblo, no hizo más que colocar la Caballería en el sitio por donde a su parecer habían de escapar los sublevados, y poniéndose al frente de los de Ciudad Rodrigo, con ciego ímpetu se lanzó por la primera calleja que vio delante. Procedió como un capitán de Cazadores mandado a tomar pronto una posición secundaria.

Heroica fue la cadetada, si así puede llamarse, de Manso de Zúñiga, y con el arranque que tomó, pudo en tiempo brevísimo pasar con sus soldados la calleja sin que los disparos de los carabineros hicieran en estos gran estrago. Y tan de súbito entró el general en las eras, que los *cheses*, viéndole aparecer a caballo con toda su bravura y marcial arrogancia, seguido de los Cazadores, y oyendo las espantables voces guerreras del caudillo y su tropa, se sobrecogieron; faltos de práctica, pensaron que el mundo se les venía encima, y poseídos de terror buscaron refugio en las primeras calles del pueblo.

Rápido como el pensamiento, acudió Moriones al peligro. Por las callejuelas laterales del pueblo salió al encuentro de los *cheses*; los contuvo, los atajó con furibundos empellones, les arengó, mezclando bárbaramente la idea patriótica con sonoras desvergüenzas baturras, y al fin pudo empujarlos a las eras, recobrados del pánico que los lanzó a la fuga. Tan breve fue esta reacción, que apenas tuvo tiempo Manso de Zúñiga para reconocer las entradas del pueblo y distribuir su gente para un nuevo ataque. En tal situación, reapareció en las eras el grupo más decidido de *cheses*, mandado por el sargento de Artillería, Miranda; tras aquel pelotón llegaron otros, y se empeñó un vivo tiroteo entre paisanos y Cazadores; a los disparos siguieron las embestidas cuerpo a cuerpo: un *ches* mató a un soldado; otro soldado mató al *ches*; un segundo ansotano vengó la muerte de su compañero, y así fueron cayendo en tierra muchos hombres.

En medio de esta confusión, el general regía su caballo de una parte a otra, tratando de estimular a los suyos y de impelerles a un ciego heroísmo. Desde la callejuela próxima, las imprecaciones baturras de Moriones cantaban el himno del combate. Inútiles resultaban los esfuerzos de Manso, y los Cazadores de Ciudad Rodrigo abandonaron despavoridos el terreno. Con fuertes voces los llamó y arengó su jefe, hasta que las heridas que había recibido le privaron de la palabra. Caballo y jinete se desplomaron. Acudió Miranda, acudieron otros a levantarle y hacerle prisionero. En el momento en que Miranda le agarraba el brazo, los ojos agonizantes de Manso dirigieron al artillero la última mirada que tuvo para este mundo... Entre unos ojos y otros se cruzaron los rayos lívidos del trágico duelo de España.

Con movimiento velocísimo, pues corrían el riesgo de que se rehicieran los de Ciudad Rodrigo y volviesen con mayores bríos, Miranda le quitó al general la espada, y viendo que aún respiraba, hizo ademán de rematarle. Ibero le contuvo diciendo: «Déjale; ya está muerto.» Advirtiendo algunos que el enemigo volvía, clamaron a retirada. Miranda le quitó al general el ros, y como exhalación salió de las eras tras de sus compañeros, llevando la escopeta en la mano derecha, el ros en la izquierda, y en la boca la espada del valiente y desgraciado Manso de Zúñiga.

Volvían, sí, los Cazadores de Ciudad Rodrigo, porque un hijo del general venía en la columna, alarmado de que su padre quedase en las eras después de retirada la tropa, corrió allá con dos compañías... No pudo hacer más que recoger el cadáver del que había sido víctima de su propia impetuosidad. La gente de Moriones se replegó a la parte opuesta del pueblo, donde había quedado la reserva mandada por Pierrad, y estupefactos advirtieron que el general y sus hombres habían desaparecido. Ello debió de ser con bastante antelación, porque no se distinguía bicho viviente en todo lo que alcanzaba la vista. Sin duda, viendo Pierrad la primera desbandada de los *cheses*, creyó que aquello estaba perdido, y se puso en salvo. Aquí de los desahogos baturricos de don Domingo Moriones y de sus quejas airadas. Pero en realidad era injusto con su compañero, porque él tuvo que hacer lo mismo. Aunque habían tenido la suerte de matar al jefe de la columna, siempre resultaba desigualdad enorme entre los sublevados y las fuerzas del Gobierno. En estas permanecían intactas la Caballería y Guardia civil. Moriones y Pierrad juntos, no podrían librarse de ser acuchillados y deshechos por las tropas regulares. Retirose, pues, el sagaz Moriones, porque vio clara su inferioridad, y porque no sabía que la columna iba muy escasa de municiones; que en aquellos tiempos ya nuestros Gobiernos solían mandar los soldados a la guerra sin la conveniente provisión de pólvora y balas.

La retirada fue penosa. Traspasados durante la noche los cerros de Marcuello, fueron a parar a Anzánigo. En este pueblo, donde quedaron algunos heridos confiados al alcalde, Ibero perdió de vista a Chaves, a Quirós y a Moriones, que tomaron rumbo hacia la Canal de Berdun... Siguió Ibero la recta hacia Canfranc como el camino más corto para Olorón. Era, sí, la vía más derecha, pero también la más peligrosa, porque en Jaca se exponían a ser capturados, y en la frontera de Francia los gendarmes y aduaneros les apresarían para internarles.

Ibero y Miranda, con otros cinco, trazaron su itinerario con un amplio rodeo para evitar el paso por Jaca. Horrenda tempestad de lluvia y granizo, con espantable música de truenos, les detuvo en la montaña. Refugiáronse en cuevas; padecieron frío y hambres; recalaron al fin en un lugar llamado Campanal de Izas: allí los cinco compañeros no eran más que tres, pues dos de ellos habían tomado la vuelta de Panticosa. Repuestos de su hambre en Campanal, fueron a pasar la divisoria por Somport, y al fin, con indecibles trabajos y fatigas, pusieron el pie en Francia. Ya iban más tranquilos, aunque derrengados y en gran necesidad. Así llegaron al pueblo francés de Urdós, donde ya solo quedaba un compañero, y eran tres los expedicionarios. En Accous ya iban solos Ibero y Miranda, y este le dijo: «Yo no puedo ni quiero volver a España. Esto de la Revolución va para largo. En Francia buscaré cualquier acomodo, y mejor estaré aquí trabajando como una bestia que en España, aunque gane Prim y me hagan subteniente.» Ibero le prometió buscarle trabajo en el pueblo donde él tenía su residencia. Por fin, medio muertos, sostenidos por la fuerza espiritual que da la esperanza, dieron con sus pobres huesos en Sainte Marie de Olorón al amanecer de un sereno día.

Grande satisfacción de todos y alegría loca de Teresa, pues había corrido en Olorón la noticia de un espantoso descalabro de Moriones en tierra de Huesca. Pasadas las primeras efusiones de gozo, atendió Teresa a cuidar a su hombre y reparar el desmayo y mataduras que de la horrible caminata traía. Le lavó todo el cuerpo, le administró friegas con alcohol o suaves unturas donde era menester, y le acostó en la cama, asistiéndole con calditos sustanciosos e infusiones aromáticas. El sueño atrasado pesaba de tal modo sobre Ibero, que de un tirón durmió quince horas: una vez pagada parte de la enorme deuda que con el dormir tenía, describió y pintó el suceso histórico en que había intervenido; y como trazo final, dijo a la mujer amada que el desastroso fin de aquella salida con Moriones al campo de Caballería revolucionaria no le había curado de su ambición de grandeza. Lo mucho que había visto y lo poquísimo que había hecho, le movían a desear otras escapaditas por campo más extenso.

Oyéndole hablar así, Teresa reprodujo sus anteriores razonamientos acerca del estorbo que ella ponía con su triste pasado a las aspiraciones de un hombre en plena fuerza y juventud. Pero Santiago protestó enérgico. «No sé qué tienes, Teresilla —le dijo, añadiendo cariños a palabras y palabras a cariños—; no sé qué tienes tú, que cuanto más tiempo pasa, más te quiero, y ahora y siempre sostendré que no hay ninguna mujer que se te pueda igualar.» Envanecida la buena moza, y deseando remachar su triunfo, tomó un papel semejante al del *abogado del Diablo* en los juicios de canonización, y expuso todos los argumentos desfavorables a su persona.

«Mira lo que dices, Santiago. Soy más vieja que tú, bastante más... No quiero precisar con números la diferencia de edad... Básteme decir que he pasado de los treinta y tú no has entrado en los veinticinco... Y como la mujer envejece más pronto que el hombre, y yo te llevo ya mucha delantera, dentro de algunos años, cuando tú seas todavía joven, yo estaré horrible, feísima; tendré que pintarme y ponerme moños postizos, con lo que más lograré causarte repugnancia que amor. Reflexiona en esto, Santiago mío; piensa en el mañana, en los años que vuelan llevándose nuestras ilusiones, llevándose la fina tez, el brillo de los ojos, la frescura de las carnes, y con esto el genio alegre que endulza la vida.»

Briosamente rebatía Santiago estas argucias del abogado del Demonio, ratificándose en sus ideas optimistas y en la perfecta compatibilidad de Teresa con las ambiciones del hombre que en ella ponía todo su cariño. Conviene hacer constar que la pecadora corregida conservaba todos sus encantos. Aunque envejecía, era tan lenta la acción destructora del tiempo, como si este la cortejase aspirando a poseer sus gracias. Y la pícara sabía ser siempre pulcra, elegante, y convertir su sencillez y modestia, su pobreza misma, en un atractivo más. El cuidado escrupuloso de su persona persistía en ella como los sentimientos hondos que duran hasta la muerte. Algo bueno le había de quedar de aquella primera mitad de su vida, desarreglada y escandalosa.

No quiso Teresa soltarle de una vez al aventurero todo lo que tenía que decirle. Para ciertas cosillas que podrían causarle impresión penosa, esperó a que el hombre descansara todo lo que su abrumado cuerpo le pedía. Esta ocasión llegó al cuarto día del regreso, y una mañana, cuando acababan de desayunarse, abordó la guapa moza con arte sutil su interesante revelación, dándole este principio gracioso:

«Muy bien, salvajito mío. Por lo que me dices, veo que he salido airosa de la prueba. Estoy contentísima, o como diría Carlos Bidache, nuestro discípulo de español: no *cabo* en mí de satisfacción... Pues vamos ahora a otra cosa. Recordarás que te propuse una segunda prueba... y yo...»

—No, no, Teresa. *(Repentino, asustado.)* Más pruebas no...

—Déjame concluir: lo que tú no quisiste hacer, otra persona lo hizo por ti... ¿A qué abres esos ojazos?... Ea, pues yo he sido quien ha hecho la prueba... y también en esta he ganado.

Enmudeció Santiago, y ella, dejándole una pausa para que espaciara su asombro, empezó a relatar el caso, poniendo en él todo su donaire y agudeza, como verá el que quiera leer un poquito más.

XX

«Ausente tú, yo no sabía qué hacer... Sola, nada se me ocurre que no sea referente a ti... "¿Pues qué haré que sea por él y para él, que sea también para mí?" Pensando en esto, se me ocurrió ir yo a la prueba. Hablé de esto largamente con María, y un día las dos a un tiempo dijimos: "Vámonos a Lourdes". Te advierto que ya María estaba enterada del sitio a donde habíamos de dirigirnos para la prueba. Tiene en Lourdes una prima bien acomodada y santurrona, Berta Richard, viuda sin hijos, que es en aquel pueblo persona principal, dueña de una fábrica de pañuelos que fundó su marido... Pues por esta señora sabíamos que tu niña zangolotina vivía en una casa religiosa, mixtura de convento y colegio. Hay allí unas Hermanas con tocas y manto negro, que educan niñas. Llevan un nombre que no recuerdo bien, *Madamas Cristianas* o algo así... Dicen que son unas santas; pero de esto nada puedo decirte, porque entiendo poco de cosas de santidad... En fin, que allá nos fuimos. Don Baldomero Galán, el año pasado por este tiempo, vino a Francia con su hija y una de estas religiosas; dejó a Salomita en la casa que te digo, y se volvió a España. En Jaca le tienes: es gobernador de un fuerte que llaman Rapitán... Pues acompañadas por la señora Richard, fuimos a visitar a la niña, figurando que éramos de una familia madrileña, muy amiga de los Galanes, *etc*... Por cierto que la casa-convento es un modelo de orden y limpieza; las Hermanas que vimos disimulan su gazmoñería con su amabilidad, y una de ellas, valenciana de la parte de Gandía, habla español con acento levantino... Es mujer guapísima, solo que un poco bizca, y al hablar tuerce la boca; los ojos tiene algo pitañosos.»

—Por María Santísima, hija, no divagues... Vivo, vivo, al asunto.

—Al asunto, tienes razón; al grano... Y el grano es que tu Dulcineíta no te quiere, ni se acuerda de ti para nada... Tiene otro novio...

—¿Es de veras? *(Pálido, echando chispas de sus ojos.)* ¿La viste tú... qué te dijo, qué hablasteis?

—Las Hermanas nos dijeron que le ha salido otro novio, que está locamente prendada del nuevo galán...

—¿Y el novio es militar, es persona de categoría?

—¿Militar dices? Creo que no... Es pacífico, muy pacífico y de categoría tan alta, que tú a su lado eres más chico que una hormiga. De ese galán nos habló Madama Berta con entusiasmo, y al celebrarle y enaltecerle ponía los ojos en blanco, y aun creo que se le caía la baba.

—Teresa, por los clavos de Cristo, déjate de babas, y dime...

—¿Pero, tontín, no has comprendido ya quién es el novio de tu adorada? Si acabas de nombrarle... Eres tan torpe, que hay que meterte en la cabeza las ideas con cuchara. Tu rival es el propio Jesucristo. Tu Dulcinea zangolotina se ha convertido en una cuitada y sosa monjita. No ha profesado aún: por eso te dije que Jesucristo es su novio; no tardará en ser esposo.

La sorpresa de Santiago estalló en monosílabos, en golpes sobre la mesa, en pases de la mano por la cabeza echando atrás el cabello, que así se encrespaba más. Teresa prosiguió: «Pero, tontín, si eso es de clavo pasado y ocurre todos los días. Don Baldomero les entregó a su hija para que se la educaran a la francesa con mucha finura y mucho aquel, y ellas, viéndola tan mona, dijeron que debía ser para Dios, no para los hombres... Los hombres, ¡qué asco! Es la historia eterna... Yo me imagino qué cosas le dirían a la niña para convencerla... Sin duda supieron que tenía un novio salvaje y medio loco, que habla con los espíritus; le dirían que eres un perdido, un amigo de Prim, y que ya no hablas con los espíritus, sino con una mujer mala... Conmigo... Figúrate cómo habrán puesto aquella cabecita. La menguada chiquilla cayó en el cepo y ya no se escapa. Si la encontraras en alguna parte, verías que la han vuelto idiota... Por supuesto, yo no me equivoqué, Santiago: siempre creí que Salomita tenía muy poca sal en la mollera; a un entendimiento bien sazonado no le entran esas bromas del monjío... Y el pueblo en que la pusieron, ese Toboso de tu Dulcineíta, es lo más abonado para tales cosas, porque allí, para que te enteres, hubo hace años, no muchos, un grandísimo milagro. En una gruta, se apareció la Virgen a una muchachita llamada Bernadette Soubirous, de catorce años, y le dijo que elevaran en aquel lugar un Santuario para darle culto. Allí están la gruta y la imagen, muchas velas encendidas y sin fin de ex-votos de los que han ido a curarse del reúma, ciática y parálisis... Ya, hijo mío, el que cojea es porque quiere... Van peregrinos de toda Francia, con tanta fe y devoción que se queda una pasmada y edificada.»

—Por Dios, no divagues más... ¿Qué me importa la gruta, ni qué los cojos y lisiados de todo el mundo?

—Pues no vayas a creer que don Baldomero consintió que su hija entrara en religión. El pobre señor no se enteró hasta que la cosa no tenía remedio. Fue a Lourdes hecho un demonio, y lo menos que quería era sacarle los redaños a la Madre Rectora y a todas las benditas Hermanas. Pero solo consiguió que se le encendiera la sangre y que la cabeza se le llenara de bultos deformes y la cara de feísimos granos. Al fin tuvo que salir de Lourdes entre gendarmes, y a la niña la llevaron a un pueblo cerca de Marsella, donde para todos, menos para Dios, está invisible.

El monjío y la invisibilidad de Salomita en un convento próximo a Marsella, evocaron en la mente de Santiago recuerdos penosos del capitán Lagier y de los sufrimientos del honrado marino. Por estas memorias, y por lo que personalmente le dolía el suceso, se levantó en el alma de Ibero un gran tumulto; los sentimientos se movieron con furioso oleaje, las ideas saltaron y anduvieron a la greña... Pero como en razón inversa de la intensidad del tumulto estuvo la duración, no tardó en calmarse el sofoco. En verdad, el inopinado desenlace no encontró base psicológica para producir arrebatos de ira o negra pasión de ánimo. Como se ha dicho, la imagen y el recuerdo de Salomita se borraba cada día más; había corrido un año largo sin que Ibero la viese y aun sin que de ella tuviera noticia, y por fin, el amor de Teresa, sostenido por la convivencia, precipitaba la desilusión rápida. Aquella misma tarde, interrogado acerca de la impresión recibida, dijo Santiago a María y Teresa que se sentía mentalmente aliviado de un peso, como si le hubieran operado en la cabeza para extraerle un cuerpo endurecido. Algo le quedaba del dolor de la operación; pero ya iba pasando; pronto vendría la insensibilidad.

Aún tenía que hablarle Teresa de otro asunto, y como era urgente, no quiso aplazarlo. Había tenido noticias directas de su madre por una carta quejumbrosa, llena de amenazas. Mostrola a Santiago, y ambos comentaron con viveza los manejos de la *sutil tramposa*. «Es mi madre —dijo Teresa—, y no puedo hablar de ella como hablaría de una persona extraña. Pero sí afirmo que las maldades de la primera mitad de mi vida no son mías sino en corta proporción. Obra de ella fue mi rebajamiento. Ella me vendía, me arrendaba, me contrataba según su interés, y mirando solo a lo que daban por mí... Bien conoce Dios mis buenas intenciones; si algún día llego a tener más dinero del que necesitamos para mantenernos, algo mandaré a mi madre para que viva... Pero... ¡volver yo a su lado, jamás! Prefiero morirme... Y ahora, Santiago, vas a saber la segunda parte, que es la peor. Dos días antes de llegar tú, se presentó aquí un tío polizonte preguntando por... Traía el nombre escrito en un papel: *Carlos de Castro*... Ya ves: las señas son mortales. El tipo aquel habló del subprefecto, del cónsul... Yo me quedé helada. Bidache el viejo le trasteó de lo lindo, diciéndole que el *Castro* ese había quedado en Cambo, y que allá fueran a buscarle... ¡Ay, hijo mío!, temo la internación, por lo menos. Para nosotros no puede haber aquí tranquilidad.»

—Francia es muy grande —dijo Ibero sin inmutarse—. Francia es trabajadora, hospitalaria. Busquemos en ella libertad y honrados medios de vivir.

—Pues hemos de decidirlo pronto. Somos unos pobres salvajes que necesitan cambiar de choza. Di tú a dónde debemos ir.

—Decídelo tú... ¿A dónde vamos?

Ambos quedaron mudos un rato, mirándose con ojos fijos y penetrantes. «¿A dónde vamos?» preguntaban los ojos. De improviso y a un tiempo, con voz que pareció un estallido, los dos amantes soltaron de su boca la respuesta: «¡A París!»

Perfectamente acordes estaban en la resolución, y los móviles de cada uno eran sustancialmente los mismos: necesidad de mayor espacio y de atmósfera vital menos ahogada. Ibero vio en París el grande horizonte, la amplitud en las ideas, el roce con las primeras figuras de la emigración hispana. Teresa veía por el lado femenino el ensanche de pensamiento y acción, y sus planes no eran desacertados. En los días de la ausencia de Ibero estuvo en Sainte Marie una señora, parienta de la esposa del viejo Bidache. Llamábase Úrsula Plessis, y tenía en París negocio de encajes finos. Solía veranear en el Pirineo, repartiendo sus días de descanso entre Biarritz, Pau y Luchon, sin perder ripio para hacer su artículo en los sitios a donde concurrían señoras ricas. De paso visitaba a sus parientes. En Olorón hizo conocimiento con Teresa, y quedó maravillada de la gracia nativa de esta, de su exquisito gusto, de su genial disposición para comprender y asimilarse las sutiles artes de la elegancia.

A este propósito, la sermoneaba de continuo: «Hija mía, su terreno de usted, su porvenir, están en París. Véngase conmigo allá, o vaya cuando pueda, y yo le aseguro que pronto se abrirá camino en cualquier negocio de los que tienen por fundamento el buen gusto. Yo desde luego le ofrezco que para empezar tendrá en mi establecimiento un acomodo modesto...»

121

Esto y otras cosas sugestivas le dijo, con lo que el alma de Teresita quedó encendida en la noble ambición de adquirir con su trabajo un vivir decoroso.

Véase por qué Teresa, en admirable consonancia con su amado, soltó el grito de vida, de lucha contra la miseria y la muerte. ¡A París! Como tenían poco que arreglar en punto a equipajes y efectos de viaje, tardaron en poner en ejecución su pensamiento el tiempo preciso para asegurarse el secreto de la salida, por si al subprefecto o al cónsul se les ocurría darles un disgusto. La despedida fue tiernísima: en ninguna parte del mundo encontrarían amigos como aquellos honrados y generosos Bidaches. Tuvo Santiago la satisfacción de dejar colocado en el arrastre de mármoles al pobre sargento Miranda, que muy contento decía: «Vale más ser aquí un buey de trabajo que dejarse internar como un perro, o volver a España a que le fusilen a uno como un hombre, con sacramentos y todo.»

Partieron los amantes algo medrosos, y hasta pasar de Pau no respiraron con tranquilidad. En Dax, avanzada la noche, al cambiar de tren, se encontraron a Silvestre Quirós, muy mal trajeado, con cara de insomnio y ayuno. Abrazáronse los dos amigos, cambiando en rápida frase el quejumbroso saludo de la emigración con sus melancólicas añoranzas. Dijo Silvestre que no podía vivir más en Bayona. Con los cuartos que le quedaban podía llegar a Angulema, donde le ofrecían colocarle en una fábrica de papel. Ya encajonados los tres en el coche de tercera, refirió Quirós que en los mismos días de lo de Linás, embarcó Prim en Marsella para Valencia, donde tuvo el tercer fracaso, porque las tropas que se habían comprometido no salieron. «La razón que daban fue que Prim había firmado un manifiesto en que se pide la abolición de quintas; y sin quintas, ¿cómo ha de haber ejército? Salió el general del puerto del Grao echando bombas, y según dicen, ha desembarcado en Cette. ¿Entrará por Bourg Madame? ¿Tendremos otro descalabro?... Yo no creo nada ya; he perdido la fe... Ya es hora de que gritemos: "Nos están engañando; juegan con nosotros como si nuestras vidas fuesen fichas de damas o dominó". La revolución, que es guerra de guerras, no se hace sin dinero. Si no lo tienen, ¿para qué nos meten en estos líos? No hay libertad sin pan. Ahora mismo, al volver de Marcuello, no teníamos qué comer. Moriones nos dio lo que llevaba sobre sí: no podía más... Pereciendo llegamos a Bayona. Pero no ha venido Moriones más lucido que nosotros.

Anoche le vi en el café Farnier con Muñiz. Su cara y ropa eran las de un cesante. Y yo pregunto: ¿a quién da la Junta el dinero que recoge? Vete a saber... En Bayona tienes a los que entraron con Contreras, y han vuelto por el puerto de Benasque descalzos y pidiendo limosna. Algunos, cogidos por los destacamentos franceses, han sido internados a pie, de cárcel en cárcel. Ya Bourges no les parece bastante lejos, y están mandando emigrados a Besançon, pared por medio con Suiza... Con que ayúdame a sentir, Santiaguito. La pobre España está perdida, y quiere que la salvemos sin armas, sin dirección y con los estómagos vacíos. ¡Anda y que la salve su madre!»

Con esta cantinela pesimista, contristaba el pobre Quirós a sus dos compañeros de tren, que alentados iban por risueñas esperanzas. Felizmente, el lastimado amigo les dejó en Angulema, y ellos recobraron su buen humor en el resto del viaje, que fue felicísimo, aunque un poco largo, porque los trenes *ómnibus* no eran un prodigio de velocidad... Al anochecer del día siguiente vieron que a un lado y otro del tren en marcha se iniciaba la aglomeración de alegres pueblecillos, de granjas admirables, de quintas escondidas entre bosques espesos; vieron la muchedumbre de fábricas y talleres con sus chimeneas humeantes, las estaciones de una y otra línea transversal, los edículos y almacenes, los gasómetros, el sin fin de construcciones que anuncian la vida industriosa y opulenta de una gran metrópoli. «Ya llegamos —dijo Teresa—. Esto es París.» Era ya noche cerrada. Ibero miraba con avidez por encima de las filas de vagones parados, máquinas y objetos mil de intensa negrura, y veía un extenso y vivo resplandor que invadía gran parte del cielo... «Es París —exclamó—. Parece que arde.» Y risueña, radiante de alegría, respondiole su compañera: «No es incendio, es claridad.»

XXI

Iban recomendados por los Bidaches a una casa modesta (*Rue Paradis*), y gracias a esta precaución, pudieron obtener un cuartito decente. Hallábase París en los días febriles de la *Exposición Universal*, en que Francia hizo potente alarde de su industria, de su riqueza y mentalidad luminosa; eran los días de la gran apretura de hospedajes; media Europa invadía París; la otra media hacía cola.

Apenas tomaron tierra los enamorados aventureros, pusiéronse en comunicación con Úrsula Plessis, que vivía en la *Rue Mont Thabor*. Reiteró la comercianta de encajes la simpatía que en Olorón había mostrado a Teresa, y consecuente en su amabilidad, la llevó a su establecimiento para que se fuera enterando. Se convino en que mientras duraran las dificultades de hospedaje, continuarían viviendo en la *Rue Paradis*. Después se les agenciaría mejor acomodo. Iría Santiago a buscarla poco antes de las doce para almorzar juntos en cualquier *restaurant* barato de las calles próximas a *Palais Royal*; al anochecer harían lo mismo, retirándose a su casa después de comer. Las horas que Teresa pasaba entre encajes y blondas las consagraría Santiago al divagar por París, aprendiendo en la práctica el laberinto de calles, bulevares y avenidas.

El primer día le acompañó en este sabroso estudio un chico, hijo de un comisionista español, vecino de piso en la casa de *Paradis*; pero luego se procuró un plano, y con este amigo mudo se libró del otro, que era harto entrometido y molesto. Solito recorría París de punta a punta, viendo y admirando tanta grandeza y maravilla. Habíanle dicho que si quería ver españoles se fuera al Pasaje *Jouffroy*, y asistido de su plano fiel, allá se encajó una mañana... No hizo más que llegar, y le salieron dos compatricios, uno de ellos con su capa, terciada garbosamente. No se puede afirmar que en agosto llevase tal prenda con objeto de abrigarse; llevábala sin duda para tapar la desastrada vestimenta de un triste insurrecto proscrito. Conocieron los tales a Ibero por la pinta (que los españoles pregonan la casta por el aire jacarandoso), y le abordaron resueltamente, entrando al instante en palique. «¿Qué tal?... ¿Usted por aquí?... Este París es un infierno... Todo aquí es farsa.» De estos tópicos vulgares se pasó a charlar de política, de la Revolución fracasada por falta de cabezas... No había cabezas; no había más que pies para correr en cuanto sonaba un tiro... Ellos (el de la capa y el otro que se cubría con un gabán claro) eran víctimas de su amor a la Libertad. Les habían engañado; les habían sacado de sus casas, donde tenían un modesto pasar, para meterles en jaleos de guerra, que se malograban por causa de los de tropa... «Mire usted, caballero —dijo el de la capa—. Yo puedo alzar el gallo; yo puedo acusarle las cuarenta al mismo don Juan Prim, porque vengo del Alto Aragón... yo me batí al lado de Moriones; yo ayudé a matar a Manso de Zúñiga...»

—Alto ahí, señor mío —dijo Santiago con prontitud y sequedad—. Yo estuve en eso que cuenta, y no le vi a usted por ninguna parte. No éramos tantos que se pudieran confundir las caras y personas. Ni usted apareció por allá, ni sabe dónde está Linás de Marcuello.

—Le diré a usted...

«No me diga usted nada, porque es tarde y estoy deprisa. Abur.» Y les dejó plantados, siguiendo su camino por el bulevar adelante hacia el de Italianos. Estaba de Dios que aquella mañana le saldrían españoles en cada esquina, porque apenas llegó a la de la *Rue Drouot*, se tropezó con don Jesús Clavería. ¡Oh sorpresa!... «Iberillo, ¿tú aquí?» No le había visto desde que en Urda recibió de él las cartas para Muñiz y Chaves. Cambiados los saludos afectuosos, Clavería le dijo: «Ya sé, ya sé que has tomado un papel poco lucido: el de redentor de Teresa Villaescusa, de esa...»

Cortole Ibero la palabra con rápido ademán y un mirar luminoso. La protesta enérgica y concisa remató el efecto. «Mi coronel, ya sabe que le quiero y le respeto. Pero con todo el respeto del mundo, le digo que ni usted ni nadie hablará mal, delante de mí, de una mujer que por mujer merece consideración, y por estar conmigo tiene quien contra todo el mundo la defienda.»

El tono y la dignidad del lenguaje impusieron comedimiento a Clavería, que, por otra parte, no estaba de humor de romper lanzas por una redención de más o de menos. Conocía bien las cualidades de Ibero, su tozuda entereza, y la prontitud con que solía poner los hechos como remate y complemento de las palabras. Echose atrás con más benevolencia que cobardía, y palmoteándole en el hombro, le dijo: «Bien, hijo; no te enfades. A mí nada me importa. Redime todo lo que quieras.» Fácilmente llegaron a conversación menos espinosa. «Vengo a París a ver mundo —dijo Ibero—, y a servir a la *causa* si en algo puedo servirla.» Contole después la frustrada aventura en Linás de Marcuello, que Clavería oyó con vivísimo interés, diciendo al fin: «Es preciso que hablemos. Hoy no puedo detenerme contigo, porque me está esperando Monteverde, que me ha convidado a almorzar... Acompáñame un rato, y charlaremos.»

Bulevares arriba, Clavería informó a Santiago del gran número de españoles de todas castas que en aquellos días había en París, atraídos por la interesante y espléndida *Exposición*. «¿Sabes a quién tienes aquí? A Manolo Tarfe: vive en la *Rue Helder*... ¿No es también amigo tuyo y protector el marqués de Beramendi? Pues en París está con toda la familia, en un hotel elegante y recogido, *Rue Ville l'Eveque*, detrás del Elíseo.» Algo le dijo también tocante a planes revolucionarios; pero con tanta brevedad, que fue más bien programa para otra entrevista.

Aprovechaba Ibero su tiempo tan metódicamente, que en pocos días dio rápidos vistazos a las salas del Louvre, a Cluny, a los Inválidos, al Bosque de Bolonia; subió al Arco de la Estrella, a la Columna de Vendôme, al Pozo artesiano de Grénelle, alternando este recreo instructivo con las visitas a la *Exposición*. Si los monumentos y jardines le causaban alegría y asombro, no gozaba menos en el gigantesco palacio del Campo de Marte, o de marzo, construido en forma elíptica con la más lógica y práctica distribución que pudiera imaginarse. Las líneas ovales guiaban al curioso en dirección de las materias expuestas; las líneas radiales en dirección de las naciones que exponían.

En el Parque de incomparable amenidad que rodeaba el palacio, vio Ibero al famoso Maltranita, muy elegante, llevando del brazo a una señora joven, que debía de ser su mujer. Sin duda el mozo positivista y cuco había encontrado el partido de boda que perseguía como cazador codicioso en el coto social. Aunque Maltranita vio a Santiago y sin duda le había conocido, no creyó decoroso saludarle, por la inferioridad jerárquica que anunciaba el traje del amigo. Este tampoco se dio por entendido, y le hizo todos los honores de su desprecio. Con la guía en la mano, el soplado señorito y su esposa, que era raquítica y de muy poca gracia, se detenían ante cada una de las instalaciones del Parque, poniendo todo su asombro, lo mismo en el gigantesco cañón de Krupp o el martinete del Creusot, que en la cabaña suiza, llena de chucherías de tallada madera. De este modo almacenaban en su cerebro impresiones bien catalogadas, para llevarlas a Madrid y despatarrar a la gente con el recuento maravilloso de lo que habían visto.

En tanto, Teresa, contentísima de su iniciación, daba a Ibero cada noche cuenta de sus adelantos. Ya se iba soltando en el francés: la continua charla con sus compañeras le enseñaba los secretos del idioma y las inflexiones del acento. Ya conocía todas las clases de encajes, y distinguía perfectamente lo legítimo de lo falsificado por esmerada que fuese la imitación. Ya sabía empalmar los pedazos del *Bruselas* sin que se conocieran las uniones; el *Valenciennes*, el *Chantilly*, *Punto de Alençon*, *Brujas*, los *Guipures* inglés y venecianos, éranle familiares, como amigos de toda la vida. En fin, adelantaba prodigiosamente, y Úrsula no cesaba de elogiarla por su entendimiento, por la sutileza de su vista y la delicadeza de sus dedos en aquel difícil trabajo. Con idea de alentarla le había señalado dos francos... A mediados de septiembre hallaron, por mediación de la misma Madame Plessis, un cuarto baratito, *Rue Saint-Roch*, no lejos del establecimiento, y abandonada la primitiva casa, instaláronse en su nuevo nido.

Una mañana, en la segunda quincena de septiembre, encaramado Ibero en la imperial de un ómnibus (*Madeleine Bastille*), se cruzó con otro coche, en cuya imperial iba Vicente Halconero con su padrastro. El cojito vio a Ibero, y alargando los brazos, llamole con un grito de alegría que le salía del corazón. Al grito volaron las miradas de Santiago tras el otro ómnibus, que andaba rápidamente; vio a Vicentito, mandó parar, se bajó; mas cuando puso el pie en el asfalto del bulevar, su amigo, el gran sabedor de historia escrita, estaba ya tan lejos que no había medio de alcanzarle... ¡Qué contrariedad, qué pena! Perdido el amigo en el caudaloso río de gente y caballos, desapareció como navegante arrastrado de veloz corriente...

Los días se deslizaban fáciles y entretenidos en la inmensa metrópoli. Agradaban a Ibero singularmente las excursiones al campo con que los parisienses trabajadores suelen reparar cuerpo y espíritu del ajetreo de toda la semana. Salía con Teresa muy ufano por aquellos lindos suburbios. Comían al aire libre, paseaban por florestas tupidas o asoleadas praderas, se mecían en columpios, remaban sobre el Sena en barquillas gallardas. Iban a estas gratas expansiones con las compañeras del taller de encajes, y se les agregaban mozalbetes del comercio, obreros diamantistas, y algún estudiante hirsuto y pálido del Barrio Latino. En una de aquellas jiras, dos, tres muchachos se permitieron acosar a Teresa con galanteos impertinentes, y apenas vio esto el fogoso Ibero, salió como un león a poner su fiereza entre tales groserías y la señora de sus pensamientos. Del primer ímpetu les soltó una fuerte andanada en español neto, por no dominar el francés. Quedaron ellos cortados y sin saber qué decir; pero el estudiante melenudo, desconociendo el peligro que corría, revolviose contra Santiago echándole a la cara una de las palabras francesas más feas que se pueden decir a un hombre. Ibero, que se oyó llamar *macró*, y que sabía lo que significaba, arremetió furibundo contra los tres, y del primer zarpazo cayó uno en tierra y los otros salieron pitando bosque arriba. Levantose el caído, chillaron las mujeres, acudieron otros merendantes, oyéronse voces conciliadoras y proposiciones de paz. Los jóvenes dispersos no querían volver, temerosos de que Ibero *sacara la navaja*, arma que inspira más terror fuera que dentro de España... Todo se arregló al fin, dio excusas el de las greñas, y la partida continuó tranquila hasta la hora de retirada, los jóvenes refrenados en su lenguaje, Teresa orgullosa, y Santiago dispuesto a proceder con igual prontitud siempre que fuera menester.

No consentía el riojano alavés la menor sombra en su decoro; el mote infamante le lastimaba más que cien bofetadas. Deseando evitar para lo sucesivo suposiciones injuriosas, al día siguiente, de acuerdo con Teresa, visitó por segunda vez a Clavería para pedirle con vivas instancias que le proporcionase una ocupación bien o mal retribuida. Tempranito fue a casa de su amigo temiendo que se le escapara. Encontrole vistiéndose, y a las primeras indicaciones del asunto, respondió Jesús: «Ya se hará, hijo; ya tendrás ocupación. No te apures; ten paciencia y fe, como todos los penitentes españoles que estamos aquí privados del placer honestísimo de ver bajar la bola en la Puerta del Sol. Por de pronto, te convido a almorzar: esto ya es algo.»

Salieron juntos, y cuando requerían el ómnibus que había de llevarles al *Campo de Marte*, Jesús continuó así su charla: «No soy yo quien te convida, sino un español que me convida a mí y otros; y yo te agrego, porque para este buen señor no hay mayor gozo que encontrar compatriotas a quienes obsequiar. Es un caballero aragonés llamado don Manuel Santa María, dueño de una fuerte y acreditada casa de comisiones. Poseedor de mucha guita, emplea parte de ella en dar gusto a su patriotismo y a sus ideas radicales. Es el paño de lágrimas de los emigrados pobres, y a veces intermediario de la correspondencia secreta entre Prim y todos nosotros.» Por último, indicando que el señor Santa María les daría de almorzar en el comedero español de la *Exposición*, servido por el Café Universal de la Puerta del Sol, dijo: «Tú ya tendrás ganas de comer cocido. Puede que también nos den paella, o bacalao a la vizcaína.» En el Parque les esperaba Santa María, que era un señor de mediana edad, moreno, afeitado totalmente el rostro, de ojos vivos, tipo de indiano. Con él estaba un sujeto flácido, tuerto, el rostro picado de viruelas y reñido con el agua, la cabellera reñida con los peines, trajeado de la manera más fachosa y mísera. Ibero le conoció al instante: era Carlos Rubio.

Antes de que terminaran los saludos, Santa María, desconsolado, hizo esta pregunta: «¿Y Sagasta?» Clavería y Rubio afirmaron que la noche antes le habían hecho la invitación en nombre de don Manuel; pero desconfiaban de su asistencia. Era mal madrugador, y para venir desde la Isla de Saint-Denis, tenía que tomarse dos o tres horas de delantera. «Pero a cambio de ese riojano que nos falta —dijo Clavería—, le traigo a usted este otro, de ilustre familia. Como yo, como tantos otros, es víctima de su amor a la Libertad.» El agrado, la benevolencia paternal con que le acogió el aragonés dieron regocijo y alientos al pobre muchacho... ¡Si obtendría de aquel excelente señor la ocupación que deseaba...! Entraron en el *restaurant*, donde Rubio y Clavería saborearon la ilusión de hallarse en el Café Universal de Madrid, pues allí estaba el dueño, *don Juan Quevedo*, un astur amable y narigudo; allí *Pepe el malagueño*, brujuleando de mesa en mesa, siempre zaragatero y servicial.

Comieron lo más hispanamente que era posible en aquellas latitudes, sin perdonar los castizos garbanzos; charlaron y *ojalatearon* de lo lindo, arreglando las cosas a su gusto. El más callado era Ibero, que no osaba manifestar sus opiniones ante los tres para él respetables patricios... Ya tomaban café, cuando entró Manolo Tarfe, presuroso y fatigado, como el que viene de muy lejos con el peso de una noticia de sensación. Alegrose al ver a Clavería, y llegándose a él le dijo: «Al fin le encuentro, querido Jesús... He estado en su casa, donde me dijeron que...» Se interrumpió para saludar a Carlos Rubio; saludó también gravemente al caballero aragonés, como a persona desconocida, y para Ibero tuvo una frase familiar y cariñosa. «¿Ocurre algo?»

preguntó el coronel, vislumbrando en el rostro del amigo un secreto que quería echarse fuera. «Sí —replicó Tarfe—: ya hablaremos...»

Dijo entonces Santa María que si tenían algo reservado que tratar, aguardaran no más que dos o tres minutos, porque él tenía que marcharse. «Ya sabe usted, mi querido Clavería, que a las dos hago falta en mi escritorio... Si hay noticias buenas de España, ya me las comunicará usted.» Aceptó Tarfe el café que le ofrecieron, y cuando a tomarlo empezaba, retirose el aragonés con afectuosa despedida de todos. «Bien pudo usted —indicó Clavería— decirnos todo lo que quisiera delante de nuestro amigo, que es de una discreción a toda prueba. Pero en fin, ya estamos solos. Desembuche. ¿Qué hay?»

Después de mirar en torno, Tarfe bajó la voz para soltar en el oído de los tres emigrados esta que bien podía llamarse bomba: «Ya está iniciada la inteligencia de los unionistas con el general Prim... La magna coalición será un hecho muy pronto.»

Las primeras exclamaciones fueron de duda más que de alegría... Siguió un fulminante tiroteo de frases entre los tres, pues Ibero no hacía más que oír y callar.

«¿Quién ha iniciado la inteligencia?»

—El general Dulce. Ha venido de Biarritz a conferenciar con Olózaga.

—¿No era más natural que conferenciara con Prim?

—Para eso ha ido a Ginebra Cipriano del Mazo.

—¿Y de O'Donnell, qué?

—O'Donnell... ¡ah!... él no hace... pero deja... Deshacer.

XXII

Pasados algunos minutos en interrogaciones rápidas, comentarios ardientes y resoplidos de entusiasmo, restableciose la serenidad, y refirió Tarfe pormenores del gran suceso. «El proyecto de coalición se había elaborado en Bayona por Dulce y Mazo, con asistencia de Muñiz. Este telegrafió a Prim lo tratado en la conferencia. El mismo día contestó Prim desde Ginebra: *Acepto. Que venga Mazo.* En Bayona se comunicó el proyecto a los emigrados Montemar, Damato, Moriones y Moreno Benítez, que lo encontraron de perlas... Si quieren ustedes saber más, averigüen lo que estarán hablando ahora don Salustiano y Dulce. Como yo vengo calentando este horno desde el otoño pasado, el amigo Dulce, al llegar a París esta mañana, vino a parar a mi hotel; me puso en autos. Después de hablar con Olózaga volverá a Biarritz, y yo me voy con él... Queremos estar junto a don Leopoldo.» Como terminara indicando que convenía enterar del suceso a los emigrados de más viso, Clavería, frotándose las manos de gusto, dijo: «Yo me encargo de eso, mi querido Manolo. Rubio irá esta tarde a la Isla de Saint-Denis, y por la noche veré yo a don Joaquín Aguirre.»

No pudiendo detenerse más el simpático vicalvarista, despidiose de los tres con apretones de manos y frases de lisonjera esperanza: «Ahora sí que vamos bien... Ya marchamos cuesta abajo... ¡Al éxito, amigos; al triunfo!» En cuanto salió Tarfe, pidió Clavería papel y pluma, y escribió esta carta:

«Mi querido Santa María: ¡Hosanna, Aleluya, y viva la Libertad! Me apresuro a comunicar a usted que la Unión liberal y el Progreso se han dado ya la mano, y pronto se abrazarán para realizar como un solo partido la salvación de España. Ya le contaré a usted detalles y le diré nombres... ¿Recuerda usted, mi noble amigo, que ayer mismo hablamos de esto, y usted dijo: "¿Pero en qué piensan esos hombres que no posponen sus agravios mujeriles al bien de la patria?". Pues la coalición se ha planteado; todos la quieren; se hará.

»Y ahora, mi bonísimo don Manuel, no me riña si le digo que este notición, que a usted, como a todos, le hará feliz, no puede ser gratuito. El portador de la presente, Santiago Ibero, natural de la Rioja Alavesa, es hombre de relevantes prendas, leal como ninguno, inteligente como pocos, y además liberal y patriota, que ha derramado su sangre por nuestras ideas. Emigrado está como yo, como otros ciento y mil; pero carece de recursos, y yo me atrevo a recomendarle a la benevolencia de usted para que le proporcione una colocación en cualquier industria o dependencia comercial. Confío en que la grande alma del patriota no desatenderá este ruego... Salud, Libertad... y francos. Su siempre reconocido amigo q.b.s.m. *Clavería*.»

Clío Familiar reproduce esta generosa carta para documentar históricamente la colocación que tuvo Ibero en la casa mercantil del señor Santa María, con la retribución diaria de cinco francos. La noche que Santiago llevó a su mujer la estupenda nueva de su destino, el regocijo de ambos estalló en apasionadas carantoñas de amor; permitiéronse un extraordinario en la comida; después se fueron a ver una funcioncita en el *Guignol* mecánico de los Campos Elíseos. Teresa ganaba ya tres francos, con esperanza de llegar pronto a cuatro. Eran felices: París, el monstruo benéfico, les cogía de la mano y les llevaba por senda angosta y áspera... pero bien derecha, y conducente a los grandes fines de la vida.

El destino de Santiago era de almacén, para llevar la entrada y salida de géneros, anotando los bultos y su peso en un libro, y al propio tiempo en hojas que servían para comprobar las operaciones de transporte. Exigía este cargo gran escrúpulo en los asientos, y vigilancia extrema de los cargadores y camioneros. Ponía Santiago en su obligación los cinco sentidos, y su principal estaba contento de él. Solía el señor Santa María emplearle también en comisiones no comerciales, tocantes a su concomitancia con los emigrados. Una noche de la primera semana de noviembre le llamó a su despacho, y mostrándole varios pliegos que introdujo en un sobre grande, le dijo: «Mañana muy temprano vas a llevar esto a la Isla de Saint-Denis. ¿No sabes dónde es? Saca tu plano, y te indicaré... ¿Ves la estación del Norte? Pues aquí tomas tu billete y te metes en el primer tren que salga... En diez o quince minutos estarás allá. Buscas la calle *du Bocage*, y... ¿Conoces tú a Sagasta?»

—Sí, señor: en Madrid le vi más de una vez. Su cara no se me despinta.

—Bueno; pues este paquete de cartas has de entregarlo a Sagasta en propia mano. Podrías darlo a su compañero de vivienda, Juan Manuel Martínez; pero como no le conoces personalmente, no te expongas a dar el pliego a un individuo que tomara su nombre para engañarte. Solo a Sagasta darás lo que llevas... Si este o Martínez tuvieran algo que decirme, ello será seguramente por escrito... En este caso, te esperas, dándoles todo el tiempo que necesiten para escribir... Otra cosa: ya olvidaba decirte que les llevarás de palabra una noticia... Si esta noche la sabemos pocos, mañana será pública en París... En cuanto veas a Sagasta, le dices: «Ha muerto O'Donnell...» Si quieres dar pormenores, añades que ha muerto en Biarritz, hoy... Según parece, de indigestión de ostras.

Temprano salió Ibero a su comisión, sin madrugar mucho, pues ya sabía por don Jesús que nuestros emigrados dejaban tarde las ociosas lanas.

Siguiendo las instrucciones de su principal, tomó billete en la estación de la plaza *Roubaix*, y se puso en camino. La niebla que en aquella desapacible mañana de noviembre invadía París, era en la zona Norte densísima. Al llegar al lindo pueblecito llamado *Isla de Saint-Denis*, no pudo orientarse fácilmente: las casas se desvanecían en la blancura lechosa; las personas, encogidas de frío, transitaban a prisa, con pocas ganas de dar informes al forastero que en mañana tan cruda venía preguntando por la *Rue Bocage*. Al fin, no sin trabajo, dio con la calle y el número. Entró en la casa; una viejecita le encaminó arriba; llamó... tardaron en abrir... Abrió al cabo un joven alto, moreno, de ojos vivos, boca grande y risueña. Díjole Ibero que traía un recado de don Manuel Santa María para el señor Sagasta.

«Práxedes ha salido. Puede usted dejarme a mí el encargo. Soy Juan Manuel Martínez.»

—Dispénseme, señor: me han dicho que entregue mi encargo en la propia mano del señor Sagasta.

—No tardará mucho. Pase usted. Perdóneme: estaba encendiendo la lumbre cuando usted llamó, y temo que se me apague.

El tal Martínez le llevó a una cocinita próxima a la puerta de entrada, y cogiendo un fuelle sopló en los carbones para que en ellos acabara de prender la llama de unas teas. «Como no tenemos criados, nosotros lo hacemos todo —declaró ingenuamente, sin abandonar la sonrisa larga y afable—. Práxedes ha ido por agua al río, y yo tengo que hacer nuestra compra.»

—¿Quiere usted que le ayude? —dijo Ibero, movido de los sentimientos más generosos—. Si a usted le parece, puede ir a la compra, y yo quedaré aquí al cuidado de la lumbre.

—Gracias, amigo —replicó Martínez—. Me figuro que también usted es emigrado.

—Y a mucha honra. Emigrado para servir a usted, y muy amigo del señor Clavería.

—¡Ah!... todos somos amigos, todos somos unos. Pues si quiere ayudarnos, oiga lo que se me ocurre. Mientras yo voy a la compra, usted se va al encuentro de Sagasta. El pobre ha llevado hoy, además del cubo, un jarro muy grande: los dos cántaros llenos han de pesarle una atrocidad.

Es algo indolente, y poco aficionado a ejercicios corporales. Si usted trae el cubo, o siquiera el jarro, lo agradecerá mucho.

Conforme Ibero con este plan, bajaron a la calle, y Martínez, con su cesta colgada del brazo, indicó al mensajero la dirección segura para llegar al río. Separáronse, tomando cada cual distinta dirección. La niebla empezó a desgarrarse en jirones vagos. A los diez minutos de marcha, distinguió Ibero la mansa corriente del Sena, como un cristal esmerilado. Acercose a la orilla por angosto sendero entre céspedes, y vio venir a un hombre agobiado, andando lentamente, con un grave peso en cada mano. Llevaba el cuello del gabán subido hasta las orejas, sombrero hongo, pantalones doblados a estilo *de pesca*, las botas mojadas de la gran humedad del suelo herboso. Cuando estuvieron frente a frente, dijo Ibero: «Señor don Práxedes, le traigo unos pliegos de su amigo Santa María.»

«¡Hombre...! —exclamó Sagasta risueño, con toda la gracia bondadosa que le era peculiar—, hombre... De Santa María... pliegos... Vamos a casa.» Y al decirlo dejó en el suelo los pesos que llevaba, y tomó un gran aliento, pues venía ya fatigadísimo.

«Vamos a casa, señor —dijo Ibero—; pero no está bien que usted cargue estas cosas... Yo lo llevaré...»

Quiso don Práxedes resistirse a que el desconocido le sustituyera en el acarreo de agua; pero Santiago se apoderó de la carga y echó por delante diciendo: «Yo estoy aquí para servirle a usted, y ahora, de camino para su casa, le daré una noticia: ha muerto el general O'Donnell.»

—¡Hombre, hombre!... ¿Pero es cierto?... ¿Y dónde ha sido?... En Biarritz de seguro.

—Allí... Parece que comió demasiadas ostras. Los periódicos de hoy lo traerán...

La inopinada y grave noticia detuvo a Sagasta en su camino. Absorto quedó mirando al mensajero... Por su mente pasó la noble figura escueta del duque de Tetuán; pasaron detrás la Vicalvarada, el Bienio, las luchas parlamentarias desde el 54 hasta el 65, en que él, Sagasta, había tantas veces combatido airadamente al vencedor de África. El paso de aquellas históricas páginas por la memoria del tribuno proscrito iba dejando en su alma sensación de frialdad. Una época de empeñadas contiendas pasaba y moría... «¡Qué frío hace!» exclamó el buen Práxedes moviendo los brazos para activar la circulación. Y pensó en la Historia próvida y renovante, que tras de la muerte trae la vida, tras el frío el calor. Inmenso hueco dejaba O'Donnell; mas era el vacío que la idea nueva esperaba para cimentarse... «Vamos, amigo —dijo Sagasta con súbita impaciencia—. En casa hablaremos. ¿Cómo se llama usted?»

—Santiago Ibero: soy también riojano; pero alavés, del lado acá del Ebro. Tal vez haya usted oído nombrar a mi padre, que se llama lo mismo que yo.

—Me suena ese nombre. ¿Su padre de usted es militar? ¿Sirvió con Zurbano?

—Sí, señor. Hace tiempo que está retirado. No sale de nuestra casa de Samaniego... Conocerá usted a mi tía Demetria, la señora de don Fernando Calpena.

—Precisamente les he visto aquí en julio. Vinieron a la Exposición.

Tembló Santiago pensando en el posible encuentro con personas de su familia, y ya no habló más de parientes lejanos ni próximos. Melancólicos prosiguieron ambos, y a la casa llegaron cuando Martínez, de vuelta de la compra, preparaba el almuerzo. «Juan Manuel —dijo Sagasta asomándose a la cocina—, O'Donnell ha muerto.» El otro ya lo sabía: había comprado *La Liberté*.

Mientras Juan Manuel trasteaba en la cocina, don Práxedes recogió de manos de Ibero el voluminoso paquete, donde venían comunicaciones reservadas, unas de Madrid, otras de Bruselas. Después de pasar por ellas la vista con vaga atención, gritó: «Juan Manuel, oye... ven un momento. Se me olvidó decirte que hagas también almuerzo para este joven.» Ibero dio las gracias, excusándose con que tenía que partir pronto; pero al fin, tanto le rogaron, que hubo de quedarse. «No tenga usted prisa, joven —le dijo Sagasta sonriente, rascándose la barba—. En este mundo no hay nada peor que las prisas... Si corremos tras de las cosas, encontramos siempre las peores. Las buenas, créanlo ustedes, vienen a nosotros.»

Sirvió Martínez una tortillita para los tres, y una chuleta por barba, y bebieron de un Borgoña superior, resto de un obsequio que les había hecho el diamantista Samper... Llegó para Santiago el momento de tocar a retirada. Despidiose con estas razones: «Es muy grato estar aquí; pero yo tengo que hacer, y ustedes también.» Sagasta, indolente y festivo, obsequió al riojano con un insípido cigarro de la *Régie*, diciéndole: «Nuestros quehaceres no son muy grandes que digamos. En cuanto despachemos la correspondencia, fregaré la vajilla, y luego nos iremos a pasar un rato en el café del pasaje *Choiseul*...»

Apenas desapareció Ibero, Juan Manuel, haciendo de secretario, leía los pliegos y extractaba su contenido. «Aquí nos dice *83* que continúa celebrando reuniones con *104*. A la última concurrió *90*, sin que de él pudieran obtener nada concreto.»

—*90* es el duque de la Torre, ¿no es eso?

—Justo. Asistió a la conferencia con Dulce y don José Olózaga; pero se mostró muy reacio... Este otro pliego nos lo manda *Alcoriza* (el cura Alcalá Zamora), diciéndonos que *28*, el amigo de Sevilla, tiene a la disposición de la Junta tres mil quinientos duros, y que, según comunicación del amigo de Cartagena, *47*, entre la gente del Arsenal hay cada día más partidarios de la Revolución.

—El amigo de Sevilla es Arístegui, y el de Cartagena, Mogrovejo.

—No: Mogrovejo, *171*, es el de Alicante.

«Dichoso tú, que con tan buena memoria retienes esos números que son personas», dijo Práxedes, mirando vagamente los giros del humo de su cigarro. A esto siguió una pausa... Martínez leía para sí. Sagasta, después de breve meditación, expresó estas ideas, que demostraban su grande agudeza y el conocimiento de hombres y cosas: «Juan Manuel, oye: muerto don Leopoldo, y Dios le haya perdonado, se puede dar por concluida la etapa de las sublevaciones locales, de los alzamientos chicos, y de las intentonas con partiditas y tontadas... O'Donnell se va, y con su ida acaba la época de los sargentos y empieza la de los generales... Entendámonos con los tetuanistas, y lo que falte lo hará Narváez con sus violencias. La conspiración grande mata la conspiración chica: ¿no crees tú lo mismo?»

—Sí... pero si abandonamos en absoluto la pesca chica —opinó Juan Manuel—, no cogeremos tan fácilmente los peces gordos... Sigamos ahora *(le da una carta)*. Aún hay algo muy importante.

—Ya —dijo Sagasta displicente, leyendo con rápido pasar de ojos—. Nuestro bonísimo Santa María nos repite la murga de que debemos parlamentar con don Carlos... Y me incluye una carta de don Félix Cascajares, que sigue en su manía de identificar al Pretendiente con la Revolución... ¡Vaya por dónde le ha dado a este viejo progresista! Y no es él solo. ¡Qué cosas vemos, Juan Manuel! ¿Pero qué piensan?... ¿Creen posible que traigamos a ese señor a ocupar el Trono? Ya he dicho a Prim que me parecen ridículos esos tratos y contubernios... Y Prim, *erre que erre*, empeñado en echarme a mí el mochuelo... ¿Qué puedo yo proponer a don Carlos que él acepte? ¿Qué puede don Carlos proponerme a mí que me parezca admisible?

—Pues mira lo que dice Prim *(alargándole una carta)*. La conferencia se celebrará por delegación. Tú representarás nuestras ideas; don Ramón Cabrera, las de don Carlos.

—¡Cabrera y yo! *(con suprema indolencia)*. ¡Y tengo que ir a Londres! *(lee rápidamente, fijándose en lo más importante)*. «Conviene, mi querido *50*, que vaya usted a conferenciar con el *Tigre del Maestrazgo*, no para que lleguemos a una inteligencia, cosa imposible, sino para entretener a don Carlos... Ya que no nos ayuda en la Revolución, debemos hacer todo lo posible para que no nos estorbe... *(Pausa. Sagasta rehace su voluntad desmayada.)* Iremos a Londres.»

Martínez guardó los papeles; cogió una escoba, disponiéndose a la limpieza y arreglo de la casa. «Y qué, ¿vamos esta tarde a París?»

—Iremos un rato al café del pasaje Choiseul —replicó Sagasta acometido de nerviosa actividad—. Prometí a Gambetta que nos veríamos esta tarde... Pero antes, atendamos a nuestras obligaciones. Voy a lavar la loza.

XXIII

Crudísimo fue en París el invierno del 67 al 68. Sobre el Sena helado patinaba la juventud bullanguera, y en el lago del Bosque de Bolonia la *crema* aristocrática organizó una fiesta rusa, con espléndida iluminación, trineos y deportes al uso septentrional. Insensible al frío, Ibero veía pasar los días y los meses en la vulgaridad uniforme, descolorida, isócrona, dentro del cerrado horizonte del almacén. Ganaba el sustento, sí; pero como no vivimos solo de pan, el hombre estaba en gran penuria espiritual, ausente de toda grandeza y de las nobles aventuras que planeó su loca imaginación. Vida tan desaborida no habría soportado nunca si el amor no le amarrase a ella con fuertes ataduras, y mientras más se desalentaba viéndose tan bajo, más apasionado se sentía por la hermosa madrileña y más uncido a ella por indestructible yugo. Al contrario de Ibero, Teresa era toda entusiasmo, alientos, orgullo de su oficio. Tanto progresaba en este, que al principiar el 68, Úrsula, que en ella ponía ya toda su confianza, le subió el jornal a cinco francos. Y para mayor delicia de Ibero, cada día estaba más bonita... ¿Qué diablos hacía para conservar y afinar su belleza y para presentarse más garbosa en su modesto atavío? Obra del medio era esto sin duda: por todos estilos, París hablála hecho suya.

Privados del campo por el riguroso frío, solían ir los domingos a la *matinée* de algún teatro, y el tiempo restante lo pasaban recogidos en casa, ejercitándose en los temas franceses, o dando él a ella lección de aritmética. Quería Teresa ponerse muy fuerte en contabilidad. Algunas tardes de día festivo le incitaba a ir al café *du Cercle* o al de *Choiseul* para que viese españoles y se alegrara oyendo hablar de revolución y de Prim. Determinose a ir una tarde. Vio a don Juan Manuel Martínez, vio a Sagasta hablando con un señor de cabello erizado, de semblante duro, de extraordinario fuego en la mirada: era un famoso periodista francés llamado Rochefort. También vio a Gambetta, que entró más tarde; hermosa cabeza, barbuda y melenuda. Hablando con vehemencia, se convertía en cabeza de león.

Ibero sintió reparo de aproximarse a Sagasta, y buscando lugar más modesto, arrimose a otras mesas, donde vio a Carlos Rubio con emigrados de medio pelo. Entre estos reconoció a un sargento de *Bailén* y a otro de *Calatrava*, que ya llevaban en París cerca de dos años, y se ganaban la vida en una fábrica de *clysobombas*... Al entrar Santiago en el ruedo, los tales hablaban de un trágico asunto, ya viejo de seis meses, pero siempre nuevo, interesante y conmovedor: el fusilamiento de Maximiliano en Querétaro. A este propósito, Carlos Rubio tomó la palabra con cierto énfasis, y después de colmar de alabanzas a Prim por su destreza diplomática y su airosa retirada de México, sostuvo que la sangre del infortunado Archiduque austriaco debía recaer sobre la cabeza de Napoleón III, a quien por este y otros motivos puso cual no digan dueñas, concluyendo por llamarle *Nabucodonosor*... El Imperio francés era un poder falso y sin fundamento, estatua de bronce con pies de barro.

Llegó luego un patriota madrileño del 22 de junio, menguado de cuerpo, barbudo de rostro: ganaba el pan en un comercio de naranjas. En cuanto tomó asiento, sacó el número del *Gil Blas*, que *venía muy bueno*: traía sin fin de picardías graciosas contra el *neísmo*, y solapadas alusiones a personas altas. De mano en mano pasó el periódico; todos se regocijaron con los donaires de Luis Rivera, Eusebio Blasco y Manuel del Palacio. El famoso soneto de este, despiadado con doña Isabel, fue repetido entre risas por el sargento de Calatrava, que lo sabía de memoria. La conversación recayó luego en el Infante don Enrique, desterrado a Canarias por si se corrió o no se corrió hablando de su prima. De esta, ya se comprenderá que no habían de decir cosa buena. Suponiéndola destronada, allá para Pascua florida o para San Isidro, apresuráronse a proveer la vacante. En aquella asamblea de soñadores vocingleros, Montpensier no tuvo más que un voto; don Enrique, ninguno; Espartero se llevaba de calle a todos los candidatos. Por fin, el bueno y desastrado Rubio cortó con tajante autoridad la nudosa cuestión, afirmando que no había más candidato serio que el Rey viudo de Portugal, don Fernando de Coburgo. A esto puso reparos un vejete vivaracho que se titulaba *demócrata hasta morir*, y declaró que su partido no quería que le hablaran de Reyes. Así se lo habían escrito Castelar y Pi y Margall desde Ginebra, Orense desde Bayona y García Ruiz desde Amberes. Si no creían lo que bajo su palabra afirmaba, traería las cartas para que los presentes vieran y entendieran.

Con estas divagaciones y controversias, Ibero se entretenía y pasaba gratamente el rato; pero al fin de la tertulia presentose aquella tarde en el café un sujeto de alta estatura y curtido rostro, barba erizada, voz cavernosa, tipo de mareante, el cual desconcertó a Santiago con su saludo bronco y fúnebre, como dicho con bocina: «¿Ya no me conoces, Iberillo? Soy Nonell, piloto retirado que despachaba el *Monarca* en Barcelona. Me metí en aquel *turris-burris*... Tiene uno patriotismo y sangre liberal... Ventura y Mas fusilados... yo escapé por un milagro de la Virgen... Vaya, vaya: has variado bastante, Iberillo; estás hecho un hombre. ¿Llevas en París mucho tiempo? ¿No viste a Ramón Lagier, que aquí estuvo por agosto a visitar la Exposición? Pues sabrás que volverá... y pronto. Aquí tengo su carta. Viene al negocio de la *Causa*. Estará unos días... Entiendo que irá después a Londres, a ponerse al habla con Prim. Si quieres verle, dime las señas de tu casa, y te avisaré cuando llegue.»

Respondió Ibero con torpes evasivas, y se despidió del casi desconocido y olvidado Nonell, sin darle las señas, o dándoselas equivocadas. Aturdido y en grande inquietud salió del café, y de camino hacia su casa sondeaba su interior, buscando la razón psicológica del extraño azoramiento que sentía. ¿Por qué le turbaba la idea de verse en París con el capitán Lagier? Era este persona de su particular predilección y cariño. Le amaba como a su padre, pues fue para él padre de voluntad y regulador de la existencia. Verdad que tanto como le amaba le temía: había sido para él un maestro inflexible, un cuño de duro metal que le dio forma y perfiles nuevos... Si en París le encontraba el maestro, era casi seguro que con su férrea autoridad trataría de soltarle del yugo de Teresa, y contra esto ¡vive Dios!, se rebelaba con toda su energía y fiereza. Y lo mismo haría con su padre, si llegara con iguales intenciones separatistas.

De esta zozobra, que duró todo el mes de enero y parte de febrero, le sacó al fin Teresa con su dulzura, y la buena maña que se daba para penetrar en el alma de él, descubrir lo dañado y ponerle remedio.

A fines de febrero, queriendo Madame Plessis ampliar la protección que a Teresa dispensaba, diole la suma necesaria para que ella y su amigo pudieran dejar los estrechos aposentos del *hotel meublé* y alquilar un piso cuarto, luminoso y alegre, en la misma calle de *Saint-Roch*. En marzo estrenaron aquel precioso nido, y los muebles tan modestos como elegantes que Teresa compró a su gusto. La suerte se empeñaba en favorecerles, porque en la misma semana, Santa María aumentó en un franco el sueldo de Ibero, ascendiéndole del trabajo rudo del almacén al descansado del escritorio (*Rue Saint-Hyacinthe*). ¡Oh París tutelar!

La felicidad de Teresa era un cielo sin nubes; la de Ibero a las veces se oscurecía con el celaje de sus murrias, abatimientos y desmayos anímicos. En lo corporal notábase igual diferencia, porque si Teresa gozaba de una salud formidable, insolente, que se manifestaba en la frescura de su tez, en el torneado de sus formas y en el brillo de su mirada, la naturaleza de Santiago, construida para un vivir duro y longevo, comenzaba a quebrantarse. La Villaescusa era como una planta de tiesto trasplantada en tierra libre; Ibero como un árbol silvestre traído al encierro de la estufa. Teresa reconstruía su vida con nuevos elementos; Ibero veía desmerecer la suya por el abandono de los elementos propios. Así lo comprendía con su admirable penetración la hermosa madrileña, y cavilando en ello con alguna inquietud, se decía: «Mi pobre salvaje no puede adaptarse a este reposo, a esta igualdad de las horas y los días; necesita libertad, movimiento, aire, Sol. ¿Qué haría yo para darle todo esto?» Por más que en ello reflexionaba, no veía la solución del problema.

Tenía Ibero su mesa de trabajo en un cuartito próximo al despacho del señor Santa María. Por allí pasaban todos los que tenían que hablar con el jefe de la casa, corredores, clientes; por allí los emigrados que solicitaban socorro... Cuando en el despacho había demasiada gente, Ibero, por orden de su principal, decía a los entrantes: «Tengan la bondad de aguardar un poquito; enseguida pasarán.» En el rato de plantón, algunos entraban en palique con él: no hay que decir que eran españoles. Un día de abril llegó un sujeto a quien hubo de suplicar que esperase un ratito. No le veía Ibero por primera vez: ya vino a fines del mes anterior; en sus visitas se mezclaban las dos naturalezas, comercial y política; don Manuel le apreciaba, y solía convidarle a comer en el *Café Inglés*. Era el tal de estatura espigada, seco de carnes, tan acelerado y nervioso que no podía estar quieto en ninguna parte, expresivo en la mímica, suelto en la palabra, con acento andaluz de blando ceceo. Tapaba sus ojos con gafas azules; el rostro tenía curtido y picado de viruelas, el pelo al rape, la barba corta; su edad no pasaría de los cuarenta. Conocía Ibero de aquel señor el nombre de pila, *don José*; ignoraba el apellido. Aquel día entró el andaluz con ganas de conversación, y viéndose obligado a una corta antesala, desahogó su locuacidad con el dependiente: «¿No sabe usted la noticia, joven? Se ha muerto ese perro de Narváez... Ya reventó el tío, ya cargó el diablo con él. Y van dos.»

—Dos, sí —dijo Ibero—. En noviembre O'Donnell, ahora este... los dos puntales de la Monarquía. ¿Que le queda a doña Isabel?

—Le queda Marfori —dijo el don José con risotada cínica—. ¡Bueno se pondrá el país!... Según parece, seguirá González Bravo, que es un barril de pólvora.

—¿Va usted a Londres, don José?

—No, hijo: vengo de allí. Voy a España... Hay que mover los títeres. ¡Ocasión como esta...! Volveré pronto a Londres; pero no pasaré por Francia; iré por mar.

En este punto se abrió la mampara; salieron dos, y pasó don José al despacho dando voces. Como un cuarto de hora estuvo encerrado con don Manuel. Este llamó; acudió Santiago. En el momento de entrar, don Manuel decía con jovialidad al andaluz: «Pero no le bastarán quinientos francos. Se expone a tener que dar un sablazo por el camino.» Y volviéndose a Santiago, le ordenó que fuese a la caja y trajese mil francos oro... «Oye, oye: que los anoten en la cuenta de don José Paúl y Angulo.»

Al despedirse, soltó el señor Paúl todos los grifos de su facundia, que en aquella ocasión fue enteramente patriotera y de *ojalatismo* revolucionario. «Voy a revolverte un poco, Andalucía de mi alma. Ya es hora... Allá por Cádiz y Jerez, estamos hartos... A Prim le he dejado animadísimo... Con poco que ayuden o dejen hacer los generales de la Unión, la armaremos gorda... pero muy gorda, mi querido don Manuel. Yo le digo a Prim que eche por la calle de en medio... Abajo la reina, sin pensar en más candidatos ni candiditos... Cortes Constituyentes... y adelante con los faroles de la Historia... Abur, amigo; que cuando nos volvamos a ver podamos decir: Salud y España libre.»

Otros españoles y franceses pasaron por el escritorio, dejando enzarzadas en los oídos noticias de España. Cada día llegaban de allá especies más alarmantes, de un tono agrio y chillón, como todas las cosas de la tierra de los colorines. Las últimas palabras de Narváez fueron: *Esto se acabó; dejo a España entre dos Juanes*. Los Juanes eran Pezuela y Prim, Reacción y Libertad... Se le hicieron exequias suntuosas. Ejército, Política, Magistratura, Corte, tributaron a sus restos honores ampulosos, retumbantes. Pero no se dice que Isabel II consagrase a este fiero servidor de la Monarquía una frase *shakespiriana*, como la que, según cuentan, pronunció al tener noticia de la muerte de O'Donnell: *Se empeñó en no volver a ser ministro conmigo, y se ha salido con la suya...* La bondadosa reina sin seso nombró a González Bravo heredero de Narváez en la Presidencia del Consejo. Fue un ademán de suicidio... Para concluir de arreglarlo, hizo Capitanes generales a los marqueses de Novaliches y de La Habana, y después dedicose a hinchar la *Gaceta* con nombres de nuevos marqueses, Grandes de España y Caballeros del Toisón.

Avanzado ya junio, recibía Santiago directamente del propio señor Santa María nuevas de España. Algunas noches llamábale don Manuel a su despacho para dictarle la correspondencia. Sentados frente a frente, trabajaban hasta muy tarde, y en los ratos de descanso permitíase el buen aragonés su poquito de *ojalateo*. «Esa pobre Señora está ya completamente ida de la cabeza... hablo de doña Isabel... Entiendo yo que no hay en ella perversión, sino falta de juicio. La verdad, siento hacia la reina más lástima que odio. Si pudiera yo hacer algo por esa Señora, abrirle los ojos, librarla de los cuervos que la rodean, tendría la mayor satisfacción de mi vida. Pero ya no hay quien la salve... Otra cosa: sabrás que se casó la Infanta Isabel con un príncipe napolitano, y Madrid vio por las calles la pompa palaciega, el desfile de carrozas. Será bonito aquello. Me escribe un amigo que el pueblo de Madrid vio a la Infanta con simpatía: dicen que es buena de su natural. Esa jovencita y su hermano Alfonso no tienen culpa de nada, y pagarán los vidrios rotos por su mamá... Pues verás ahora lo más gordo: a los pocos días de la boda, echó la *Nueva Iberia* un artículo en que se traslucía que ya estaban los generales unionistas colados en la Revolución. ¿Qué hizo González Bravo? Coger a los generales y ponerles a la sombra. Fue ni visto ni oído. Anochecieron en sus casas y amanecieron en las prisiones de San Francisco. De allí han salido para Canarias o Baleares el duque de la Torre, Dulce, Serrano Bedoya, Zabala, Echagüe, Caballero de Rodas, Ros de Olano, Marchesi, y otros que si no son todavía generales, entiendo que lo serán pronto. ¿Qué te parece, Ibero? ¿No te da olor a chamusquina? ¿No sientes los pasos del cataclismo? ¡Los unionistas en destierro lejano... y Prim en Londres...! ¿Por dónde vendrá lo que ha de venir? ¿Tú qué piensas?»

—Yo, señor —dijo Ibero—, pienso y creo que ello vendrá por donde disponga Prim, pues Prim es el hombre, es la Libertad, es la España nueva que dirá a la vieja: «vete de ahí, estantigua, harta de ajos, hija de fraile y maestra de la gandulería...»

Con las azarosas noticias de España estuvo Santiago en aquellos días muy avispado; engrandecía los sucesos, los comentaba con regocijo ardiente si se trataba de liberales, con sarcasmo y malicia si se referían a moderados

143

o a los aborrecidos neos... Pero de improviso ¡ay!, en lo más alto de estos vuelos de la fantasía, la Providencia, con frío y cruel manotazo, le precipitó en la dura realidad, desatando sobre él todo el rigor de las desdichas. ¡Infeliz Ibero!, ya los benéficos espíritus se cansaron de protegerte, y caíste en poder de los espíritus aviesos, que aborrecen la paz y abominan del amor.

XXIV

Jesús Clavería, que ausente de París estuvo largos meses, *laborando*, según se dijo, en las plazas de Cádiz y Ceuta, reapareció a mediados de julio. Tranquilo y gozoso estaba Ibero en su despachito una mañana, cuando le vio entrar. ¡Qué alegría, y súbitamente qué susto, qué consternación! En breves palabras le dio Clavería el jicarazo. «De Cádiz me vine embarcado a San Sebastián: allí vi a tu padre, que ya sabe dónde estás, y viene a París decidido a cogerte, secuestrarte y llevarte consigo... Traerá todo el apoyo de las autoridades españolas y francesas. Prepárate, Iberillo... Mi opinión es que te dejes coger.» El terror privó a Santiago de la palabra. Lo primero que dijo, llevándose las manos a la cabeza, fue: «¿Dejarme coger, dejarme llevar?... ¡nunca! Suceda lo que quiera, mi padre tendrá que volverse solo.»

—Ya lo pensarás, hijo. Estás en edad de no prolongar las tonterías... Veremos reproducida la escena de la *Dama de las Camelias*, cuando viene el papá del señorito Armando, y...

—¡No, no! —gritó Santiago, dejando caer con estruendo sobre la mesa la palma de su mano—. Teresa no está tísica... No está tísica ni de los pulmones ni la voluntad. Es mujer fuerte, mujer valerosa... Ni del corazón ni del cerebro flaquea; no y no.

«Bueno, hombre, bueno... ¿A qué ese furor? Mejor será que te inspires en la sana filosofía parda, y esta noche te vengas conmigo un ratito a *Mabille*... ¿Qué... te incomodas?... Pues dejemos a un lado la filosofía... Tu padre, por lo que me dijo, estará aquí dentro de un par de días... Lo que resulte de esto, lo sabré yo más adelante, porque mañana saldré para Londres.» No dijo más, y pasó al despacho.

En indecible ansiedad estuvo Ibero hasta que llegó la hora de salir a la refacción de mediodía. Siglos se le hacían los instantes. No hay que decir que antes de hablar con Teresa, la lividez de su rostro incapaz de disimulo,

y el extravío de su mirada, le delataron. «Grave cosa me traes hoy, salvajito
—dijo la madrileña, bajando con él a la calle—. ¿Qué es? Cuenta, cuenta.»
En pocas palabras refirió Ibero el terrible conflicto. Por entre los porches
de la calle de Rivoli oyó Teresa la siniestra noticia, sin perder la serenidad, y
confortó el ánimo turbado de su salvaje con estas apacibles razones: «Almor-
zaremos tranquilamente, y luego, en casa, vendrá la deliberación y oirás mi
parecer. No te apures: no veas montañas donde solo hay un montoncito de
arena. Somos unos pobres vagabundos, que hemos labrado una choza con
cuatro palitroques y un poco de paja. Esta choza es para nosotros un hogar
sagrado, que convertiremos en castillo inexpugnable.»

Así habló Teresa: «Tu padre no podrá separarnos, y para evitar disgustos
y cuestiones, que siempre traerían falta de respeto, hemos de procurar
que don Santiago Ibero tenga que volverse a España sin que pueda hablar
contigo ni conmigo. Tú y yo desaparecemos, tú y yo nos evaporamos.
¿Cómo? Vas a saberlo. ¿Conoce tu padre las señas de nuestra casa, las
señas del señor Santa María, donde estás colocado? Pues ni a mí en nuestra
casita, ni a ti en tu oficina, nos encontrará. Para conseguir esto, necesitamos
contar con la protección de dos personas: Santa María y Úrsula Plessis. Yo,
antes de hablar con mi amiga y patrona, sé que no ha de faltarme su amparo.
¿Puedes tú decir lo mismo del señor Santa María? Es preciso, Santiago, que
esta misma tarde hables con él... Le pides una conferencia... Solicitas que
te conceda un cuarto de hora. Pues bien: no seas tímido ni te amilanes.
Le cuentas con absoluta sinceridad toda nuestra historia, sin ocultar nada,
nada, Santiago. Le dices cómo empezó nuestro conocimiento... lo que
yo fui... Sin omitir cosa alguna, salvajito mío... A estos lances se va con la
verdad... lo que yo fui, lo que soy ahora... Le cuentas nuestro encuentro en el
tren del Norte; el pacto que hicimos en Bayona; nuestra vida en Itsatsou, en
Olorón; la inspiración de venirnos a París; en fin, todo, todo. Y cuando, a más
de esto, sepa don Manuel el conflicto que se nos viene encima, le pides que
te mande a Londres con una comisión cualquiera comercial o política... Pero
no tienes que descuidarte. En cuanto llegues al escritorio, te vas derecho a
don Manuel y...»

Pareciole a Santiago muy acertado el consejo, y no le puso más pero que
el desconsuelo de la separación. Si juntitos fueran a Inglaterra, la felicidad

sería redonda; a lo que respondió Teresa: «Dudo que Úrsula me deje salir de París. Estamos en la época de más trabajo y apuros de tiempo; ella no goza de buena salud, y descansa en mí...» Convinieron en que la resolución definitiva se aplazaba para la noche, después que cada cual hiciese la consulta con su patrono tutelar. Impetuoso y confiado, por los alientos que le había dado Teresa, fue Santiago a la confesión con don Manuel, el cual dio el primer indicio de benevolencia prestándose a escuchar una historia larga, si bien no desprovista de interesantes episodios. ¡Y que no se quedó corto Santiago en el arte de la presentación, poniendo en plena luz lo que a su parecer más le favorecía! El buen señor oyó con interés, y en los pasajes que indicaban audacia y travesura soltaba la risa. Todo le regocijaba, todo le hacía feliz; a ratos la satisfacción humedecía sus ojos tiernos. Creyérase que sus maduros años recibían en cada lance de aquella historia tan espiritual como picaresca, inhalaciones de fluido juvenil.

Cuando Ibero, terminada la confidencia, le presentó el grave conflicto de la venida del padre, el aragonés precipitó su opinión diciendo entre picadas risitas: «Tú y ella debéis desaparecer, evaporaros. Respetable será el papá, ¿quién lo duda?... pero conviene que no encuentre al hijo casquivano. Los padres no tienen razón siempre. Lo que yo digo: la razón de la sinrazón es alguna vez la razón suprema.» Estas peregrinas y algo estrafalarias manifestaciones del risueño don Manuel, y lo que después dijo Ibero de sus ganas de servir a la *Causa* bajo la bandera revolucionaria de Prim, determinaron la solución más práctica y sencilla que pudiera imaginarse. «Lo mejor —dijo Santa María— será que te vayas a Londres: yo te daré una carta para mi tocayo Ruiz Zorrilla, y con la carta irán papeles y notas que a mi parecer serán de alguna utilidad en los momentos presentes. Llevarás lo preciso para el viaje, y te abriré un modesto crédito en la casa de mis corresponsales en la *City*, para que vivas uno o dos meses en aquella Babilonia. Aprovechando tu viaje, mandaré contigo a *Blanco Brothers* valores y efectos comerciales.» Por último, con la idea de ganar tiempo, se convino en que las cartas y encargos quedarían corrientes aquella noche, a fin de que pudiera el prófugo salir pitando a la mañana siguiente.

Cuando Ibero y Teresa se juntaron para comer, de la boca de uno y otro salió la misma exclamación: «¡Triunfo completo!» Él dijo: «es un santo ese hombre»; y ella: «¡qué mujer tan buena!» Con recíprocas felicitaciones celebraron su éxito, y apresurando la comida se fueron a su casita, donde con más desahogo refirió cada cual su breve gestión. «¿Sabes una cosa, mujer? —dijo él—. La historia que le conté a don Manuel, la historia mía, la nuestra, debe de ser igual a la suya, o por lo menos muy parecida. Porque el hombre no se incomodó por nada de lo que conté... Todo le hacía mucha gracia... y el hombre reía, reía... Ni una sola vez le vi fruncir el entrecejo. Mi historia es la suya... ¿Conoces tú a la mujer de don Manuel? Yo apenas la he visto... Es guapa, y vive muy retraída... En fin, que el hombre me manda a Inglaterra. Lo que te digo: es un santo.»

Habló luego Teresa: «Lo que hará Úrsula por mí ya lo sabes: llevarme a vivir consigo mientras tú estés ausente; y si se presenta tu padre, decirle: "Aquí no hay *damas de camelias*, ni Cristo que lo fundó. Vaya usted con Dios, caballero, y no parezca más por esta casa". No me sorprende la bondad de Úrsula: yo la esperaba. ¿Sabes por qué, tontín? Porque mi historia es semejante a la suya: yo lo sé; y en la historia de ella, también apareció un padre... pero se fue como había venido. En fin, chico, que la vida humana se repite sin cesar, y lo que hoy pasa ha pasado miles de veces.»

Tranquilos, confiados ya en la solución del conflicto, solo quedaba la pena de la separación. Ambos la expresaron con ternura, y a la ternura añadió Ibero el ardor de su exaltado temperamento. Esperó Teresa a que las llamas se aplacasen, y sobre el rescoldo dejó caer su palabra dulce, que en los momentos críticos sabía engalanarse con las mejores luces de la razón: «Tanto como tú siento yo la ausencia; pero la soporto por algún tiempo, un mes o dos, porque sé que mi salvaje necesita de vez en cuando escapaditas al campo, al mar, a los aires del mundo. Bueno es, créelo, que vuelvas en seguimiento de tu ilusión, que llegues a ella y la toques y veas si es cosa real o fantasma... Donde me dejas me encontrarás, y aunque tardes más tiempo del convenido, siempre seré lo que soy. Tan seguros estamos yo de ti y tú de mí, que no hacen maldita falta los juramentos ni las protestas de fidelidad eterna. No salgamos ahora imitando a las novelas desacreditadas. Nuestra novelita modesta y sin requilorios la hacemos nosotros a la chita callando, con hechos positivos y la verdad por delante, ¡hala!; y que venga Dios y lo vea.»

Siguió a esto un largo divagar sobre el sistema de comunicación que habían de establecer para saber uno del otro con frecuencia. Dios misericordioso, que mira por los enamorados, cuidaría de mantener el contacto de las almas para que la ausencia fuese el más parecido retrato de la presencia. En esto se les fue una hora larga; de las ternezas y amantes coloquios que ocuparon el resto de la noche, no hay para qué hablar.

Tempranito estaban los dos en la plaza *Roubaix*. Tomó Ibero su billete directo a Londres por Calais. Teresa entró al andén para estar junto a él hasta el último instante. Por mucho freno que quiso echar a su emoción, perdió la entereza cuando se aproximaba el momento de la partida... Él en la ventanilla, ella en el andén, repitieron lo que se habían dicho de cartas, direcciones, *poste restante* y telegramas; pero luego Teresa tuvo que sacar el pañuelo y aplicarlo a sus ojos... Y desde el tren en marcha vio Ibero que el pañuelo bajaba a la boca, para dejar libres los ojos con que mirar al amado, y luego batió los aires dando los últimos adioses... Llevaba Santiago el corazón tan oprimido, que no podía respirar. ¿Por qué se iba? ¿Por qué no la llevaba consigo?... ¿Qué era la vida sin ella?... Pero una vez en camino, volver pronto era la mejor solución.

Hasta más allá de Creil no se aflojó el lazo corredizo que apretaba el corazón del viajero, y en el *restaurant* de Amiens, donde bajó a tomar algo, se iniciaron las impresiones y sorpresas, que eran como signos precursores de las interesantes aventuras que buscaba. Al entrar en el comedero, encaró de sopetón con Clavería, el cual mostrose frío y reservado en su saludo. No alcanzaba el riojano la razón de esta esquivez de su amigo, a quien no había visto desde que le anunció la próxima emergencia de Ibero padre. A las explicaciones que hubo de pedirle Santiago, contestó Clavería secamente: «Si quieres, hablaremos en el tren. No me negarás que vas a Londres. Ya te vi en la estación de París: no me sorprendió. Y no vas a Inglaterra huyendo de tu padre... Tu padre y el decoro de la familia te tienen a ti sin cuidado. Vas... tú sabrás a qué.»

Viendo a Clavería entrar en un coche de segunda, se coló tras él. En el departamento iba otro viajero español (y no había nadie más), en quien al punto reconoció al catalán Nonell, que en el café del Pasaje le había desconcertado con los pronósticos referentes al capitán Lagier. Reclinado con indolencia, el viejo marino comía lonjitas de carne fiambre que cortaba cuidadosamente con su navaja; delante tenía una cesta con diferentes vituallas entre papeles grasientos... Ibero se sentó frente a Clavería, y sin preámbulos habló así: «Mi coronel, usted me ha dicho cosas que no entiendo, y otras que me lastiman por el despego con que me trata. Somos amigos, y por mi parte no quiero dejar de serlo.»

—Te conozco, Santiago —replicó Clavería sin abandonar su sequedad—, y sé que no has de revelarme a dónde vas dirigido, qué llevas, y quién te manda. Vuélvete a tu coche para que no caigas en la tentación de explicarme los fines de tu viaje. Si aquí te quedas, no podré yo contener las ganas de preguntártelos.

Comprendiendo Ibero que le convenía conservar el misterio planteado por las enigmáticas razones de Clavería, se dio mucha importancia, diciendo: «Hará usted bien en no preguntarme nada, pues yo a usted nada le pregunto.»

El catalán, que acababa de empinar una botella, bebiéndose de un tirón gran parte del vino que contenía, se limpió con la mano la boca, y soltó de ella estos conceptos roncos: «Déjate de músicas, Iberillo, y cuéntanos qué embuchado llevas a Londres. Don Jesús va llamado por Prim; yo mandado por Ramón Lagier. Tú no puedes decir lo mismo; y a propósito, hijo, espérate un poco: en Marsella vi a Ramón la semana pasada, y me dijo que te tiene ya por cosa perdida. En fin, con nosotros, que somos de ley y llevamos el corazón abarrotado de patriotismo, debes clarearte. Si no lo haces, pensaremos que llevas una encomienda traidora. Porque... para que lo sepas, la traición ronda nuestra *Causa*.»

Estupefacto miró Ibero a Clavería, el cual, después de afirmar enérgicamente con la cabeza, lo hizo con estas palabras: «Falsos amigos, Iscariotes hay en la *causa*, y los buenos patriotas debemos aplastar la negra traición. Tú eres un inocente; enredando con los espíritus, no ves lo que pasa en el mundo. ¿Sabes tú que la Infanta Luisa Fernanda y su marido Montpensier han sido desterrados por haber escrito a doña Isabel señalándole el mal camino que lleva la política?»

—En París lo supe, y también que salieron de Cádiz para Lisboa en la *Villa de Madrid*.

—Pero no sabes que los unionistas que trabajan en Cádiz este negocio, Ayala, Barca, Vallín, se echan atrás si no aceptamos como futuro Rey de España al duque de Montpensier... ¿Qué, te ríes de esta dificultad? ¿Qué significa esa cara de idiota que pones oyéndome lo que acabo de decirte?

—Significa que no me da frío ni calor que esos señores y otros quieran encajarnos un Rey que los militares no habían de aceptar.

—Veo que estás en Babia. Los generales que fueron *tetuanistas*, ahora desterrados en Canarias, también respiran por el maldito Montpensier. Nuestro gozo en un pozo. Aquel júbilo, ¿te acuerdas?, con que celebramos la coalición, se nos convierte en rabia.

—Prim triunfará de todo —afirmó Ibero, que con su lozano optimismo resolvía la temida cuestión—. ¿No cuenta con el Ejército?

«De Cádiz y Ceuta he venido yo no hace mucho —dijo Clavería—. Los Cuerpos de guarnición en aquellas plazas están bien dispuestos. Las disposiciones son excelentes: de las agallas para salir no puede decirse lo mismo... Recordarás lo de Valencia, lo del 22 de junio en Madrid... Hace tiempo que se emprendieron trabajos en otro organismo militar de gran poder. Ya lo teníamos ganado; ya lo teníamos cogido por los cabezones...» Ibero no entendía, y sus ojos, clavados en el rostro del amigo, querían deletrear el pensamiento de este, que la palabra a intervalos mostraba y encubría... En tal punto, la voz de Nonell, con estruendo ronco de bocina, rompió en francas declaraciones: «Este tonto no sabe que está en el ajo la Marina... la Marina de guerra...»

—Estaba —dijo Clavería con dejo melancólico—, porque Topete se ha cerrado en banda por Montpensier... y con este señor naranjista y paragüero no transigimos... Preferiríamos aguantar a doña Isabel, que siquiera es española.

XXV

La conversación languideció gradualmente. Nonell, después de dar los últimos tientos a la botella, atronaba el coche con sus ronquidos lúgubres, que parecían lanzados también con bocina o trompa de tinieblas. Clavería fue cayendo en una taciturnidad melancólica; Ibero, arrimado a la ventanilla, contemplaba el paisaje, las verdes planicies bajas limitadas al Oeste por una faja de mar de un azul grisáceo: era el Canal de la *Manga*, o de la *Manche*, Mancha muy distinta de la que inmortalizó don Quijote... Así llegaron a Calais. Cada cual agarró su maleta, y a escape metiéronse los tres en el vapor, que desatracó sin tardanza, y con vigorosas paletadas que levantaron bullentes espumas, partió trotando hacia la acera de enfrente, Inglaterra. El vapor era de ruedas, con achos tambores que formaban en el centro de la embarcación una extensa y alta toldilla. A esta subieron los tres españoles, y arrimándose a la borda, vieron cómo se alejaba y desvanecía la costa francesa. Allí recobró Clavería la palabra para proseguir con Ibero la conversación interrumpida. «¿No te enteraste —le dijo— de que hace unos días estuvo Prim en Francia? Fue a tomar las aguas de Vichy, que le hacen mucha falta para su padecimiento del hígado. Napoleón, que no le perdona lo de México, le había cerrado la puerta de Francia. Fue preciso entablar negociaciones, poner en juego influencias inglesas, para que se le permitiera una temporada corta en Vichy...»

—Algo de esto dijo no sé quién en el escritorio de Santa María —replicó Ibero—, y también que el general volvió pronto a Londres.

—Porque a los cuatro días de estar en Vichy llegaron desalados el cura Alcalá Zamora y Pérez de la Riva. Venían de Cádiz con la noticia de que los unionistas piensan hacer el movimiento por sí mismos, anticipándose a los planes de Prim... Naturalmente, no sabes nada de esto. Recibir Prim el aviso de la gran traición y salir escapado de Vichy, fue todo uno. Al paso por París visitó al ministro del Interior, M. Pinard, y le dijo que se volvía precipitadamente a Londres por haber caído repentinamente enferma la condesa... El general, acompañado por Juan Manuel Martínez, pasó este Canal hace pocos días... quizás en este mismo barco...

Otras vueltas dio Clavería con triste acento al nunca apurado tema. De pronto Nonell, con penetrante vista marina, señaló tierra. Momentos después, los que no eran mareantes distinguían bien los acantilados de Dover. La conversación recayó en las grandezas de Albión, en la libertad que aquel país concede tanto a sus hijos como a sus huéspedes... ¡Nación como ninguna sólida y potente, porque en ella tiene su imperio la Justicia, es respetada la Ley, y amada la persona que la simboliza! Nonell, que había vivido en Liverpool y en Londres bastante tiempo, no se hartaba de encomiar la vida inglesa; la colosal abundancia de comestibles de todo el mundo que allí se reúnen; la excelencia y finura de las carnes; la variedad y fuerza de los vinos y bebidas; la colosal riqueza, la hermosura de la libra esterlina, lo bien pagado que está el trabajo, y por último, también había que dar a las hembras su buena parte en los elogios, por lo tersas, sonrosadas y frescachonas. Divagando así llegaron a *Dover*, y con la misma prisa con que entraron en el vapor salieron de él, requiriendo a escape el tren que había de llevarles a *Charing Cross*; que ya estaban en el país de las prisas, donde el tiempo vale y corre. Nonell, que mascullaba el inglés marítimo sabido de todos los navegantes del mundo, les servía de intérprete. En alas del tren, que marchaba con sostenido ritmo y andadura veloz, sintiose el buen Clavería movido a la sinceridad.

El alma noble del coronel se desbordó en estas francas explicaciones: «Pues ahora, Iberillo, preciso es arrojar al aire los disimulos y marrullerías españolas. La mentira no cuaja en esta tierra. Hablando como hombre de honor, te digo que yo no traigo misión ninguna, ni nadie me ha mandado; vengo por mi cuenta, traído por mi patriotismo y mi amor a la Libertad, sin más objeto que decir a Prim: "¿General, qué hacemos? ¿Es cierto que los unionistas nos echan el pie adelante, y nos quitan con su cansado Montpensier la bandera revolucionaria? ¿Quedaremos en proscripción eterna, llorando nuestra incapacidad y las desdichas de la patria, que no sabe sacudir una tiranía sin aplicarse otra?...". A esto vengo y nada más. He fingido una misión misteriosa para ver de arrancarte a ti el secreto de la que traes.»

La espontaneidad del amigo movió a Santiago a desembozarse con igual franqueza, diciendo: «Pues ha llegado el momento de la verdad, allá va la mía. A Londres me manda mi principal y jefe, que no es capaz, bien lo saben ustedes, de tramar cosa contraria al interés de Prim, de la Libertad y de la Emigración.»

—Pero don Manuel es hombre tan bueno como inocente —indicó Clavería—, y a todos los emigrados agasaja por igual, sin reparar ni distinguir el género bueno del averiado.

—Yo no sé lo que traigo. Soy portador de una carta bastante abultada para don Manuel Ruiz Zorrilla.

—Empezaras por ahí —dijo Clavería con alborozo—, y se nos habría quitado el amargor de boca... Al verte en la estación de París, di en pensar lo peor: que traías comunicaciones del infame unionismo. En París vi a Pastor y Landero: en el café *du Cercle* estuvo la otra tarde, revistiéndose de importancia y misterio; hablaba en nombre de Topete y Malcampo... Luego sé que fue a visitar al amigo Santa María... Bien puede ser que este avise a Ruiz Zorrilla para que... En fin, pronto saldremos de dudas, porque tú traes la carta, y yo te llevo a la presencia de Ruiz Zorrilla en cuanto lleguemos a Londres... Viene a resultar que el mensajero soy yo, y tú la valija... ¿Dónde estamos, maestre Nonell?, ¿llegaremos pronto?

—Ya esto es Londres —dijo el lobo de mar —señalando las filas de casas de ladrillo ennegrecido que a un lado y otro del tren, y debajo de este, se veían. Pasado *New Cross*, inmenso haz de líneas férreas que allí se reúnen, y de allí se ramifican abriéndose como varillas de abanico para penetrar por diferentes puntos en las entrañas de la metrópoli, vieron por la derecha un bosque de mástiles. Era el inmenso rebaño de buques de vela encerrado en las aguas quietas de *Grand Surrey Docks*. Contemplando las altas arboladuras, el bueno de Nonell rompió en estas exclamaciones de entusiasmo: «¡Hurra por Inglaterra; hurra por los mercantes, y por los reyunos también, concho!... ¡hurra por toda la marina de aquende y de allende y de más allende!...» Arrebatado por su propio acento, prosiguió su enfático sermón, en pie, braceando, como si hablase ante un gran concurso: «Señores, yo aseguro bajo mi palabra de honor dos cosas: primero, que amo a Inglaterra como a una madre, pues en ella he mamado la leche de la navegación; segundo, que tengo mi boca, paladar y tragadero tan resecos como la yesca, y, por tanto, hago voto de beberme uno, dos, o si a mano viene, cuatro vasos de cerveza *Pelel*, en cuanto demos fondo en la estación de *Charing Cross*. Señores, nobles amigos, no puedo yo en momento de tanta alegría guardar ningún secreto. Del corazón se me salen los secretos, arrastrados por el patriotismo, que cuando soy feliz, no quiere estar encerrado en el silencio. Declaro que vengo acá mandado por mi amigo Ramón Lagier para tripular con otros mareantes españoles el vapor que ha de ir a Canarias en busca de los generales... A ti te lo digo, Iberillo, que este Clavería ya lo sabe. ¡Qué honra para mí, nobles caballeros y amigos del alma!»

153

—Aplaca tus humos, buen Nonell —dijo Clavería con inflexión escéptica—. A tripular el vapor te han mandado; pero fácil es que al llegar a Londres encuentres deshecho ese plan, y tengas que volverte con las orejas gachas a tu triste destierro de París.

—Pues ahora me toca a mí —exclamó Ibero, contagiado de la exaltación del catalán—. Si el amigo Nonell está en sus cabales y no es delirio lo que nos cuenta, en ese vapor iré yo. Si ustedes no quieren enrolarme, yo mismo le pediré a don Juan Prim que me enrole, aunque sea de grumete, de marmitón, de fogonero. ¡Yo iré... Como hay Dios que iré!

En esto llegaron a la estación de *Cannon Street*, donde el tren se detuvo un momento, reculando después para tomar los carriles que en pocos minutos debían llevarlo a *Charing Cross*. Bajaron presurosos del tren los tres españoles llevando sus maletas, y como el hotel a donde iban a parar no estaba lejos, determinaron mandar con un mozo sus breves equipajes, y hacer a pie su entrada en la más grande y populosa ciudad del mundo. El primer cuidado de Nonell fue dirigir sus pasos inseguros al *bar* de la estación y convidar a sus compañeros, atizándose él sin respirar tres, seis o más dosis de cerveza, que en esto de las tomas no se conoce la cifra exacta. Salieron, y a los pocos minutos se encontraban en la *Plaza de Trafalgar*. Un fenómeno extraño pudo notar Ibero en la persona del fantástico Nonell, y era que si la sed le hacía desvariar, la copiosa ingestión de *pale-ale* le devolvía el discreto y normal uso de sus facultades mentales. Cogiendo del brazo a sus amigos, les llevó junto a uno de los gigantescos leones que ennoblecen y custodian el monumento elevado a las glorias de la Marina inglesa. Después de señalar a la estatua del insigne Almirante, colocada en lo alto de la columna, les mandó que se fijaran en uno de los bajo-relieves del pedestal, donde se representa la muerte del héroe, y les dijo: «Caballeros, vean ahí un letrerito, escrito en inglés, naturalmente, para mayor claridad... Pues esas letras doradas ponen lo que el amigo Nelson dijo a sus marinos antes de disparar el primer cañonazo en el combate de Trafalgar. Les dijo, dice: «Caballeros...»

—Caballeros no —indicó Clavería—. Todos conocemos la proclama de Nelson: «Inglaterra espera...»

«"Que cada quisque... *Every man*, cumplirá con su deber". Pues yo, que hasta ahora no he sido Nelson, ni espero serlo ya, digo esas mismas palabras a los buenos españoles que estamos metidos en este fregado de la Revolución pública. Caballeros, que cada uno de por sí haga lo que se le ha mandado, y llegaremos al triunfo. Con que, nobles amigos, ¡viva Nelson, viva España libre, viva don Juan Prim y Prats!... vivamos todos para ver implantado el progreso, y vámonos a casa...» Guiados por Clavería, muy conocedor de aquellos lugares, recorrieron parte de las vías más hermosas y concurridas de Londres: *Piccadilly Circus*, el *Cuadrante*, y de aquí, por estrecha transversal, llegaron a una placita jardinada (*Golden Square*) y al hotel modesto donde algunos emigrados solían albergarse. A la sazón vivían allí Pavía y Milans del Bosch.

Sin tomar descanso, refrescándose tan solo con un lavatorio de cara y manos, fue Clavería con sus dos compañeros de viaje a ver a Ruiz Zorrilla, que habitaba en un *Family hotel*, cerca del Museo Británico. No estaba en casa don Manuel: largo fue el plantón; pero al fin viéronse en la presencia del afamado revolucionario que con Sagasta compartía la confianza de Prim. A Clavería saludó con mucho afecto, y a Ibero y Nonell acogió benévolamente, apresurándose a recoger y abrir el pliego que su tocayo le dirigía. Leyendo para sí, dejó traslucir en el rostro el gozo de las buenas noticias, y Clavería, que reventaba de curiosidad, y no cabía en sí de puro inquieto y desasosegado, le dijo: «Querido don Manuel, no nos prive del gusto de saber lo que ocurre, si es cosa buena como parece indicar su cara. Y lo que a mí solo me diría, dígalo delante de estos dos hombres, patriotas de ley, afectos a nuestra *Causa* y dispuestos a servirla.»

—Sí que lo diré —contestó don Manuel, mandándoles sentar, lo que no obedecieron, porque su anhelo se avenía mejor con aguardar en pie la verdad pedida—. Sabrán ustedes que los unionistas no se dieron por vencidos con el veto que puso Napoleón a la candidatura de Montpensier para el Trono de España. Insistieron por medio de sus agentes; manifestaron que sería reina la Infanta, y que el marido de esta quedaría en la situación de príncipe consorte, sin título de Rey... Ya suponíamos que a esta solemne tontada no había de rendirse el Emperador; pero la confirmación oficial no la teníamos hasta ahora. *(Recorriendo con rápida vista la carta.)* Bien claro está. El presidente del Consejo Privado del Emperador, *Monsieur de Persigny*, ha dicho a Olózaga que no se consiente la corona de España en la cabeza del duque ni en la de la duquesa de Montpensier.

—¡Bravísimo! —exclamó Clavería—. De modo que es candidatura descartada.

—En absoluto... Ya lo saben los unionistas. Y si aún no se han enterado bien, no faltan medios de abrirles las entendederas. Nosotros, descuidados ya de este asunto, vamos a la Revolución.

—Con o sin ellos.

—No, no, Clavería: con ellos. Los unionistas no pueden volverse atrás, ni nosotros prescindir de su concurso. La fórmula de someternos todos a la Voluntad Nacional expresada en las Cortes Constituyentes, resuelve por ahora todas las diferencias... Después, Dios dirá.

Esta manera elemental y algo inocente de marcar el proceso de las revoluciones fue muy del agrado de los tres visitantes, que la celebraron con esperanza y alegría. Era sin duda Zorrilla un temperamento revolucionario; pero ni la Historia ni la vida le habían enseñado las leyes que rigen las alteraciones de la normalidad en los pueblos. Verdad que no se estudian las revoluciones por los que las hacen, ni se hicieron nunca por los que las estudiaron en sus causas y en sus efectos. Obras son inspiradas más que reflexivas. En los movimientos interiores que turban la paz de los pueblos, imposible es separar las ideas de las pasiones. Y Ruiz Zorrilla carecía seguramente de la frialdad necesaria para intentar esta separación. Era un hombre voluntarioso, contumaz, carácter forjado en los odios candentes del bando progresista, nutrido con los amargores del retraimiento, que fue como un destierro para la vida pública, y como un largo ejercicio en el arte de la conspiración. Personalmente, era franco y noblote, como buen burgalés; alto y no muy derecho, con ligero agobio de su espalda; el rostro era la imagen de la llaneza, de la hombría de bien; los ojos leales; el bigote corto y caído, con mosca.

No quisieron retirarse los emigrados sin que don Manuel les diese alguna información sobre otro punto muy importante. ¿Tardaría mucho en ser alistado el vapor que había de salir para Canarias en busca de los generales? No quiso, o no pudo Zorrilla precisar la fecha de la proyectada expedición; pero recomendó encarecidamente a los tres que guardasen escrupuloso secreto sobre aquel asunto, y que con ninguna persona hablaran en Londres de tal viaje ni de tal vapor. Este se alistaba como para ir a Candía en auxilio de aquellos insulares, sublevados contra el Imperio turco. Si alguien les hablaba del asunto, debían decir... «Sí: el vapor lleva socorro de armas y víveres a los candiotas, a los pobrecitos candiotas, víctimas del despotismo turco», y no pronunciar el nombre de Canarias, ni el de España... Ni mentar a nuestra desgraciada doña Isabel... Chitón, chitón...

XXVI

Clavería dijo a don Manuel que los dos hombres allí presentes eran de los que enviaba Ramón Lagier para tripular el barco misterioso; y como Zorrilla manifestase que aquel asunto no estaba en sus manos, y no podía darles hasta el siguiente día indicación clara de lo que habían de hacer, soltó Nonell con la bocina de su ronca voz estas estridentes razones: «Yo estoy bien enterado, señor Ruiz, pues Ramón Lagier me dio en Marsella completa guía para todo lo que tengamos que hacer aquí. En el forro de mi sombrerete llevo apuntación con las señas de la correduría que despacha el vapor, *Billiter street*, y las señas de nuestro alojamiento en las *Minories*, cerca de la Torre de Londres y de los diques de *Santa Catalina*, donde amarrada está la embarcación. Yo iré de piloto, y este joven de marinero. Somos partidarios frenéticos de Prim, bien probados en Barcelona y en Madrid con el peligro de nuestra pelleja.»

Con esto se retiraron los tres muy contentos, dejando a don Manuel no menos gozoso y animado. Al día siguiente, quiso Clavería que Ibero le acompañase a pasear por *Picadilly*, *Pall Mall* y los parques; pero Santiago, con fogosa querencia de las aventuras, prefirió lanzarse al conocimiento de lo que en su imaginación se representaba con descomunal grandeza y atractivos: los diques de flotación, los inmensos trasatlánticos, el Támesis, la Torre de Londres... Salió, pues, tempranito con el fantástico Nonell; en el *Puente de Waterloo* metiéronse en uno de los vaporcitos que hacen el servicio urbano en ambas orillas, y se fueron río abajo, admirando la acumulación de maravillas que en ninguna otra parte del mundo se pueden ver. Iba Santiago con la boca abierta; no hablaba para no quitar espacio ni tiempo a su asombro. Después, paseando en tierra, los diques de *Santa Catalina* y *London*, la muchedumbre y variedad de barcos de todos tamaños y de diferentes banderas; los inmensos almacenes abarrotados de cuanto Dios crió en las cinco partes del mundo; los trenes que sin cesar cruzaban, llevando y trayendo mercancías, diéronle la impresión de haber caído en un planeta esencialmente comercial, todo carbón, fardos, máquinas, humo. Sus habitantes eran negros demonios benignos, que colaboraban en el bienestar universal.

Para concluir de embriagarle y enloquecerle a fuerza de admiración, Nonell le condujo al Túnel bajo el Támesis, con lo que quedó el pobre muchacho enteramente trastornado. «Si esa bóveda fuera de cristal —le dijo el catalán cuando se hallaban a la mitad del tubo—, veríamos el agua del río, y en el agua las quillas de los barcos. Esto viene a ser el mundo al revés, y más sorprendente que andar en globo por los aires...» Por fin, poco después de anochecer, uno y otro cayeron rendidos en sendos camastros del posadón en que se alojaban, situado en una calleja del arrabal de *Minories*.

Atendida la primera de sus obligaciones, que era escribir a Teresa, dedicó Ibero el nuevo día con ardor impaciente a ver Londres, que, a su parecer, era como una provincia con calles. Echando un vistazo al barrio donde vivía, *Minories*, advirtió en los rótulos de las tiendas apellidos de claro abolengo hispano: *Guevara*, *Rodríguez*, *Mondéjar*... Pronto comprendió que eran nombres de judíos, y que estos abundaban en aquellos lugares. Entró en un Rastro que allí había, mísero bazar de ropas hechas, nuevas y baratas, o usadas y en buen uso, y cuando examinaba un colgadizo de chaquetones de pana, con idea de hacer alguna compra, salió al trato un hombre de rostro cetrino y pringoso. No entendió Ibero lo que le dijo; comprendió el marchante que se las había con un español, por alguna palabra de él cogida al vuelo, y acercándose más con afabilidad humilde le soltó esta frase: «*Señor, ¿topa lo que le place?*»

Ibero le miró; creía escuchar una voz que venía del tiempo de los Reyes Católicos; y así era, en efecto. El judío siguió hablando con él en la jerga que llaman judeo-español. Había oído Santiago que existían en diferentes partes del mundo hebreos de procedencia hispana que conservaban en sus hogares como reliquia preciosa la lengua de Castilla, y alegrose de comprobar por sí mismo el fenómeno... Como tenía que aprovechar el tiempo, despidiose del mercader judío, ofreciéndole volver a comprarle algo, y tiró con rápido andar hacia el Oeste.

Cerca de *Royal Exchange* compró un planito de Londres, y púsose a estudiar brevemente las vías principales y las líneas de ómnibus. Lo primero que tenía que aprender era la situación de la casa *Blanco Brothers*, en la cual había de presentarse aquel mismo día. Pronto la encontró: era un pasadizo afluente a *Lombard street*, muy cerca del sitio donde a la sazón se hallaba examinando su plano; mas como no era hora de visitas, resolvió emplear el rato de espera en recorrer la *City*, el *Strand*, y algo más si había tiempo. Subió a la imperial de un ómnibus, que le llevó a *Trafalgar Square*. De allí recorrió a pie la espléndida vía *Whitehall*, formada en parte por monumentales edificios antiguos y modernos. La mañana era brumosa; el Sol no había devorado aún todas las gasas en que Londres desde su temprano despertar se envolvía.

La ciudad dejaba ver sus formas tras un velo tenue, que solía conservar con cierto recato pudoroso hasta muy avanzado el día. El Sol mismo atenuaba sus rayos tras aquel velo, para que los londinenses pudieran mirarle sin quemarse los ojos... Los de Ibero no se saciaban del hermoso espectáculo que le ofrecían las maravillas de aquel trozo de la ciudad. Y cuando vio la masa gótica del Parlamento, cuyas líneas verticales parecían ascender de la tierra al cielo, estirándose y adelgazándose en la subida; cuando vio la torre y su reloj, cuya esfera y agujas eran tal vez para marcar horas gigantescas, no nuestras comunes horas; cuando, siguiendo hacia el río, llegó al puente, y contempló la enorme conglomeración de masas ojivales, Parlamento y Abadía de *Westminster*, todo envuelto en el vaporoso velo que espiritualizaba la piedra y desleía sus contornos en el gris dulce del cielo, creyó tener delante la representación del mayor esfuerzo de los hombres para establecer el imperio de la paz en el mundo. Esta idea extraña brotó en su mente, y en ella hizo su nido. «Los que han labrado esta colmena —se dijo— son las abejas de la paz, del bienestar humano.» Él mismo se maravillaba de que tal idea hubiese entrado en él, y la agasajó en su cerebro para que no se escapase.

Después de abarcar con rápido golpe de vista el conjunto de las dos orillas del Támesis, mirado desde el puente de *Westminster*, corrió a la Abadía, revistó con arrobamiento febril las tumbas de los grandes hombres de Inglaterra, y desandando aprisa *Whitehall*, tomó el ómnibus para la *City*. Por el camino iba pensando mil extravagancias, nacidas del ideísmo pletórico que en su mente levantaron las grandezas que solo en dos días había visto. Primero el espectáculo de *Long Shore* al Este, los diques, las naves, el inmenso trajín de la industria y el comercio; luego los monumentos del Oeste que declaraban la pujanza y solidez del Estado británico, reconcentraron sus pensamientos en esta noble idea patriótica: «¡Quiera Dios que con la Revolución que haremos pronto los españoles consigamos fundar un Estado tan potente, ilustrado y feliz como el de esta tierra nebulosa y fuerte!» Y creyendo en la posibilidad de tanta ventura, entró en la casa comercial de *Blanco Brothers*.

Recibido fue por dos individuos, un inglés tieso y un español flexible, que ya debía de tener noticia, no solo de su llegada, sino de su persona y antecedentes, porque le acogió muy cariñoso, y le invitó a traspasar la verja de madera con rejillas metálicas. Encontrose Ibero frente a un señor larguirucho que escribía en un pupitre, y otro muy anciano que en aquel momento entró renqueando, apoyado en un bastón. Llegose al joven, y saludándole con paternal afecto, le mandó sentar, sentándose también él con lenta caída sobre la blandura de un sofá. Las primeras palabras, en un castellano plagado de elipsis y con notorias inflexiones inglesas, fueron para España y su hermoso cielo y su alegría picaresca. El señor anciano se regocijaba con las memorias de una patria que había perdido de vista medio siglo antes, sin haber vuelto a ella ni una sola vez.

Era también emigrado; pero de larga fecha, de la gloriosa y fecunda emigración de 1824, la importadora del régimen constitucional, y como el famoso relojero Losada, y Carreras, el acreditado *tobacconist*, encontró en Londres, con la hospitalidad, medios de labrar una fortuna. El buen viejo, asaltado de añoranzas, se deshacía en preguntas: «Dígame usted, joven, ¿se ha muerto Alcalá Galiano?» No estaba seguro Ibero de la respuesta, y en la duda, por no quedar mal, respondió que sí... Ya no vivía... Era una lástima... Y siguió el señor Blanco, que así se llamaba: «Hace mucho tiempo que no sé nada de Argüelles...» Respondió Ibero con ingenua veracidad que en el mismo caso estaba él... Dijo después el anciano: «De Toreno me acuerdo perfectamente... Me parece que le estoy viendo... Aquellos hombres valían mucho, joven. Ya no hay hombres como aquellos... Yo los traté a todos... Fuimos amigos entrañables.»

Sin duda el pobre señor no regía bien de la cabeza, porque varió súbitamente de conversación, diciendo: «¿Es usted aficionado a la música, joven?... Porque convendrá usted conmigo en que no ha nacido otra cantante como la Malibrán. Soy muy amigo de su hermano, Manuel García. En mi casa come todos los domingos... Yo sostengo que todas estas Pattis y todas estas Pencos no valen lo que el zapato de María Malibrán... Dígame otra cosa: ¿Espartero está bueno? ¿Vive todavía en Logroño?» Sin esperar respuesta, cambiando súbitamente de conversación, le dijo que si se proponía visitar todo lo notable de aquella gran capital, no dejara de ver la parra de *Hampton Court*, y los instrumentos de tortura que se guardan en la Torre de Londres... y que, según parece, eran los regalos que a Inglaterra llevaba la Armada Invencible.

Despidiose Ibero del venerable y simpático viejecito. Inmediatamente, el caballero que al entrar le recibiera, español neto por el lenguaje y el tipo, le manifestó que podía disponer del crédito abierto a favor suyo por el señor Santa María. Pidió y tomó Santiago cuatro libras para ir viviendo, y se retiró muy satisfecho y agradecido. El resto de la jornada lo empleó en tomar su *lunch*, en ver *San Pablo* y recorrer después toda *Oxford Street*, en rodear *Hyde Park* dando la vuelta completa a la *Serpentine*, y admirando el lujo de los paseantes en coche, a caballo y a pie.

En los siguientes días no pudo el riojano evadirse de acompañar a Nonell en las diligencias para el alistamiento del vapor misterioso. Conoció en estas faenas a varios mareantes catalanes y mallorquines, que con el propio objeto estaban en Londres. Asimismo pudo observar la variedad de hombres y razas que hormigueaban en los apartados cantones del *East End*. La diversidad de lenguas en aquella Babel a flor de tierra era otro motivo de sorpresa y asombro. Oyó Ibero su lengua propia, la italiana y francesa, y otras que le sonaban como jerigonza ininteligible. Vio tipos griegos, turcos, egipcios, australianos; vio a los que traen las séderías y el té de China, las perlas de Ceylán, las plumas y pieles africanas, el oro de California, las quinas de Arauco, el tabaco de Cuba, las esmeraldas del Perú, y las fieras y alimañas que de todo el mundo vienen a ocupar su celda en el Arca de Noé llamada *Jardín Zoológico*.

Los amigos españoles o ingleses con quienes hubo de intimar aquellos días, iniciaron a Ibero en el pasatiempo de las tabernas, mas sin lograr que tomase afición a las fuertes bebidas que allí se usan. La ginebra le repugnaba, transigía con el *small whisky*, aumentando la dosis de agua para atenuar considerablemente la graduación alcohólica. En los *bar* y cantinas, más que con la bebida, se embriagaba con la conversación, si encontraba españoles, franceses o catalanes. A la charla de los ingleses atendía para habituar su oído al idioma británico, cuya fonética era para él una música bárbara... En aquellas sesiones tabernarias surgían a menudo disputas que alguna vez acababan en pendencias y choques violentísimos. Ibero, por lo común, no rehuía su intervención en estas trapisondas, movido de su carácter impetuoso y de las aficiones guerreras de su niñez, que en momentos graves casi siempre reverdecían. Nonell le atajó más de una vez, librándole de compromisos y lances peligrosos.

Una noche de sábado, en un tabernucho de *Whitechapel*, hallándose con amigos franceses y catalanes, y turbamulta de ingleses que bebían como cubas y vociferaban como demonios, estalló una cuestión entre un francés y un griego: la disputa empezó por nada, y rápidamente se trocó en furibunda trapatiesta. Intervino Ibero con ideas de paz; pero de improviso metiose en el ruedo un maldito irlandés que solía gallear con insolencia en aquellas reuniones, y al verle junto a sí, el riojano alavés perdió la serenidad. Aquel hombre, que noches antes había soltado palabras despectivas y canallescas en un castellano soez aprendido en los muelles de Gibraltar, le cargaba lo indecible; sentía ganas hondas, instintivas, de darle dos patadas.

Pues, señor... llegó el bravucón irlandés despotricando en bárbaro lenguaje híbrido... Algún brutal injurioso disparate dijo de los españoles; mas la frase quedó bruscamente cortada por el tremendo bofetón que Ibero le descargó en mitad del rostro... ¡Inmenso tumulto, greguería espantosa! El irlandés volvió contra Ibero esgrimiendo los puños como mazas de hierro; otros dos boxeadores se abalanzaron sobre el español, que se vio precisado a sacar su navaja, aprestándose a una defensa rabiosa... Sabe Dios lo que habría pasado allí si al estruendo no acudiese la policía que rondaba la calle.

Un *policeman* echó la zarpa a Ibero, ordenándole que entregase el arma; otro agarró al irlandés, ligeramente herido de navaja en el brazo izquierdo. Los boxeadores quedaron también detenidos, y... ¡hala!, ¡todos a la cárcel!

La gran desdicha de Ibero aquella noche fue que no estaba presente su amigo. Este llegó minutos después del suceso. Corrió detrás de los *policemen* que llevaban a los delincuentes... Fue al depósito de prevención... Enterose allí del caso legal, que era delicadísimo por la herida de arma blanca que ostentaba como un trofeo judicial el gandul irlandés. Salió consternado Nonell, diciendo para su capote: «¡Pobre Iberillo, ya tienes para un rato!»

XXVII

La primera diligencia de Nonell para sacar a Ibero de aquel mal paso, fue visitar a Clavería. El emigrado español y los amigos que con él vivían se inhibieron del asunto. Ni ellos ni Prim podían dirigirse al cónsul en demanda de protección para un compatriota que, por cuestiones de naturaleza criminal, había de comparecer ante los tribunales... Era un grave compromiso. Aguantara Ibero su detención y la sentencia que le viniese después. ¿Quién le mandó emborracharse y meterse en líos? El primer deber de la emigración política es no faltar a la hospitalidad. Ibero había faltado, hiriendo a un súbdito inglés... Por último, no queriendo cerrarle los horizontes de salvación, dijeron a Nonell que viera con tal objeto a los señores *Blanco Brothers* en la *City*, para quienes el riojano trajo de París carta de recomendación y crédito.

Pasaba el buen don Jesús las horas del día y parte de las de la noche en la casa de Ruiz Zorrilla, en otra donde vivía Gaminde, y en la de Prim (*Paddington*). El general recibía por la mañana a los que más directamente le ayudaban en su trabajo, Zorrilla y Pavía. Juan Manuel Martínez y Milans del Bosch entraban a todas horas. Para unos y otros tenía el general una frase afectuosa; para todos una previsora reserva, amargo fruto de los desengaños. Nunca fue el de los Castillejos tan poco expansivo, nunca tan tardo y perezoso para levantar los velos del inmediato porvenir. Y no obstante, el silencio de Prim no amortiguaba la confianza de los españoles proscritos. En todas las almas abría la esperanza sus rosadas florecitas. La voz de la fatalidad política, secreteando en los corazones, les decía que la histórica mole se desplomaría pronto. En tanto, la salud de Prim no era buena: los heroicos esfuerzos seguidos de fracasos, los acelerados y angustiosos viajes, los obstáculos dilatorios que a cada paso surgían, el desaliento de los partidarios, la indolencia de algunos, la ingratitud de otros, quebrantaron su naturaleza física. Pero de todo sabía triunfar el templado espíritu del Caudillo, su tesón admirable, que de la dureza de los hechos sacaba nuevo raudal de energía.

La vivienda del general era una linda casa burguesa, confortable, pulcra, discretamente elegante, situada en uno de los más hermosos barrios del Oeste. La condesa de Reus (doña Francisca Agüero), y los hijos, Juan e Isabel, compartían con el grande hombre las amarguras del destierro y las asperezas de la conspiración. Componían la servidumbre más inmediata al general dos hombres: un ayuda de cámara, francés, llamado *Denis*, pequeño de cuerpo, alegre de rostro, y un italiano alto, rubio, de gallarda figura, a quien llamaban *Antoni*. El primero llevaba muchos años al servicio de Prim; estuvo con él en las campañas de África y de México, y sentía por su amo respetuosa adoración; el segundo le fue recomendado en Italia: era de los *Mil de Marsala*, y entró al servicio de Prim con nota o fama de bravura, honradez y fidelidad. Por su porte y modales, era un *maître d'hôtel* distinguidísimo.

Saca el narrador a cuento estos caracteres secundarios por un suceso acaecido en la casa de Prim, avanzado ya el mes de agosto, y que tuvo relación subterránea con la Historia pública. De tiempo atrás, los emigrados que comunicaban a Prim las oscuras tramas revolucionarias, venían notando que algunas noticias transmitidas al jefe con exquisitas precauciones, eran conocidas en Madrid y en la Secretaría privada de Gobernación. Sagasta y Martínez desde París, Zorrilla desde Bruselas, manifestaron al de Reus la sospecha de que en la casa de *Paddington* había un geniecillo maléfico que sustraía las cartas... Prim lo negó terminantemente. «Toda carta que recibo —les dijo—, la leo dos veces para enterarme bien y contestarla, y enseguida la rompo.» En la segunda quincena de agosto, las sospechas de los amigos tomaron cuerpo, y una prueba evidente vino a darles plena confirmación. Había recibido Sagasta en París una carta del agente revolucionario en Marsella, señor Cuchet; otra de Arístegui, el agente en Sevilla, y ambas remitió a Prim, el cual, después de contestarlas, las rompió como de costumbre. Pues bien: a los pocos días, las dos cartas con la de Sagasta eran recibidas en nuestro Ministerio de la Gobernación.

Don José Olózaga, que por soplos de un funcionario infiel (en todas partes salen Judas) tenía noticia de este caso inaudito, harto parecido a un lance de comedias de magia, trató de comprobarlo. Lanzándose por torcidos caminos, logró al fin su objeto, y ello fue por mediación de una señora, cuyo nombre se ha perdido en los intersticios de la vida histórica. Por fin, Olózaga tuvo en sus manos las cartas, y con ellas la clarísima prueba de la traición. Bien se veía que en Londres fueron rotas en pedazos, y estos estrujados. Luego una mano aleve había recogido del cesto los trozos de papel, los había estirado, juntándolos cuidadosamente y pegándolos en una hoja en blanco... Olózaga copió los párrafos más significativos, y formando con ellos una rica documentación testifical, la envió a Sagasta para que este hiciera comprender a Prim que tenía la serpiente en su casa. La comunicación de don José Olózaga fue llevada de París a Londres por don Juan Manuel Martínez... En presencia de la terrible verdad, Prim quedó mudo; la lividez verdosa de su rostro daba espanto. Con interjección rotunda, exclamó en voz queda y trágica: «¡El italiano...!»

Seguros de que la labor criminal no tenía interrupción, concertaron el plan más certero para sorprender al Judas. La hora más propicia estaba próxima. Por *Denis* supieron que todas las tardes, en cuanto el general salía de paseo, *Antoni* se encerraba en su cuarto del piso segundo. ¿Qué hacía en sus soledades? Nadie lo sabía... El general y su amigo dispusieron dar el golpe con las precauciones necesarias para un éxito seguro. Salió toda la familia a dar su paseo de costumbre por *Hyde Park*; acompañábala Juan Manuel. Al cuarto de hora, este y Prim entraron sigilosamente en la casa por el patio trasero... Allí quedó Martínez; el general avanzó hacia el interior, y subiendo la escalera despacio, con pie gatuno, preparose para la sorpresa, que había de ser decisiva y cortante.

En los tiempos de su juventud militar y aventurera, hubo de adquirir Prim una costumbre que conservó hasta su muerte. Usaba un cinturón de cuero, y en la parte posterior de este llevaba bien sujeto y envainado un puñal. Escalones arriba, pisando quedo, sacó el arma... llegó a la puerta del cuarto en que *Antoni* se encerraba, y no se entretuvo en llamar, ni se cuidó de que la puerta estuviese cerrada con llave o sin ella. De un puntapié vigoroso, la puerta quedó de par en par abierta. *Antoni* fue sorprendido en la tarea de pegar los pedacitos de cartas sobre un papel blanco. Al ver entrar al amo en aquella actitud, la cara verde, los ojos fulgurantes, el puñal empuñado en la mano derecha, no pensó ni en disculparse ni en confesar su delito. Prim no le dio tiempo a las gradaciones que conducen del crimen al arrepentimiento. El hombre cayó de rodillas, y antes de pronunciar el *yo pequé*, prorrumpió en súplicas de perdón con terror lacrimoso. El general cayó sobre él como un tigre, y apretándole el pescuezo hasta que el italiano echó fuera gran parte de su lengua mentirosa, alzó el puñal como si matarle quisiera de un solo golpe en aquel mismo instante.

Antoni, congestionado, pedía perdón más con la mirada que con la voz. Prim le dijo: «Villano, traidor, podría yo matarte; podría enviarte a Italia a que te mataran los que me engañaron haciéndome creer que eras hombre honrado y leal... Pero no mancharé, no, mis manos con tu sangre... quiero dejar tu vida en la ignominia... Tu castigo es continuar siendo lo que eres, y el mal que me has hecho lo pagarás repitiendo lo que hiciste...» «Levántate —dijo después, poniéndose en pie—. ¿A quién das las cartas? Responde pronto.» Compungido contestó el italiano: «Al Embajador, señor duque de Vistahermosa.» Le cogió don Juan por las solapas, y sacudiéndole furiosamente sin soltar de su mano el puñal, le dijo: «Tu vida está pendiente de mi voluntad. Muerto eres si no haces lo que te mando. A la menor infracción de las órdenes que voy a darte, perecerás sin remedio... Escúchame: seguirás en mi casa sirviéndome con las mismas apariencias de fidelidad; seguirás siendo espía del duque de Vistahermosa... Yo y tú vamos ahora en un acuerdo perfecto. Yo, como antes, arrojaré en el cesto las cartas que reciba; tú continuarás recogiendo los pedazos y pegándolos conforme hacías cuando entré a sorprenderte. Reconstruirás cuidadosamente las cartas, y seguirás entregándolas al Embajador de España, y cobrando lo que este señor te pague por tu servicio... ¿Te enteras bien de lo que te digo?»

Puesta la mano sobre el corazón, y acentuando sus trémulas palabras con movimientos de cabeza, hizo *Antoni* protestas de servil obediencia a lo que su amo le ordenaba. No dándose Prim por satisfecho con esta medrosa contrición, reiteró sus amenazas de muerte en la forma más terrible. Terminó con esto la escena... Dejando al italiano bien vigilado, don Juan Prim se dejó cepillar por *Denis*, cogió su sombrero y se fue con Martínez a *Hyde Park*, a seguir su paseo con la familia.

La Historia se precipitaba impaciente; las ideas corrían a engendrar los hechos; la Libertad, harta ya de tentativas espirituales y de amenazas aéreas, ansiaba dar al mundo un ser efectivo, un engendro cualquiera, ya fuese bien formado, ya monstruoso. Cuantas noticias llegaban de España en los últimos días de agosto y primeros de septiembre, daban ya por rematada con todos sus perfiles la máquina revolucionaria. Un contratiempo, no obstante, desconcertó por unos días a los emigrados londinenses. Fue que dos días antes del señalado para la salida del buque misterioso, que había de traer a los generales deportados, la casa consignataria se percató de que el auxilio a los candiotas era una... Metáfora política, y rescindió el contrato, devolviendo la cantidad entregada ya como primer plazo del flete. Felizmente, cuando los conspiradores se hallaban en lo más recio de aquel apuro, llegó de Cádiz la noticia de que estaba concertada la expedición del *Buenaventura*, mandado por el capitán Lagier. Este intrépido marino y ardiente patriota traería de Gran Canaria y Tenerife a los generales unionistas. Pero aun con esta favorable solución, Prim y los suyos no descansaban de sus inquietudes, pues forzosamente habían de fletar otro vapor para llevar a Cádiz a los oficiales proscritos, residentes en Inglaterra y Francia.

Nuevos entorpecimientos rindieron, pues, aquellas firmes voluntades, que no hay obstáculos tan enojosos como los que origina la escasez de dinero. El tesoro de la Revolución hallábase en lastimosas apreturas... Era indispensable socorrer a los emigrados pobres, que no podían quedar abandonados en tierras extranjeras. La solución de este problema aritmético la dio la condesa de Reus, generosa y magnánima, decidiéndose a empeñar una joya de gran valor... Resultó después que tan nobles esfuerzos eran insuficientes, pues de improviso surgieron gastos imprescindibles... Por fin, los banqueros *Blanco Brothers*, entusiastas amigos de España y de la Libertad, facilitaron cuanto fue menester para el saldo definitivo de la emigración.

Desconsolado Nonell por el fracaso del buque fantasma, desahogaba su pena con el amigo Clavería, el cual le animó de este modo: «No llores por aventuras románticas. Más seguro y tranquilo irás en este otro vapor, que creo es de los *Macandrews*, y que me llevará a mí y a los demás jefes y oficiales. ¡Quiera Dios, Nonell amigo, que nos salga todo tan bien como está planeado y presupuesto, y que al rendir nuestro viaje, veamos a España feliz, en el goce de todas las libertades!»

A las preguntas que con vivo interés le hizo sobre las cuitas de Santiago Ibero, contestó Nonell: «Ya salió de *chirona*, gracias a los señores *Blanco Hermanos*, que se han interesado por él. Para mí, que don Manuel Santa María escribió a estos Blancos diciéndoles: "Caballeros, cuiden de ese chico travieso y valiente, y mírenle como si fuera de mi familia". Y así lo han hecho... Me ha contado Ibero que en la cárcel no le trataban mal. La semana pasada le llevaron al juicio, y yo fui con él por animarle y cuidar de que declarara por derecho... ¡Qué comedia! Aquellos tíos de las pelucas nos marcaron en grande. Vengan preguntas y más preguntas. Que si tal, que si fue, que si sacó la navajilla... Santiago contestaba por intérprete, y todo lo que dijo estuvo muy en su punto. Para no cansar, los guasones de peluca sentenciaron libertad y una corta compensación al herido. Yo le hubiera dado por compensación cincuenta palos... Ibero está contento: hace un rato le dejé en casa de los Blancos; no sale de allí; les ha caído en gracia. Díjele que vendría con nosotros en el *Macandrews*, y me ha contestado que no; él irá en el barco en que vaya Prim, aunque tenga que ir pelando patatas o fregando la loza... Oiga usted, mi coronel, ¿cuándo sale el general? ¿En qué vapor embarcará?»

—No lo sé —respondió Clavería—, ni me atrevo a preguntarlo a nadie. Ese es el secreto último, el secreto capital, la clave...

Llegó Ricardo Muñiz a Londres con las disposiciones postreras del plan, acordadas en Cádiz y en Madrid, y al día siguiente volvió al continente, y sin detenerse en París siguió a Bayona, con órdenes para Damato, Moriones y Montemar. No tardó en salir Juan Manuel Martínez, que no había de parar hasta Madrid; llevaba instrucciones definitivas para Olózaga, Cantero, Moreno Benítez y Escalante, que formaban la Junta central... Pavía, Milans del Bosch, Gaminde y otros muchos, partieron en el vapor fletado; Clavería no, pues a última hora se le mandó a Burdeos, para desde allí acudir a Santander y Santoña... En fin, toda la hueste conspiradora se movilizó con admirable orden y prontitud... El 12 de septiembre muy temprano, por la estación de *Waterloo*, salió Prim para *Southampton*. Con él iban Sagasta, Ruiz Zorrilla y el fiel *Denis*. El mismo día por la tarde embarcó en el magnífico trasatlántico *Delta*, de la Mala Real Inglesa.

Entró Prim a bordo vestido con la librea de los condes de Bark, señores franceses amigos suyos, que con este donoso tapujo le facilitaban la salida de Inglaterra y la llegada a Gibraltar. Para sostener la ficción, fue alojado Prim en cámara de segunda, con *Denis*. En segunda iban también Zorrilla y Sagasta, que habían tomado su pasaje como viajantes de comercio, sin infundir sospechas. Y la salida de Prim se tramó con arte tan discreto y sigiloso, que ni la policía inglesa ni el Embajador de España tuvieron la menor noticia. La estafeta traidora del italiano *Antoni*, que antes dañó a la *Causa*, hízole ahora un gran servicio. El espía de Vistahermosa, reducido por las amenazas de muerte a engañar a quien le pagaba, seguía recogiendo del cesto cartas amañadas, falsas invitaciones a jiras campestres, y a paseos marítimos en *Brighton* o isla de *Wight*. Los pedacitos, cuidadosamente desarrugados y pegaditos en un papel, iban a parar a la Embajada, y de allí salían para Madrid. Por esto, cuando Prim iba de viaje, cuando estaba ya en Gibraltar y aun en Cádiz, González Bravo decía sonriente y confiado: «No hagan ustedes caso de noticiones absurdos. El hombre sigue en Londres... No puede haber duda: aquí está la prueba.»

Partió el *Delta* majestuoso, con sin fin de pasajeros para la India y escalas. En la espléndida cámara de primera, familias inglesas, ricachonas, se disponían a un viaje divertido, comiendo cinco veces al día, y entreteniendo las restantes horas con lecturas, música y otros pasatiempos. Hechos a las largas travesías, los ingleses viven a bordo como en tierra, y consideran el mar como un elemento que en toda ocasión les es propicio: por esto lo han dominado, convirtiendo al buen Neptuno en un manso amigo de Albión. En la cámara de segunda, el hombre de los Castillejos violentaba su carácter señoril acomodándose a la inferioridad del alojamiento y trato, y proponiéndose no salir del camarote hasta Gibraltar, con lo que podía soñar despierto en la magna empresa o aventura que su indomable corazón acometía.

La primera noche de viaje fue mediana. A excepción de *Denis*, que era insensible al cambio de elemento, los españoles de *segunda* sintieron las molestias del mar. Prim cayó por la mañana en profundo sueño, que fue sedación de la horrible cansera mental de los últimos días en Londres; Zorrilla, despierto, consultaba con las almohadas de la litera sus atrevidos planes revolucionarios, suficientes a volver del revés toda la vida nacional; Sagasta, que había dormido por la noche, fue desde el amanecer el más valiente: había echado de su cuerpo la bilis sobrante; se confortó después con café; más tarde añadió el superior confortamiento de un *gin-cock-tail*, y ávido de aire y luz, que son la mejor medicina contra las molestias del mar, subió a cubierta. Vio en la toldilla señoras y caballeros que arrellanados en butacas de mimbre o de lona, leían o charlaban. Ya el *Delta* había montado la punta de *Ouessant*, en Francia, y llevaba rumbo a Toriñana. El día era espléndido; la mar, muy llana y apacible. Sagasta disfrutó del puro ambiente, y hallándose en sosegada contemplación del barco en toda su longitud de popa a proa, vio aparecer por la más próxima escotilla la cara, después el busto y cuerpo, de un joven que no le fue desconocido. El tal vestía chaqueta con botones dorados; al hombro llevaba una servilleta, y en la mano unos platos. Llegose al proscrito español, y con voz afectuosa le dijo: «¿No me conoce, don Práxedes?»

—Hombre, sí. Quiero recordar...

—Soy el que le llevó a Saint-Denis los pliegos del señor Santa María... y le encontró a usted volviendo del río con los cubos de agua... Soy, para servirle, Santiago Ibero.

XXVIII

—Hombre, ya... ya recuerdo. ¿Cómo tú aquí?

—Se lo contaré... Debo la felicidad de estar a bordo, cerca de Prim y de usted, a los señores Blanco Hermanos, que me han favorecido... Para mí no hay mayor gloria que servir a la *Causa*... A donde vaya Prim voy yo. Denme ustedes ocasión de hacer algo, por poco que sea, en provecho de esa gran idea...

—Bien, hijo, bien. Tú pitarás, tú pitarás. Arrimémonos a la borda, donde estaremos más aislados para charlar un poco. Cuéntame: Clavería me dijo que estuviste preso...

—Sí, señor... Pinché a un irlandés renegado que habló mal de los españoles... Fue un pronto que tuve. No pude contenerme. ¡Quince días de aburrimiento, de congoja... y sin saber lo que sería de mí! El trato de la prisión no era malo. Me daban bien de comer, y me permitían escribir a mi mujer y recibir las cartas de ella.

—¡Tu mujer! —exclamó Sagasta riendo—. ¿Pero eres tú casado?

—Casado precisamente, no. Pero para mí y para ella es lo mismo. Somos felices.

Agradeció Ibero la benevolencia de Sagasta, que escuchaba risueño. Con el mismo regocijo había escuchado el señor Santa María la picaresca historia de su dependiente. «Le contaré —dijo Santiago— cómo he podido colarme en este vapor. Al verme preso, escribí a mi principal y este repitió a los señores Blanco la recomendación de mi persona, rogándoles que hicieran por devolverme la libertad... Don Jaime Blanco, que es el más joven de la casa, nieto del viejecito don Félix, me tomó afición; fue a visitarme en la cárcel dos o tres veces... le conté mi historia... También se reía... Cuando me vi libre, dije a mis favorecedores que mi mayor gusto sería embarcarme en el vapor que llevase a España al general Prim. El día 10 supieron los Blancos que don Juan embarcaría en el *Delta*. Y vea usted por dónde la Providencia me favoreció, colmando por el momento todas mis ambiciones. Un día, explicándole yo a don Jaime Blanco por quinta vez mis manías patrióticas, me dijo lo mismo que usted hace un rato: *Tú pitarás*. Y he pitado y pito, porque don Jaime está casado con la hija del proveedor de la Mala Real Inglesa, un *Mister Prescott* que tiene a su cargo el servicio de fondas de todos los vapores de la Compañía, y el personal de mayordomos, despenseros, camareros y limpia-platos... ¿Verdad que he tenido suerte? Todavía me parece sueño... Esta mañana le serví a usted el café, señor don Práxedes, y no me conoció...»

—Hay poca claridad en la cámara —dijo Sagasta, recogiendo su sonrisa y poniendo en su rostro ligera expresión de severidad—. Esa travesura que me cuentas, el colarte aquí para ir a Gibraltar con nosotros, podría tener, a pesar tuyo, algún inconveniente... Ese proveedor de los vapores, a quien debes tu colocación, ¿sabía que Prim embarcaba en el *Delta*?

—No, señor: nadie más que don Jaime Blanco lo sabía. *Mister Prescott* me admitió como ayudante de camarero, hasta Gibraltar nada más, por estas razones que le dio don Jaime: que yo servía en un barco español naufragado en Bristol; que tengo mi familia en Algeciras: que carezco de recursos para volver a mi país. Esto y más le dijo... pero nada de Prim ni de política.

Sin darse por convencido absolutamente, inclinábase don Práxedes a recibir por buenas las razones del riojano y a creer en su lealtad. No dio a Ibero formal promesa de apoyarle en su pretensión de ser incorporado a los acompañantes de Prim; pero le ofreció consultar el caso y darle respuesta definitiva antes de llegar a Gibraltar. Separáronse después de esto, pues su conversación era ya demasiado larga, y Sagasta se volvió a su litera, de donde ya no salió en todo el día.

En el siguiente, navegando a lo largo de la costa de Portugal, Ibero se dio a conocer a Ruiz Zorrilla, dentro de la cámara, aprovechando una ocasión en que nadie podía escucharles. Don Manuel recordó la fisonomía del joven emigrado, y los encomios que de su ardimiento y fidelidad a la *Causa* le había hecho por escrito Santa María. No fue preciso más para que se estableciera entre ambos revolucionarios, el grande y el chico, una corriente de simpatía y confianza. «Aunque contamos con la Marina —dijo don Manuel en el tono sigiloso que era ya un hábito por el largo ejercicio de la conspiración—, yo me mantengo reservado... Si me preguntan por qué desconfío, contestaré que estas cosas no pueden razonarse. En los Cuerpos armados hay muchos liberales de buena fe, que en los acaloramientos del patriotismo prometen lo que después, en las frialdades de la ordenanza, se queda sin cumplir... Sabemos que el mes pasado estuvo la *Zaragoza* en Lequeitio; que la reina, con la mar picada, fue a visitar el barco... Doña Isabel no se marea nunca: lo que hace es marearnos a todos... Pues a bordo de la *Zaragoza* la obsequiaron los señores marinos, y el bravo Malcampo le rindió los homenajes de ritual... ¿Quedó Malcampo, después de la visita regia, en la misma disposición que tenía antes de ir a Lequeitio?... Te advierto que Topete, Malcampo y Prim apenas se han tratado. Pronto hemos de ver lo que de esto resulta... Entiendo que mañana llegaremos a Gibraltar... Tú, si no te doy órdenes en contrario, te arrimas a mí, como si fueras criado mío, y trasbordaremos a una lancha, a otro vapor... todavía no lo sé... Aún estamos en la esfera de lo desconocido, de lo dudoso... ¿Cuándo entraremos en lo cierto?» Suspiró, y llamado por *Denis*, se fue al camarote de Prim.

Un ratito de palique tuvo Ibero con el bondadoso franchute, criado del general. Oyéndole hablar español, quiso *Denis* meterle los dedos en la boca para que vomitase su nombre, condición y lo demás que al parecer ocultaba; pero Santiago no se dio a partido, y supo hacer la comedia de que ignoraba la jerarquía y calidad de los pasajeros a quienes servía. El de Reus continuaba invisible... El tiempo empezó a ponerse fosco a la altura de Lisboa, y cuando el *Delta*, al atardecer del 15, asomaba las narices al Cabo de San Vicente, recibió la bofetada de un levante frescachón, que fue aumentando en violencia cuanto más se aproximaba el vapor a la boca occidental del Estrecho. Con balances molestísimos para todo el pasaje llegó a la bahía de Gibraltar en la mañana del 16... Al punto atracaron multitud de botes y lanchas. Entraban los de Sanidad y la Policía del puerto; salían pasajeros que habían terminado su viaje; invadían el vapor mercaderes de fruta, chamarileros, ganchos de fondas. En la gran confusión de cubierta, vio Ibero a don Juan Prim con traje usual de paisano, despidiéndose de los condes de Bark; vio a Sagasta y Zorrilla, y a este se arrimó, aliviando a los dos de las maletas que cargaban.

Vestido aún de la chaqueta azul de camarero, Santiago se abrió paso, a codazo limpio, entre la densa multitud... Llegó a verse muy cerca de Prim, a quien expresivamente saludaron dos señores que acababan de subir a bordo: en uno de ellos, alto, picado de viruelas y con gafas ahumadas, reconoció a don José Paúl y Angulo; al otro no conocía: después supo que era el coronel Merelo... Con trabajo llegó Ibero a la escala: delante de él iba *Denis*, agobiado de diferentes bultos. Al fin pusieron el pie en una lancha; vio a Zorrilla y Sagasta que pasaban de una embarcación a otra... El general, Paúl y tres más acomodáronse en un bote con dos remeros. Un hombre que empuñaba la caña del timón hizo señas a Sagasta, indicándole una lancha con toldo, tripulada por cuatro hombres... Hacia allá fueron saltando de borda en borda. Al fin, en la confusión se iniciaba un orden relativo... Entre tantas voces, una enérgica frase dispuso la salida del bote y la lancha bogando en dirección determinada... Iban con rumbo contrario al muelle; se aproximaron a un vapor, cuyo nombre, pintado en la aleta de estribo, leyó Ibero *Alegría-Cádiz*.

Sin duda, aquel era el barco que debía conducir a Cádiz al general y a sus amigos... Notó Ibero gozoso que *Denis* le miraba risueño; además, al encaramarse en la escala, le confió parte de los bultos que llevaba, encargándole mucho cuidado. Uno de estos era un lío como de bastones o paraguas enfundados. Por la forma de algún objeto, comprendió Santiago que iba allí la espada de los Castillejos. ¡Adelante, arriba! Sobre cubierta, mientras Prim y sus amigos desaparecían en la cámara, Ibero y el francés cuidaron de reunir, junto al mamparo más próximo, el equipaje del general, las maletas de Zorrilla y Sagasta, añadiendo las de los criados... Y cuando los marineros del *Alegría* trataban de bajar todo a la cámara, salió de esta Zorrilla y les dijo: «Dejen eso aquí, pues es fácil que hagamos otro trasbordo.»

En tanto, *Denis* seguía tratando a Ibero como de la casa. Sin duda don Manuel había garantizado la fidelidad del mozo riojano, llevándolo a su servicio, que era como ir al servicio de Prim. En la cámara celebraban animada conferencia el general y sus amigos con los que de Cádiz habían venido en el *Alegría*: don José Paúl, el coronel Merelo y un paisano llamado La Rosa. Ni *Denis* ni Santiago pudieron enterarse de lo que allí se trató: tal vez el criado francés, que repetidas veces entró en la cámara, pudo coger al vuelo alguna frase reveladora del sentido de la conferencia; mas al salir nada dejó entender a su compañero. Ignoraba, pues, Santiago que los jefes de la Escuadra hacían saber a Prim, por conducto de aquellos tres señores comisionados al efecto, que no debía presentarse en Cádiz, ni personarse a bordo de la *Zaragoza*, hasta que llegasen de Canarias los generales unionistas, que había de traer el capitán Lagier en el *Buenaventura*. Ya sabía Ibero por un marinero del *Alegría*, harto comunicativo y charlatán, que el *Buenaventura* había salido de Cádiz el 8, llevando de sobrecargo a don Adelardo Ayala... Estaría de vuelta sobre el 18 o el 19, salvo impedimento de mar, o dificultades para el embarque de los generales en las costas del Archipiélago.

La discusión fue muy animada en la cámara del *Alegría*. Por conducto de los comisionados, Topete y Malcampo decían a Prim que se detuviera en Gibraltar. La Escuadra no debía, según ellos, *dar el grito*, mientras no estuvieran reunidas en Cádiz todas las espadas revolucionarias. No se conformaba con esto el impetuoso general. Con poderes de este, el capitán Lagier, al partir para Canarias, había convenido con Topete en que la Escuadra recibiría a su bordo al primero de los caudillos que llegase, efectuando sin dilación el pronunciamiento. Faltaba, pues, Topete a un compromiso por él contraído, y además ponía en grave peligro el éxito de la sublevación dilatándola indefinidamente, pues no era posible determinar cuándo recalaría el *Buenaventura*, ni había seguridad absoluta de que trajese a los generales. Los mismos que eran mensajeros de la Marina opinaban contra la excesiva precaución de Malcampo y Topete. Se corría el riesgo de que la goleta *Ligera* llegase de Málaga de un momento a otro, y no se había contado aún para la revolución con el comandante de aquel barco de guerra... Hallábanse, además, el general y sus amigos expuestos a una desagradable visita de la policía inglesa.

El más fogoso, inquieto y levantisco de los comisionados, don José Paúl y Angulo, no solo se mostró contrario a la cuestión de etiqueta planteada por los jefes de la Marina, sino que propuso al general desatender resueltamente la indicación de aquellos. Y como se recelaba que el viaje en el vapor *Alegría* había de ser peligroso a la salida de Gibraltar, y más aún al entrar en la bahía de Cádiz, él y su hermano don Francisco habían dispuesto que el general y sus amigos embarcasen en otro vapor. Al efecto, entraron en negociaciones con un rico comerciante de Gibraltar, Mr. Bland, grande admirador de Prim y entusiasta por la revolución española. Este les facilitaba un remolcador del puerto, embarcación ligera y de buena marcha, que les llevaría, como un discreto contrabando, a Cádiz y al costado de la *Zaragoza*. Prim, que nunca fue tardo ni vacilante en sus resoluciones, dijo: «Vámonos, y sea lo que Dios quiera.»

A poco de esto, llegó a bordo el mismo Bland, dueño del barco, y de lo que allí deliberaron resultó el acuerdo de salir en el remolcador durante la noche. El *Alegría* saldría como de costumbre, siguiendo, para no infundir sospechas, su derrota ordinaria de Gibraltar a Cádiz con escala en Tánger. En el curso del día variaron los pareceres sobre si todos irían en el *Adelie*, o solo el general con Sagasta y Zorrilla. Por fin se decidió que con Prim irían tan solo los amigos que le habían acompañado en el *Delta*, y además

Paúl y *Denis*. No quedó poco desconsolado Santiago Ibero cuando Zorrilla le notificó que no embarcaría en el remolcador. Adverso se le mostraba el Destino en aquel punto, pues su ilusión más viva era ir junto al gran caudillo y los dos paisanos que casi actuaban ya como ministros de la *Causa*. Y aun la separación del buen *Denis* le causaba pena, pues con un corto trato ya le estimaba y tenía por amigo. Se acordó, por último, dejar los equipajes en el *Alegría*, donde era más fácil ocultarlos en caso de que algún buque guarda-costas intentara reconocimiento.

En resolución, a la madrugada zarpó el *Adelie* con las personas indicadas, cuatro marineros y un piloto. Con diferencia de pocas horas, hizo lo propio el *Alegría*. El Levante, que ya les zarandeaba en la bahía de Gibraltar, en cuanto rebasaron de Punta Carnero, se les mostró terrible enemigo, con furioso viento y mar gruesa de costado. Entre Tarifa y Trafalgar el *Adelie* luchó como león marino con los refuelles del Estrecho, moderando su andar y mante-niendo el rumbo como podía. En el horroroso cuneo, sus tambores iban alternativamente al cielo y al abismo. Cuando la embarcación se hallaba en la cresta de la ola, las ruedas pataleaban en el aire, y al caer en la sima de agua, creyérase que el barco y sus valientes tripulantes y la revolución española, se colaban juntos hechos una pelota en las profundidades del mar.

En esta situación, amaneció el 17 de septiembre. El mismo día, entre nueve y diez de la noche, hallándose la *Zaragoza* fondeada en Puntales, los oficiales de la fragata jugaban tranquilamente al tresillo. De improviso se presentó a bordo el segundo comandante don Francisco Castellanos, y al poco tiempo llegó don Rafael Malcampo, primer comandante. Como solían dormir en tierra, la presencia de los dos jefes fue motivo de sorpresa en la oficialidad y en toda la tripulación. Sobre las cartas del juego interrum-pido flotaron retazos de comentarios sigilosos. Alguien apuntó por lo bajo el esperado arribo de un vapor que vendría de Canarias. En estas incerti-dumbres y conjeturas había pasado media hora larga, cuando los oficiales sintieron que otro bote requería la escala. ¿Quién venía? El brigadier don Juan Topete, capitán del Puerto de Cádiz. Ya no quedaba duda de que un acontecimiento extraordinario estaba próximo. En el portalón recibieron los dos comandantes a Topete, el cual, malhumorado, les dijo: «Ríñanme; vengo con retraso.» Y sin hablar más, metiéronse los tres en la cámara del comandante.

La causa de la tardanza del valiente comandante de la *Blanca* en el Callao, se conoce en Cádiz por una tradición perpetuada de boca en boca. Cuentan que la señora de Topete, tan virtuosa como amante de su marido, no gustaba de que este anduviese en trapisondas revolucionarias. Don Juan, que estaba muy atrasado de sueño, echose en la cama a prima noche, encargando al cabo de mar que a determinada hora le llamase tirando fuertemente de la campanilla. Sospechó sin duda la dama que el ir a bordo tan a deshora no era para cosa buena, y envolvió en trapos el badajo de la campana, para que la vibración del metal no pudiese llegar a los oídos del durmiente. La impaciencia del cabo deshizo el femenino ardid: cansado el hombre de tirar del cordón, llamó a puñetazos con tanta furia, que poco le faltó para echar abajo la puerta. Gracias a esto despertó el buen Topete y pudo acudir a su puesto, aunque con bastante retraso.

A poco de reunirse en la cámara los jefes de la *Zaragoza* y el capitán del Puerto, llamaron a la oficialidad. Topete, con palabra difícil, les dijo que el oprobio arrojado por el Gobierno sobre la Marina, ponía fatalmente a esta... En el duro trance... De quebrantar la disciplina... Era cuestión de dignidad... Cuestión de honra... Guerrero de voluntad maciza, navegante de grande acción y palabra seca, Topete no conocía más vocabulario que el de la lealtad; no encontraba las voces con que se ha de expresar lo contrario de aquella virtud, algo que también es respetable, pues hay sin fin de virtudes que los hombres practican conforme al mandato de las circunstancias. En su auxilio fue Malcampo que dijo: «La Marina no puede ser indiferente a los males de la Nación; la Marina es un organismo nacional... ha recibido de los últimos ministros del ramo desaires sin cuento, humillaciones...» Con estas y otras vagas formulillas, salieron al fin del paso los dos comandantes, y terminaron diciendo a sus subordinados que si alguno se sentía desconforme con el pronunciamiento de la Marina, a tiempo estaba para retirarse a su casa. Un oficial se permitió suplicar a los jefes que fijaran el punto hasta donde había de llegar la Marina en su protesta o rebelión, pues no resultaba esto bien claro. Volvió a tomar la palabra Topete para decir, con rudeza premiosa, que la Marina no iba contra el Trono... El Trono ¡ah!, sería respetado... Se aspiraba no más que a un cambio de Gobierno, a un cambio radical de política... Con las explicaciones de unos y otros, prolongose un rato la conferencia, y estando aún reunidos todos en la cámara, sonaron fuertes voces fuera del barco...

Las voces decían: «¿Es esta la *Zaragoza*?... ¡*Zaragoza*, un bote; pronto... Echarnos un bote!»

Acudieron todos a la borda; en la oscuridad de la noche distinguieron el bulto de una embarcación no muy grande. Malcampo reconoció el remolcador de Bland, y ordenó al instante que acudiese un bote a los que llamaban con tanto apremio. Momentos después, el bote atracaba a la escala, y por esta subía don Juan Prim, seguido de sus compañeros.

«Creí que no llegábamos nunca —dijo Prim al estrechar la mano de Topete y Malcampo—. Viaje malísimo... Muertos de hambre.»

XXIX

Al poner el pie en la cubierta de la *Zaragoza*, Prim no disimuló su júbilo. Topete y Malcampo, guardando al general la debida cortesía, permanecieron un rato vacilantes y cortados, sin encontrar en su pensamiento la fórmula de las congratulaciones para casos como aquel, más frecuentes en las comedias que en la vida. No esperaban a Prim tan pronto; esperaban a los generales traídos de su destierro de Canarias. Cambiado por el acaso, por lo que fuera, el orden de las cosas, se les desconcertaban las ideas y hasta el vocabulario. No podían decir a uno lo que cada cual llevaba preparado en su caletre para decirlo a otros... Creyérase que el inesperado huésped entraba en la fragata como un golpe de mar, alterando por un momento la estabilidad... De los perplejos tripulantes.

Reunidos marinos y paisanos en la cámara del comandante, antes de meterse en deliberaciones se acudió a reparar las fuerzas de los que llegaban de una travesía penosa y sin víveres. Como nada se había preparado a bordo, la cena de Prim y los suyos fue modestísima y fiambre. Naturalmente, al compás del comer, la conversación animada y picante, en términos de franca amistad, fue sacando de cada alma pensares y sentires que, si en algunos puntos disentían, en otros admirablemente concordaban. Con pie de gato asustadizo pasaron sobre las ascuas del candidato al Trono, en el caso de que este quedase vacante. La infantil ingenuidad de Topete y su palabra marinera y balbuciente, podían poco cruzándose con la convicción ardorosa y la palabra de acero de Prim; menos podían aún frente a la esgrima de un polemista tan experimentado como Sagasta. La idea de remitir la espinosa cuestión dinástica al supremo criterio de la Soberanía Nacional, acogiéndose a la socorrida receta de Espartero, iba penetrando en el ánimo de los marinos, que así se encontraban con un buen emoliente que aplicar a sus escrúpulos y escozores de conciencia.

Discutiendo con noble sinceridad, se llegó a declarar que si los males y humillaciones de la Marina eran graves, mayor gravedad tenía el oprobio de la Patria, y que la Marina empequeñecería su protesta si la encerraba en los cortos límites del espíritu de Cuerpo. La Marina, como el Ejército, tomaría el nombre de España, envilecida ante las naciones por la Corte y la infame camarilla. Los soldados de mar y de tierra, como todo el país, sentían su rostro enrojecido por los ultrajes que a la Nación española inferían los que más obligados estaban a mirar por su honra. Ejército y Armada, unidos al Pueblo, habían de salir a la defensa de la Madre común, escarnecida públicamente y arrastrada por el fango... De esta discusión, que Prim, Sagasta y Zorrilla caldearon hasta el rojo, salió el acuerdo de que la Escuadra se pronunciara al día siguiente a las doce. De ningún modo debía esperarse a los generales, no solo porque era insegura la fecha de su llegada, sino porque la efervescencia que reinaba en Cádiz exigía que no se dilatara el arranque inicial... La revolución llenaba el ambiente y movía todas las almas; la misma autoridad, azorada y melancólica, sintiéndose impotente contra ella, a punto estaba de dar el breve paso que separa el contra del pro. Detener el pronunciamiento un día más, una hora, era exponerse a que cualquier inesperado suceso, una regresión, una falsa noticia, una voz en el aire, una china en el sendero, dieran con todo al traste. ¡Volver a empezar!, ¡qué horror! Las vidas se agotaban, las voluntades rebeldes habían llegado a su máxima tensión, y ya... O reventar o vencer.

Penetrados de tales ideas y dispuestos a ejecutarlas, requirieron los caballeros de la Libertad un corto descanso; que ya, desde la última palabra del discutir hasta la primera claridad del amanecer, poco tiempo había de pasar. El más tarde en recogerse fue Sagasta, que en un corro de oficiales estuvo charlando hasta la salida del Sol. Encendidas las calderas desde la madrugada, el 18, después de las faenas matutinas, se dieron órdenes para que la Escuadra dejara el fondeadero de Puntales y se aproximase a la ciudad, colocándose frente a la batería de San Felipe. Era para don Juan Prim contrariedad molesta la falta de uniforme; pero como todo tiene remedio en este mundo menos la muerte, él mismo discurrió un ingenioso arbitrio para ostentar las insignias elementales de su jerarquía militar. Mandó que con lanilla roja de banderas le hicieran una faja; se la puso, y en verdad que una vez ceñida al cuerpo y vista de lejos, todo el mundo la diputara por legítima y noble seda. Para cubrirse, tomó la gorra del oficial de Marina cuyas medidas de cabeza correspondían a las de la suya. Tocó este honor a la cabeza del ilustrado oficial don Camilo Arana. Véase cómo un gran suceso de la Historia contemporánea fue precedido de incidentes vulgares, cómicos, contrarios a toda solemnidad.

Con lenta marcha majestuosa llegó la fragata *Zaragoza* frente a San Felipe. Delante y detrás, formando extensa línea, fueron la *Tetuán* y *Villa de Madrid*, los vapores *Isabel II*, *Vulcano* y *Ferrol*, y las goletas *Edetana* y *Concordia*. A la una del viernes 18 de septiembre de 1868, hallábanse en el puente de la *Zaragoza* don Juan Topete, Malcampo, Prim, y toda la oficialidad. Diose a la marinería la orden de subir a las vergas, a los cabos de cañón la de prepararse para el saludo, y don Juan Topete, con voz de mando estentórea, lanzó los gritos de ordenanza: ¡Viva la reina! Siete veces fue aclamada doña Isabel por Topete; siete veces contestadas las aclamaciones por la marinería. Bien pudieron notar los oficiales que Prim cambiaba de color a cada grito. Mas no era hombre que se dejase imponer por una voluntad que en aquel caso solemne tenía por secundaria, ni consentía que sus altos pensamientos quedasen más bajos de lo que debían estar. Arriba, en el cielo mismo, había de ponerlos ¡vive Dios!, y que los señores de a bordo lo tomaran como quisiesen. Huésped de ellos era, su prisionero tal vez. Pero ningún peligro le arredraba: con una o dos palabras pondría el remate a su gran obra y convertiría su idea en acción real. Pues a decirlas ante el cielo y la tierra.

Como quien rectifica cortésmente un concepto equivocado, Prim se adelantó con esta vulgar frase: «Dispense usted, mi brigadier.» Y como un león se abalanzó al pasamanos del puente, y echando toda el alma en su voz vibrante, gritó: «¡Viva la Soberanía Nacional... viva la Libertad!» Repitió la exclamación como un conjuro mágico que desde aquel punto había de correr por toda España, despertando los corazones dormidos y resucitando las esperanzas muertas. Oído por la marinería el grito del general, ya no sonaron más los fríos clamores de ordenanza, sino que estalló un *¡viva Prim!* inmenso, ardoroso, y confundido con el estruendo de la artillería, fue repitiéndose de verga en verga y de barco en barco. El nombre de Prim y los cañonazos sonaban con giro vertiginoso como si en espiral se enroscaran... iban a perderse en la ciudad entre los alaridos de la multitud.

La fiera de la Revolución estaba ya suelta; el Trono caído y roto... Los generales, cuando vinieran, si venían, nada podrían hacer ya para encadenar a la fiera y enderezar lo caído. Si Prim no se les hubiera anticipado, el alzamiento habría seguido rumbo distinto, que desconocemos... Como no se tome el trabajo de referirlo el divino *Confusio*.

Pronunciada la Escuadra, se creyó a bordo que la Plaza secundaría el movimiento sin tardanza. No fue así: tardanza hubo. Los batallones de *Cantabria* no salían de sus cuarteles, y el paisanaje divagaba por las calles cantando coplas patrióticas, sin que la Guardia civil tratase de impedirlo. A media tarde empezó a llover, y lloviendo estuvo parte de la noche. El agua del cielo, ya se sabe, no favorece los movimientos populares... En tanto, llegaron a bordo de la *Zaragoza* los que habían salido de Gibraltar en el *Alegría*, y además el jerezano Sánchez Mira, capitán de Artillería retirado. Al anochecer volvieron a tierra, después de asegurar que el pronunciamiento de la guarnición sería indefectiblemente un hecho en la mañana del día siguiente 19. La noche transcurrió en Cádiz con aparente tranquilidad, aunque bajo la capa de este sosiego protegido por la lluvia ardía el espíritu de rebelión, y se trabajaba en encenderlo más. Merelo, Sánchez Mira, Bolaños y Guerra recorrían los acantonamientos, encareciendo a los paisanos la quietud hasta que llegase el momento preciso. Agregados a ellos estaba el capitán de Infantería de Marina, Borrero, que días antes logró escapar del Castillo de Santa Catalina, donde hubo de arrostrar indecibles sufrimientos y martirios hasta su evasión, que realizó jugándose la vida y casi seguro de perderla.

A la madrugada se personaron Merelo y su acompañamiento en el cuartel de San Roque, donde se alojaba *Cantabria*, y con una breve arenga quedó pronunciada la tropa. Inmediatamente se dispuso reforzar con paisanos armados la guardia del Principal, ocupar todas las azoteas de la Plaza de San Juan de Dios, y que dos o tres compañías se posesionaran de la Aduana. Uniéronse al movimiento los carabineros, y se procedió luego a poner en libertad a los patriotas presos días antes. Se dispuso que fuese un oficial a bordo de la *Zaragoza* a participar lo que ocurría, y al toque de Diana, la banda de *Cantabria* saludó la sublevación en el lenguaje musical de ordenanza: el himno de Riego.

A las siete desembarcaron Topete y Prim. Este llevaba ya su uniforme de comandante general de Ingenieros. Fue recibido con hervor de entusiasmo, con emoción ardiente, en la cual había no poco de ternura. Dirigiéronse a la Aduana, el histórico albergue de toda autoridad en los días famosos de los años 8, 12 y 23. Allí vivió Fernando VII, prisionero de los constitucionales, mientras Angulema bombardeaba en el Trocadero las avanzadas españolas; en aquellos balcones se asomaba, vestido de mahón, para que la plebe le manifestase un respeto que él no merecía; allí le puso en capilla el lógico historiador *Confusio*, y de allí le sacó entre guardias para llevarle al rebellín de San Felipe, donde le administró los cuatro tiros a que se había hecho acreedor por su perfidia. Cierto que esto de los tiros era fantástico, desgraciadamente. Quédese, pues, en los rosados limbos de la justicia ideal, y dígase que en el mismo balcón donde se asomaba Fernando a requerir los homenajes de un pueblo inocente tirando a tonto, tuvo que asomarse Prim para recibir la adhesión amorosa de un pueblo más avisado ya, y en camino de pasarse de listo.

Mientras el general se ocupaba en nombrar la Junta revolucionaria, ponderando discretamente en ella las tres familias progresista, unionista y democrática, acudió Topete al castillo de Santa Catalina, donde se había retirado el gobernador de la plaza, general Bouligny, con la Artillería. Por fórmula le rogó que se adhiriese al movimiento; por fórmula replicó el general que no podía complacer a su amigo; resignó el mando; fue conducido por el mismo Topete a la Capitanía general; las fuerzas de Artillería volvieron a sus cuarteles, y a la una de la tarde salieron para la Carraca. Todo iba, pues, como una seda. Los que con loca facilidad, apoyados por la Escuadra, habían sublevado a Cádiz y a la guarnición, se alababan de un éxito tan hermoso, *sin derramar una gota de sangre...* ¡Qué simpleza! La sangre se había derramado antes. Que hicieran la cuenta de sangre desde la noche de San Daniel, y la jornada del 22 de junio con sus severísimos castigos; que añadieran los suplicios de Espinosa, Mas y Ventura, Copeiro del Villar y otros mártires, y se vería que no hay Revolución seca. Y aún faltaban algunas venas que abrir. Clío trágica no había soltado de su mano la terrible lanceta.

Para que todo fuese dicha en aquel venturoso 19 de septiembre, por la tarde llegó el *Buenaventura*. A su encuentro en alta mar salió el vapor de guerra *Vulcano*, que informó a los generales de cuanto en Cádiz había ocurrido. Desembarcaron los unionistas. Nuevos entusiasmos. El regocijo y las esperanzas desbordaban de los corazones. Estos habían vivido largo tiempo en sequedad triste, y ya se llenaban de flores, que lucirían su aroma y colorines hasta que Dios quisiera. La misma tarde se dio a la imprenta el manifiesto que Ayala había escrito en el *Buenaventura*, y al anochecer corría por Cádiz de mano en mano. Era la proclama viril en que el poeta, fundiendo con arte exquisito la razón con el sentimiento, expresó el dolor de la Patria, y sus legítimos anhelos de recobrar la salud, la paz y el decoro; documento que puede señalarse como modelo de elocuencia guerrera y política, y que por su fuerza oratoria fue en aquellos días el rayo ardiente que corrió por toda España propagando el popular incendio. Por mucho tiempo conservaron los españoles en su memoria los famosos *queremos* de Ayala. *Queremos que una legalidad común, por todos creada, tenga implícito y constante el respeto de todos... Queremos que el encargado de observar la Constitución no sea su enemigo irreconciliable... Queremos que las causas que influyan en las supremas resoluciones, las podamos decir en voz alta delante de nuestras madres, de nuestras esposas y de nuestras hijas...* Etc...

Ni los *Queremos* de la vibrante alocución de Ayala, ni la presencia de Prim y Serrano, saludada en calles y balcones por la frenética multitud, distraían a Santiago Ibero de su melancolía y abatimiento por no haber encontrado en Cádiz la esperada carta de Teresa. En Londres pidió a los hermanos Blanco un nombre de casa de banca o de comercio a donde su familia pudiera dirigirle la correspondencia. Diole don Jaime, anotada en un papel, esta dirección: *Horacio Alcón y Compañía. Cádiz*, la que mandó a su amada mujer con la advertencia de que inmediatamente le escribiera. No se alegró poco al saber por sus amigos los marineros del *Alegría* que los Alcones eran armadores del vapor en que navegaba. Pero en cuanto desembarcó, su gozo en un pozo. En la casa y escritorio donde creyó encontrar su dicha, no había carta para él. Idéntica negativa dada el 19 y el 20 abatió tanto el ánimo del pobre aventurero, que aun la misma revolución triunfante perdió parte de su interés.

En compañía de marineros alegres vagaba Ibero por la linda ciudad engalanada. En algunos momentos el delirio popular invadía su alma; pero muy poco se estacionaba en ella. Cuando por los amigos del *Alegría* se supo que había venido con Prim en el *Delta*, era saludado en las calles como un brazo fuerte de la Libertad; caían sobre él convites y obsequios, obligándole a un disparatado consumo de manzanilla. En medio de esta disipación, que entenebrecía su espíritu en vez de iluminarlo, apareció al fin la aurora de su felicidad. El 21 por la tarde volvió a la casa de Alcón con la negra idea de un nuevo chasco. Dios lo dispuso de otro modo, y hubo carta... La cogió Santiago, y rápidamente rasgó el sobre como si dentro viniera bien dobladita la propia Teresa en cuerpo y alma. Pasando la vista por los no muy derechos renglones, leyó frases amantes, dulces tonterías, y guardando en su seno el precioso papel con idea de leerlo y saborearlo en su casa, salió a la calle de San Francisco medio loco. Todo el delirio patriotero reconcentrado y latente en su alma, se desbordó ante los grupos de transeúntes que iban hacia la Plaza de San Juan de Dios, donde estaba tocando la música de *Cantabria*. El hombre feliz prorrumpió en estos alegres clamores: «¡Viva Prim, viva Serrano, vivan todas las Libertades, de Cultos, de Comercio, de Imprenta...!»

Soltando estos gritos, que también eran convicciones, llegó a la plaza. Unos le miraban con asombro, otros con alegría, y como todo el vecindario gaditano estaba ebrio de liberalismo, hacían gracia los patriotas aunque fueran borrachos. Al aproximarse a la Puerta de Mar, por donde entran y salen de continuo chorros de gente, vio Santiago a un hombre de regular estatura, grueso, de tostado rostro, con enormes patillas grises. Quedó Ibero paralizado ante aquella figura. El de las barbas le vio también, y abriendo sus brazos, con paternal emoción gritó: «¡*Bero*, hijo mío!...» Santiago se dejó estrujar entre los brazos forzudos del capitán Lagier, diciendo con voz llorosa: «Don Ramón, iba a buscarle...»

XXX

Pasadas las efusiones del reconocimiento o *anagnórisis*, Lagier dijo a Ibero: «Acompáñame a unas diligencias, y luego te vienes conmigo a bordo, para que hablemos largo y tendido...» Así se hizo: pasó el riojano la noche en el *Buenaventura*, gozoso de platicar con su segundo padre. ¡Qué admirable coyuntura para hacerle confesión general de su vida en el tiempo que había corrido suelto por el mundo! Hablaron de política y de revolución, y Santiago abordó con valentía el magno asunto de su revolución propia, de sus amores con Teresa y de su firmísimo inquebrantable lazo de matrimonio libre, sin reparo ninguno de los antecedentes de ella y de sus pasados extravíos. Oyó Lagier la historia, sin reír como los anteriores oyentes, y vio toda la importancia y gravedad del caso, su fatalidad inevitable.

Apuró Santiago su dialéctica para obtener el *exequatur* de su maestro, y entre otras cosas muy pertinentes, dijo que no podemos ser revolucionarios en lo público y atrasados o ñoños en lo privado. Si se tira de la cuerda para lo de todos, tírese para lo de cada uno... Cierto que Ibero, al proceder de aquel modo, se ponía en desacuerdo con la sociedad, y levantaba un murallón infranqueable entre él y su familia. ¿Veía el sabio maestro alguna solución conciliadora? A esta pregunta contestó el buen marino, después de meditar en silencio acariciándose las luengas patillas, que si Santiago tenía medios de vivir en el extranjero con Teresa, trabajando los dos honradamente, diera un adiós definitivo a España, y se labrara una vida francesa del mejor modo que pudiese, con libertad y sosiego. Así, dejando pasar el tiempo, se vería libre de los disgustos que en España le ocasionaría el fanatismo. «Sí, hijo mío: el fanatismo tiene aquí tanta fuerza, que aunque parezca vencido, pronto se rehace y vuelve a fastidiarnos a todos. Los más liberales creen en el Infierno, adoran las imágenes de palo, y mandan a sus hijos a los colegios de curas... No sé hasta dónde llegará esta revolución que hemos hecho con tanto trabajo. Avanzará un poco, hasta que al fanatismo se le hinchen las narices, y diga: «Caballeros Prim y Serrano, de aquí no se pasa.»

Muy del agrado de Santiago fue la exhortación a la vida en país extranjero, donde su doméstica revolución quedaría amparada de la tolerancia, y defendida del fanatismo español por los providenciales Pirineos... Elevando luego la cuestión a las esferas de la filosofía que profesaba, afirmó Lagier que si las almas de los fenecidos transmigran de uno a otro planeta, buscando nuevas encarnaciones, ya con el carácter remuneratorio, ya con el expiatorio, las almas de los vivos pueden y deben transmigrar dentro de la pequeñez de nuestro mundo, buscando su mejor estado y observando las leyes de la moral universal. Él no emigraba porque le tenían amarrado al terruño español su familia y el régimen de la Marina mercante.

«El que ande suelto —añadió—, haga efectiva su libertad, viviendo donde mejor le cuadre... Yo no hallo más inconveniente que la tristeza de tus padres por tu desvío. Siempre verán con cristales de fanatismo tu casamiento libre; nunca con los cristales de la ciencia eterna, que dan al amor su verdadero tamaño... ¿me entiendes?... Sed buenos, humildes, honrados, y puede que el tiempo os lleve a la reconciliación con tus padres y hermanos... Dificilillo es; pero quién sabe... Recordarás, *Bero*, lo que otras veces te he dicho. *Nacemos como un libro en blanco*, en el cual, conforme vivimos, vamos escribiendo una historia dictada por causas internas y externas, de que no sabemos darnos cuenta... Ocasión es esta de deciros una y otra vez a ti y a tu Teresa: "*Reconstruid vuestras personas con actos buenos*, con actos independientes de los dogmas, y que arranquen de la pura conciencia". Por mis lecciones sabes que en nuestra conducta influyen de un modo misterioso *seres inteligentes e invisibles*. Pon atención a lo que esos seres te digan... No te preocupes de las experiencias y comunicaciones. Los buenos espíritus vendrán a ti sin que tú los llames... En tus soledades y tristezas vuelve los ojos al mar, si tienes ocasión de verlo, y al cielo: ellos te darán la impresión de lo infinito. Ante lo infinito, eleva tu conciencia, y Dios será contigo.»

De estas apacibles lecciones, dulcemente acogidas por el alma de Ibero, pasó Lagier a referir a su amigo las fatigas que había pasado en Tenerife para embarcar a los generales. «A los tres días de navegación —dijo—, llegué al Puerto de la Orotava al amanecer. Paré la máquina; al poco rato vi una lancha que venía en demanda de mi barco. Esto no es nuevo en aquellas costas. A menudo pasa un vapor preguntando: "¿Hay cochinilla que embarcar?". Y de tierra vienen a decirnos las condiciones de flete. El patrón de la lancha me trajo una carta anónima que decía: "No estamos preparados para el embarque. Váyase de vuelta afuera hasta el lunes 14, a las doce de la noche, que se acercará con un solo farol, para que embarquemos... Aléjese mucho para no ser visto". Yo contesté: "Conforme: no faltaré a la cita". Dos días estuve voltijeando mar afuera. En la fecha convenida, a media noche, me llegué al Puerto de la Orotava, con solo la luz del tope, apagadas las de situación. La noche era oscura, el cariz de mal tiempo... Acerqueme a la farola con precaución, moderando... No tardé en oír el compás de los remos de varias embarcaciones... Eran los generales. Larga y penosa, por el picado de la mar, fue la travesía del puerto a mi barco... El primero que subió por mi escala fue el duque de la Torre, a quien recibí en el portalón con un abrazo. Él suspiró y me dijo: "Yo no sirvo para esto. Me gustaría más estar al lado de mis hijos". Tras él entraron los demás. Lancé un *Viva la Libertad*, que retumbó *en las bóvedas del infinito*, y sin perder un minuto puse rumbo Norte, cuarto al Este, y mandé dar avante a toda máquina. El viaje fue mediano, con un día malísimo. Yo bajaba de vez en cuando a charlar con el duque en su camarote. El buen señor sufría del mareo, y gustaba de mi conversación. Hablábamos de política. Una noche le dije: "Señor duque, si salimos bien de esta, hemos de establecer el Matrimonio Civil...". "Hombre, hombre —me contestó—; eso no es cosa nuestra".

»Ya ves: todavía creen que eso del casarse es cosa del Papa... La Revolución que traen quedará, pienso yo, en un juego de militares. Como no vayan al bulto, no harán gran cosa. Por eso me atreví a decir al duque: "Pues si no cortamos las alas a *esa gente*, trabajo perdido...". En fin, avistamos Cádiz a las ocho de la mañana. Como Topete me encargó que entrase de noche, me aguanté fuera hasta que salió el vapor *Vulcano*, y supimos la sublevación de la Escuadra al grito de *¡viva la Soberanía Nacional!*»

En los mismos sabrosos asuntos tratados por la noche, volvieron a picar a la mañana siguiente, al despedirse por tiempo indefinido, pues Lagier había recibido de Prim la orden de salir inmediatamente para Lisboa, con objeto de traer la gente que tenía en Portugal, y *ciento once* oficiales que estaban desterrados en la Madera. Terminó Ibero con esta consulta interesante: «Aconséjeme, don Ramón, pues dudo qué rumbo he de tomar ahora. Prim se va en la fragata *Zaragoza* a sublevar las poblaciones del Mediterráneo; Serrano va tierra adentro, llevándose todas las tropas que pueda, para formar con las de Sevilla un Cuerpo de ejército, y marchar sobre Córdoba y Madrid... ¿Con quién debo irme yo?» Sin vacilar contestó Lagier: «Incorpórate a los que van por tierra, que así llegarás pronto a donde quieres ir, y verás más notables peripecias.»

Como Ibero a nadie conocía en el séquito de los generales, Lagier le prometió recomendarle cariñosamente a Caballero de Rodas, Ayala o López Domínguez. Bajaron los dos a tierra, y anduvieron de un lado para otro. La oferta de Lagier quedó al fin cumplida. Por orden de López Domínguez, Santiago ingresó en la Maestranza de Artillería, donde se organizaba un convoy que había de salir aquella misma tarde. Despidiéronse con vivos afectos el capitán y su discípulo, no sin que aquel le diera, con el último abrazo, la síntesis de sus advertencias y sanos consejos.

«Hijo mío, encastíllate en la virtud, sin mirar al dogma, mirando a lo infinito, que verás reflejado en tu conciencia si sabes mirarlo... La conciencia es el espejo de lo infinito... Otra cosa debo decirte. Cuando te tuve a mi lado después de recogerte en medio del mar, tenías inclinaciones al heroísmo. El heroísmo no se busca; se acepta y se practica cuando la ocasión nos lo trae, cuando nos vemos obligados a ser heroicos... También en la vida oscura y laboriosa hay heroísmo; también es heroico hacer frente a los fanáticos y derrotarlos con el ejemplo de las virtudes que ellos no practican... y no te digo más... Adiós, hijo querido...» Despidiéronse con fuertes abrazos, casi con lágrimas en los ojos, y Santiago quedó en la Maestranza encomendado a un sargento de Artillería que le cambió de ropa, endilgándole chaquetilla de mecánica y gorra de cuartel. De allí fue a la estación, donde toda la tarde se ocuparon en embarcar material de artillería en plataformas, con las cuales y algunos coches de tercera se formó un tren especial que, restablecida la comunicación entre la Isla y Puerto Real, salió avanzada la noche y llegó a Sevilla dos horas después de amanecer. De allí pasó el tren al Empalme, quedando Ibero con algunos hombres en la ciudad, ya pronunciada por el general Izquierdo.

En medio del ardoroso trajín de aquellas horas, en que los hombres desconocían el descanso, tuvo Ibero la inmensa satisfacción de encontrarse de manos a boca con su amigo del alma Leoncio Ansúrez. Apenas tuvieron tiempo de cambiar las interrogaciones de sorpresa y alegría. ¿Cómo tú aquí?... ¿De dónde vienes? Bastoles por el momento saber que irían a

Córdoba, y se concertaron para hacer juntos el viaje. Leoncio había llegado a Sevilla el día 15, con un mensaje reservado de don Manuel Tarfe para el general Izquierdo. Comunicáronse rápidamente sus impresiones y noticias, y siguieron trabajando con ardor incansable. Un día pararon en la Factoría de Utensilios, una noche al raso, vagando por las morunas calles, oyendo el habla graciosa del pueblo, y dando vueltas en torno de la Catedral y la Giralda... Vieron partir a Serrano y a Izquierdo despedidos por alegres multitudes, y al día siguiente partieron ellos en un tren militar. Todo era júbilo en el camino. Los pueblos salían a las estaciones con músicas y banderolas; el aire se componía de estos elementos: ojos lindos de mujeres, aroma de flores, himno de Riego...

Como Leoncio sabía muchas cosas que Ibero ignoraba, en el tren le informó de que al estruendo de los cañones de la Escuadra en Cádiz se desplomaron en San Sebastián González Bravo y todo el Ministerio moderado. Ministro universal era el marqués de La Habana, que no tenía otra misión que reunir tropas y mandarlas a cortar el paso a Serrano. Al frente de ellas venía el general marqués de Novaliches... «Yo creo —dijo Leoncio, profético— que no habrá batalla, y que cuando se encuentren en Despeñaperros, o donde sea, se abrazarán unos y otros soldados, diciendo como Ayala: *¡viva España con honra!*» A la hora en que así discurrían, las poblaciones del litoral estarían sublevadas. La camarilla imperante, con reina y todo, se desmoronaba y deshacía como un azucarillo en el agua...

Con estas ilusiones llegaron a Córdoba los dos amigos, donde se les dio boleta de alojamiento para una casa situada en *el Potro*. Tan corto fue su descanso en la patria del buen Séneca, que apenas dispusieron de algunos ratos para ver deprisa y corriendo la Mezquita o Catedral; que de las dos maneras la llaman los turistas. Sin respiro se ocupaban en el inventario y reparación de armamento, en la pirotecnia, en el servicio de acémilas y carros... De esta faena les sacó una mañana Caballero de Rodas, que salió con dos regimientos a tomar posiciones en Alcolea, porque, según noticias, Novaliches había franqueado ya Despeñaperros, y era forzoso cerrarle las puertas de Córdoba. En Alcolea comenzaron sin pérdida de tiempo los trabajos de atrincheramiento, así en la falda de la sierra como en la cabecera del puente, donde había un hostal muy apropiado para la defensa. Se dispuso el emplazamiento de la artillería, y se fortificaron dos excelentes posiciones en casas de labor llamadas *Yegüeros* y *el Capricho*.

Serrano, que en Córdoba se alojaba en la casa de los condes de Gavia, iba todas las mañanas en coche a examinar los trabajos. El día 27 fue con él Ayala, que partió al campo enemigo a conferenciar con Novaliches. Días antes había salido con el mismo objeto el señor Vallín, que era gallardo jinete, y uno de los paisanos que con más ardor ayudaban a la *Causa*. El 28 fue Serrano más temprano que de costumbre, acompañado de sus ayudantes. En otro coche llegaron varios caballeros, entre los cuales Ibero y Leoncio vieron con gozo a don Manuel Tarfe. Hallándose Serrano en Alcolea, inspeccionando las obras de atrincheramiento y el estado de las tropas, llegó don Adelardo Ayala de su visita al campo de Novaliches. La respuesta que trajo no se dio a conocer fuera del círculo íntimo del general en jefe. Corrió la voz de que en la contestación del caudillo de la reina palpitaban el tesón caballeresco, el sentimiento del deber cumplido con leal firmeza, y una tristeza muy humana ante el espectáculo del sangriento inevitable choque entre dos esforzados grupos del Ejército nacional. No había razón ni afecto que impidiesen ya la formidable porfía entre las instituciones caducas y el pueblo que proclamaba con pujanza y estruendo sus derechos seculares. Muchedumbre de tropas habían llegado al amanecer, y bastantes cañones de batalla. El campamento ardía en animación bulliciosa. Soldados, jefes y paisanos respiraban júbilo y confianza.

Serrano y sus acompañantes, a los cuales se agregó don Adelardo Ayala, volviéronse a almorzar a Córdoba; mas no debieron de hacerlo con tranquilidad, porque poco después de mediodía, los confidentes o espías de Caballero de Rodas trajeron la noticia de la proximidad de las avanzadas de Novaliches, y despachó a Córdoba un propio con apremiante aviso para que el general en jefe acudiese sin tardanza. Las dos serían cuando llegó Izquierdo. Media hora después, Serrano con su Plana mayor, y diversa y heteróclita gente en carricoches o a caballo, desfile por la carretera como procesión fantástica, cuyas figuras se desvanecían en la nube de polvo que a su paso levantaban.

A las tres y minutos, hallándose Caballero de Rodas frente al *Capricho*, vastísima y opulenta casa de labor de un rico hacendado cordobés, vio venir tropas enemigas por la falda de la sierra, entre los grupos de olivos. Dispúsose a resistir el ataque. Apenas iniciado el tiroteo, fuerzas de *Cazadores de Madrid* se precipitaron a una embestida contra las que mandaba Caballero; error táctico bien visible, pues los combatientes revolucionarios aún no habían entrado en fuego, mientras los otros venían fatigados, y con prematuro ardor quebrantaban su energía.

Desastroso fue el resultado para las tropas de la reina, que de un modo tan irregular iniciaban la lucha. Eran los *Cazadores de Madrid* uno de los Cuerpos más afamados por su bravura. Al encontrarse de improviso frente a los *Cazadores de Simancas*, de glorioso abolengo también, el estupor les dejó mudos y paralizados. Viendo la línea de tropas extendida entre *Yegüeros* y el *Capricho*, y tras ella la formidable artillería, los que habían venido por el bosque con idea de sorprender un destacamento, halláronse sin remisión copados.

Caballero de Rodas propone que venga a su presencia el coronel de los de *Madrid*, y le dice que si estos retroceden les hará fuego; si dan un paso hacia adelante, también. Eran, pues, prisioneros. En esto se adelanta Serrano, que estaba frente a *Yegüeros* con Izquierdo y López Domínguez... pide una conferencia con el brigadier Lacy, que mandaba la fuerza enemiga; hablan este y Serrano; confiesa Lacy con sinceridad dolorosa que creyendo sorprender había sido sorprendido, y que su posición era en absoluto funesta. El duque le invita con frase más patriótica que militar a unirse al ejército de la Revolución; protesta Lacy pundonoroso, aferrado al cumplimiento de su deber. La idea de que su aturdido movimiento pueda ser interpretado como ardid para *pasarse*, le subleva, le vuelve loco, le lleva a la desesperación. Prefiere la muerte a tal ignominia... Por fin, Serrano, que sabe emplear muy a tiempo la magnanimidad, termina la conferencia con un rasgo admirable. «Brigadier Lacy —dice a su contrario—, comprendo las dificultades militares y morales de su posición. Retírese usted con sus fuerzas, vuélvase a su campo, y yo le doy mi palabra de honor de no romper el fuego sin previa intimación.»

XXXI

Retirose Lacy. Al cuarto de hora tomaba posiciones, y empujado por el general de su división daba la orden de romper fuego. *Cazadores* contra *Cazadores* embistiéronse a tiros; pronto lo harían cuerpo a cuerpo con encarnizada fiereza. El combate se generalizó entre *Yegüeros* y el *Capricho*; el cañón de las tropas de la reina, que era de los de acero, de modernísima construcción, empezó a tronar desde las alturas lejanas; el cañón revolucionario, de bronce, algo anticuado, pero dirigido con más arte y conocimiento por López Domínguez, tronaba desde acá. Unas y otras piezas hacían estrago. Los proyectiles de la artillería enemiga, que en el aire trazaban horribles espirales, venían a caer muy detrás de la infantería de Serrano; sin reventar empotrábanse en el suelo blando, levantando la tierra en forma semejante a la de los montículos que hacen los topos... En el extremo izquierdo de la línea, donde el paisanaje armado ayudaba a los militares como podía, Leoncio se separó del grupo buscando a su amigo Ibero, a quien vio correr y perderse entre unas encinas. Creyó que estaba herido... Le encontró ileso, arrimado a un tronco, con muestras de fatiga y desaliento.

«No es cobardía lo que me ha separado de vosotros —dijo Ibero a su amigo—; es el espanto de ver cómo se matan unos a otros los hermanos... Disparé, vi caer muerto a un *Cazador de Madrid*... Tuve esa desgracia... Al segundo disparo no hice blanco; al tercero, sí... Cayó, ignoro si herido o muerto, otro soldado de *Madrid*. No sé lo que me pasó al verlo... Rompí a llorar de pena... Creí que mataba a un hermano mío. Aumenta mi congoja el ver la ferocidad con que se matan estos y aquellos... y acaba de confundirme el verlos vestidos con el mismo traje. Un número no más los diferencia... Me ha entrado un terror muy grande solo de pensar que puedo equivocarme de número.»

—Yo también he sentido ese temor —dijo Leoncio—. Pero no hay más remedio que pelear. Seguimos la bandera de Serrano contra la de Novaliches, y si retrocedemos, nos tendrán por traidores.

—A todo seré traidor; pero no a la humanidad. Esta carnicería es estúpida... ¡La guerra civil!, ¡qué cosa más abominable!... Menos mal cuando se pelean los que quieren libertad con los que la aborrecen. Pero aquí, en uno y otro bando, todos piensan lo mismo. Métete en el pensamiento de ellos, examínalos por dentro uno por uno, y verás que no hay diferencia mayor en lo que desean... Todo es un puntillo de honor, un puntillo de disciplina y nada más...

—Sea lo que quiera, ven, y déjate de humanidades y tonterías... Si pensáramos siempre en la humanidad, no habría guerras ni gloria militar. Con tus ideas, viene necesariamente el desmayo, y si desmayamos, nos derrotará y destrozará el que trae la bandera de doña Isabel y su camarilla.

Cedió Ibero a la sugestión de su amigo, y se dejó llevar por él a donde este quiso conducirle. El brigadier Salazar daba una carga feroz a los *Cazadores de Madrid*, que retrocedían hacia el arroyo de *Yegüeros*, dejando innumerables muertos en el campo. Los de *Borbón* y *Cantabria*, mandados por Alaminos, batieron la derecha de los de la reina, persiguiéndolos y acosándolos entre los olivares. Ibero y Leoncio viéronse arrastrados por el pelotón de treinta carabineros con que Caballero de Rodas cazó en lo más intrincado de la espesura a innumerables hombres de *Barbastro* y *Gerona*. Leoncio mató hermanos; Ibero tuvo la desgracia de hacer lo mismo, y ambos se recogieron espantados de su triunfo, pidiendo a Dios con secreta oración que acabase pronto la inhumana y brutal pelea. Sentían opresión, ansia misteriosa de que todos los caídos se levantaran; de que el hierro de las bayonetas se convirtiera en cartón, y los fusiles en inofensivos juguetes.

Repugnaba en verdad a la conciencia patria (que es forma de conciencia de las más interesantes, en la cual se fundan el honor y la dignidad de las grandes familias llamadas Naciones) ver cómo tiraban a matarse tantos hombres vestidos con el mismo traje, llevando en sus armas y arreos los mismos signos de nacionalidad. Solo se distinguían por un número. En aquel tiempo, los *Cazadores* vestían uniforme mal imitado de los *bersaglieri* italianos, con un sombrerito a la chamberga, ornado de plumas de gallo. El empaque parecía más cinegético que militar, pintoresco, algo tirolés o suizo. El pueblo español nunca vio en aquellas figuras de ópera cómica el aire de las tropas ligeras de nuestro país, tan queridas y admiradas. Por esta razón, los altos sastres de nuestro Estado mayor general desecharon pronto el exótico traje, y cogieron las tijeras para hacer otro.

Llevado de su indomable tesón, Novaliches no vio, no quiso ver que tenía perdida la batalla, y destacó varios escuadrones al mando del príncipe italiano conde de Girgenti. Avanzaron por el llano con tranquilo paso, como si asistieran a una parada. Nadie entendía los propósitos del general al disponer este movimiento, como no fuera el dar a la Historia un alarde de frío valor pasivo. La Caballería y su coronel Girgenti resistieron impávidos, recibiendo a su paso innumerables proyectiles de cañón, sin que se les presentara coyuntura de acuchillar a sus enemigos. Al cabo tuvieron que guarecerse de la lluvia de fuego al amparo del cortijo. Pero este fue incendiado por las granadas de la artillería de Serrano, y los bravos jinetes hubieron de retirarse sin hacer cosa de provecho: solo habían demostrado un valor ineficaz... Aun después de este fracaso, el tenaz Novaliches, que sin duda tenía en su corazón el famoso *No importa*, emprendió el ataque del puente, la más temeraria locura que se podría imaginar. Embistió por la cabecera izquierda; lanzáronse con ímpetu los soldados, llevando al frente al valeroso Meca, capitán de Estado mayor, que perdió la vida en los primeros sacudimientos del ataque. ¡Gloriosa vida, cortada bárbaramente en la flor de la edad!...

Desde la orilla derecha, Ibero y Leoncio, que con otros paisanos recibieron la orden de molestar al enemigo con frecuentes disparos, vieron la terrible porfía del puente. Caía la tarde, y el Occidente se encendió en un crepúsculo rojo, fondo muy apropiado, por su sanguinolento esplendor, a la fiera batalla. A poco de iniciado el ataque, empezó a debilitarse el rojo del cielo, y cuando los combatientes llegaban al delirio, aquel tono degeneraba en rosa... El regimiento de *Valencia* defendía con brava serenidad el paso del puente; los soldados que ocupaban los contrafuertes eran los más exaltados en la lucha y las primeras víctimas, por hallarse en posiciones sin más defensa que los curvos pretiles, semejantes a la mitad del brocal de un pozo. Desde allí, agachados, hacían incesante fuego. En los trances de mayor furia, el cielo de Occidente pasó del rosa al violeta, se diluía fundiéndose en el azul diáfano y puro, señal de paz. Pero la paz no venía para los hombres, que continuaban peleando cuando sobre ellos cayó el velo de la noche.

Desde su puesto en la orilla derecha, Ibero y Leoncio vieron la porfiada lucha que con intervalos breves se prolongó hasta las nueve de la noche o más, desarrollándose la trágica escena en una dulce penumbra cerúlea recamada de plata, pues la Luna, en vísperas de nueva, alumbró antes de la puesta del Sol con pálida faz, después con intensa claridad argentina. Las figuras de los guerreros sobre el largo puente, que reflejaba en las aguas del Guadalquivir la ringlera de sus ojos centrales, ofrecía un cuadro fantástico, tan bello como aterrador. La claridad plateada y lívida agrandaba los hombres; el suelo de la escena, de piedra dura montada sobre agua, acentuaba vigorosamente las voces furibundas con que se enardecían los combatientes para sostener su coraje.

La tenacidad heroica de las tropas reales no tenía otra finalidad estratégica que llevar a un punto culminante la disciplina y el pundonor de los que hacían el último esfuerzo en pro de Isabel II. Su grito era: «¡Viva la reina! ¡A dormir a Córdoba!» Y a la Eternidad iban a dormir unos y otros, sin que doña Isabel ganara una sola línea del terreno perdido en el corazón de España. Es indudable que Novaliches se lanzó al frenético tumulto del puente por delirio caballeresco, buscando una muerte que pusiera sello de gloria a su inquebrantable lealtad. Herido fue gravemente en la quijada, y hubo de resignar el mando en el general Paredes. La figura de Novaliches, dando el rostro a la impopularidad para defender lo irremisiblemente perdido, infundiendo a sus tropas un ficticio entusiasmo y peleando contra la Libertad hasta quedar fuera de combate, es digna del mayor respeto, y aun de admiración.

Al retirarse el general de la reina, habiendo apurado con escrupuloso tesón el cumplimiento de su deber, el puente estaba embaldosado de muertos. Fue preciso apilarlos en los pretiles para franquear el paso. En esta operación ayudaron los paisanos a los militares. Asistía la Luna con su dulce claridad a este tristísimo despejo del campo de batalla. Extinguidas las voces de cólera y guerra, se oía una cháchara triste y zumbante, como un rezo por tantos difuntos. El general Serrano, después de disponer que el Ejército vencedor pernoctara en sus posiciones, se retiró a descansar en un carro de artillería. A sus allegados dirigió frases melancólicas, acordándose de sus hijos. Melancólica también era sin duda la victoria alcanzada por la Libertad. Los novecientos cadáveres de ambos ejércitos en aquella trágica tarde, entristecían el triunfo, y aumentaban la horrorosa estadística de vidas españolas sacrificadas por la fatídica doña Isabel o contra ella.

Hallábase Ibero junto a *el Capricho*, ayudando a disponer el vivac de los de *Simancas*, cuando una mano amiga le cogió del brazo. Volviose y vio la cara risueña de Tarfe, el cual le dijo: «Salgo pitando para Madrid. ¿Quieres venir conmigo?» Respondió Santiago con afirmación enérgica, añadiendo que anhelaba perder de vista el horrible matadero de hombres.

«Pacífico estás. La vista y el olor de la sangre despejan las cabezas ahumadas de ensueños de gloria. ¿Qué tal la frase?»

—No está mal, don Manuel, y yo añado que es verdadera. Los humos se escapan. Las grandezas lejanas se achican cuando nos acercamos a ellas... Crea usted que esta guerra civil me ha descorazonado totalmente.

—¿De cuándo acá, pregunto yo, se ha vuelto cordero el león, el que siendo aún cachorro quiso ir con Prim a la nueva conquista de México?

—Ya en Linás de Marcuello sentí los primeros síntomas de esta enfermedad, o de esta curación, que lo mismo puede ser lo uno que lo otro. Pero aquello fue ligera sacudida... Ahora viene el desencanto como un desplome.

—Seguramente habrás echado la sonda en tu alma. ¿Atribuyes tu cambiazo al amor, a los espíritus?

—Los espíritus son los mensajeros del amor, señor don Manuel... Su misión es propagar la ley de amor en todo el Universo...

—Metafísico estás... Ja, ja, ja...

—Es que el espanto de la guerra civil me ha trastornado... En fin, don Manuel, si se digna usted llevarme consigo a Madrid, vámonos cuanto antes. Tengo mucho que andar desde este campo de muerte a la paz de mi casa. ¿Por dónde y cómo iremos? ¿No está cortado el ferrocarril?

—En un carricoche que enganchado quedará dentro de cinco minutos, llegaremos a Andújar. Desde allí hay vía libre.

Brevemente dispusieron la marcha. Metió Tarfe en el birlocho algunos pliegos, cartas, paquetes de Manifiestos, ejemplares de *La Andalucía* de Sevilla, una cesta de provisiones, un maletín con ropa... Santiago añadió a esto sus armas y su corto equipaje, y a los pocos minutos recorrían la polvorosa carretera, alumbrados por la blanca Luna. El vetusto coche iba marcando en la carrera un sonajeo rítmico; el cochero no soltaba de su boca las canciones patrióticas, poniendo en ellas el dejo triste de las quejumbrosas playeras; los caballos sostenían honradamente su paso, y cumplían su deber con suaves estímulos de la fusta.

Corriendo veían la desolación del ejército en retirada, soldados y oficiales medio muertos de hambre y cansancio, destrozados de ropa, menos quebrantados de moral porque su vencimiento les llevaba del campo de la Reacción al de la Libertad victoriosa, donde serían acogidos como hermanos. Iban maltrechos, consumidos; pero sin odio ni afán de inmediato desquite. En el Carpio, donde muchos estuvieron alojados hasta la mañana de aquel día, fueron acogidos con agasajo cariñoso. Todo el vecindario salió a recibirlos, pidiendo noticias de la batalla, celebrando el triunfo de la Revolución, sin creer que con esto lastimaban a los vencidos. «Patrona, aquí estamos —decía un oficial, entregándose al cuidado y a las atenciones de sus aposentadoras—, venimos muertos... Nos han fastidiado... ¡Viva España! Dennos algo de comer...» Detúvose el carricoche de Tarfe en una de las principales casas del pueblo, cuyas puertas estaban bloqueadas por el gentío. Allí, el médico de Pedro Abad, don José Antúnez, hacía la primera cura al general Novaliches. No quiso proseguir Tarfe su camino sin informarse con vivo interés del estado del valiente caudillo de la reina. El propio médico, terminada la cura, bajó a decirle que no podía dar un pronóstico satisfactorio.

¡Adelante! En su rápida marcha hacia Pedro Abad, hallaron los viajeros fuerzas del ejército vencido en Alcolea, que se retiraban sin perder su organización. Avanzada ya la noche, cuando no veían soldados, sino paisanos y mujeres que salían a la carretera ávidos de noticias, Tarfe, con relativa tranquilidad, habló a su amigo del trascendental hecho de armas que habían presenciado. Era un doblez de la Historia de España, una desviación de la vida española hacia los ideales de progreso... Innumerables lugares comunes salieron a la boca del buen caballero, entremezclados con incidentes y pormenores que archivaba su feliz memoria. «El general Novaliches se había portado como perfecto militar defendiendo hasta el último trance la causa de la reina, y los dorados muebles que llamamos el Trono y el Altar... La conducta del coronel de Pavía, conde de Girgenti, esposo de la Infanta Isabel, merecía también sinceras alabanzas. El buen señor se hallaba tranquilamente en París, cuando le dieron aviso de la sublevación de la Escuadra, y con el aviso le llegó el olor de chamusquina. Corrió a su puesto, hizo lo que se le mandó, arriesgando la pelleja... Como era yerno de Isabel II, Serrano pondría a su disposición una escolta que le acompañase hasta la frontera de Portugal.»

Oía y callaba el buen Ibero, más atento a las melancolías y vagos pensamientos pesimistas que en aquella para él triste noche embargaban su ánimo. Pero el caballero unionista, que con solo un oyente mudo tenía bastante para soltar el chorro de su locuacidad, prosiguió su nervioso comentario de la jornada: «¿Y qué me dices de la intrepidez del general Rey, hechura y pariente de don Ramón María Narváez? La Libertad atrae a los que fueron sus enemigos. Rey mandaba la plaza de Ceuta; presentose en Cádiz a Prim, que le trató con dureza, madándole que se pusiese a las órdenes de Serrano. Ya viste cómo ha cumplido el hombre... ¿Dices que el empuje revolucionario lleva demasiada fuerza y que llegará más allá de donde quería ir? Soy de la misma opinión... Y el que se queda más atrás en esta carrera es mi amigo Montpensier. ¿Sabes que ofreció a Serrano su cooperación personal, y que Serrano la rehusó cortésmente? ¿Sabes que envió caballos de silla y que estos se volvieron por donde habían venido?» Ibero no sabía nada de esto, ni le importaban las oficiosidades pretendentiles del de Orleans.

Cerca ya de Montoro, contó don Manuel a su amigo la trágica muerte de Vallín, emisario de Serrano en el campo realista. Menos afortunado que Ayala, Vallín tuvo la desgracia de tropezar con un furioso. Su altanería se estrelló en otra altanería mayor, quizás algo vesánica... Apenas entraron en la ciudad, sorprendió a los viajeros un hecho satisfactorio. Las autoridades civiles y militares, que habían olido ya la quema, estaban a medio pronunciamiento, y con las noticias traídas por Tarfe se procedió a formar la inevitable Junta revolucionaria. Para mayor dicha, supieron que desde Montoro estaba la vía corriente hasta Madrid. ¡Qué alegría! Todo era bienandanzas aquella noche. Como el único tren disponible era el Mixto, que allí debía formarse a las cuatro de la madrugada para llegar a Madrid a las diez de la noche siguiente, Tarfe pidió un tren especial, en el cual, aun saliendo después de media noche, podría llegar a la Corte a la una o las dos de la tarde del 29. Su impaciencia y las órdenes que llevaba exigían ganar horas, minutos.

A la una próximamente salieron en el tren especial, compuesto de una máquina, dos coches y un furgón. Tarfe, Santiago y dos caballeros de

Montoro ocuparon el primer coche; en el segundo iban tres parejas de la Guardia civil. En cuanto cayó en las blanduras del departamento de primera, Santiago pagó su tributo al sueño, con quien estaba en atrasada deuda. Tarfe durmió hasta el paso de Despeñaperros, y entre Vilches y Venta de Cárdenas, alumbrado ya el coche por el nuevo día, viendo que su compañero sacudía la pereza, abrió la cesta de provisiones, en que traía emparedados y un Jerez exquisito. Sin dar parte a los señores montoreses, que como troncos dormían, repararon sus cuerpos extenuados, y entablando de nuevo conversación, Tarfe dijo a Ibero: «Has descansado, has hecho por la vida. Ya estás en disposición de que yo te dé una noticia desagradable... No pongas ojos tan fieros... No te anticipes a la verdad; escucha tranquilo, y provéete de filosofía... Allá voy; ten calma... Pues sabrás que Teresa vuelve a ser lo que fue... Ha triunfado mi tocaya doña Manuela...»

Del estupor pasó Ibero a la explosión colérica, pidiendo explicaciones, aclaraciones, pruebas... invocando al Cielo y al Infierno como testigos contra el deslenguado calumniador.

XXXII

«Cálmate... Repara con quién hablas —le dijo Tarfe gravemente—. Disculpo tus inconveniencias, reconociendo tu ofuscación... Yo no calumnio, yo no miento... Repito lo que me han dicho personas dignas de todo crédito...»

—Es falso —replicó Ibero con estridente voz—. Yo afirmo que miente quien tal ha dicho, y espero encontrar al infame para partirle el corazón y no dejarle gota de sangre en el cuerpo.

—Muy bonito, muy trágico... De pura tragedia provinciana y de guardarropía... Si no te moderas, llamaré a la Guardia civil... Deja a un lado el furor, arma vieja que no sirve para nada, y ven a la razón...

—No vengo ni voy más que a mi protesta contra ese engaño; no voy ni vengo más que a matar al que me ha deshecho mi vida, sea quien fuere... Don Manuel, perdóneme que le haya dicho lo que a usted no debo decirle, porque usted no es culpable; el culpable es mi Destino, yo quizás, que nunca debí separarme de ella.

Del furor pasó a una intensa congoja que le hizo derramar algunas lágrimas. De este fondo de amargura rebotó al instante, subiendo de golpe a las alturas de la desesperación, y otra vez invocó al Cielo y al Infierno, agotando el caudal de palabras groseras, y se golpeó el cráneo, y azotó con mano iracunda los acolchados asientos... En vano intentaba el amigo sosegarle, arrepentido de haberle dado el jicarazo sin sospechar sus terribles efectos. Manolo Tarfe no comprendía que por la infidelidad de una mujer corrida como Teresa se disparase con tanto vuelo la pasión de un hombre del siglo. El romanticismo, ya pasado de moda en el Teatro, no había dejado ni una chispa de fuego en las almas glaciales de los señoritos de la clase media.

Pasada la estación de Santa Cruz de Mudela, Santiago, en un nuevo acceso de rabia, balbucía quejas y amenazas entre resoplidos; cayó al fin en silencioso marasmo, que aprovechó don Manuel para derivar el espíritu del pobre riojano hacia las ideas apacibles. «Podrá ser que me hayan engañado, y que todo resulte fábula... En Madrid sabrás la verdad...» A las nuevas preguntas de Ibero, contestó: «No puedo afirmar que encontremos a Teresa en Madrid. Lo que sí aseguro es que hace días la vieron en San Sebastián, tan bien disfrazada, que tardaron en reconocerla. Del nuevo protector de ella solo sé que es título de Castilla, y de gran posición...»

—Mentira, mentira —clamaba Santiago, tapándose el rostro, como para librarse de una visión siniestra—. Lo que cuenta usted no cabe en la realidad humana... Está fuera de la Naturaleza...

—Hazte cargo de que estamos en pleno cataclismo. Revolución pública, revolución privada... Eres un caso de mudanza dinástica... Lo que te digo: filosofía, respeto a los hechos consumados.

—Ahora veo todo lo vulgar, todo lo indecente y chabacano de esta revolución que ustedes han hecho —dijo Ibero con negro pesimismo—. ¡Inmensa y ruidosa mentira! La misma *Gaceta* con emblemas distintos... Palabras van, palabras vienen. Los españoles cambian los nombres de sus vicios.

En cada parada del tren, Tarfe y sus amigos repartían el Manifiesto de Cádiz y los números de *La Andalucía*. Saludados eran con vítores, canticios roncos, augurios ardientes de un risueño porvenir. Ayudando a repartir proclamas, Ibero decía entre dientes: «Tomad, tomad vuestra alfalfa, borregos de la Revolución.» En Alcázar y Tembleque su intensa amargura se desbordó en las formas de sarcasmo más envenenadas; extremaba su falso entusiasmo gritando: «¡Viva el Pueblo libre! ¡Abajo la Iglesia! ¡No más Trono ni Altar! ¡Venga la República, venga el Comunismo!»

Pasado Aranjuez, hallándose el hombre en un estado de profundo agotamiento muscular y nervioso, Tarfe se dispuso a pasar la mano por el lomo del pobre león herido. «A poco que reflexiones en el hecho que hoy te parece una desgracia, comprenderás que es más bien un favor del Cielo... ¿Qué podías tú esperar de Teresa? Alégrate, tonto, de recobrar tu libertad... ¡Libertad... España con honra!... Eso hemos gritado... Pues con honra y libertad, ya estás en camino para volver a la sociedad a que perteneces, y en la cual por tu mérito te corresponde un puesto, una posición quiero decir... Como ahora estamos en candelero, gracias a Dios, yo te aseguro que para entrada... Fíjate, para entrada, puedes contar con una plaza de dieciséis mil reales, ya en Hacienda, ya en Fomento. Pronto te subiremos a veinte mil... No puedes quejarte...»

Aturdido por su propia locuacidad de señorito parlamentario, no se fijó bien Tarfe en el rostro de Ibero, ni supo leer en él la expresión intensamente despectiva con que escuchada fue la promesa de protección. Irónico, destilando amargura, agradeció Santiago la generosidad del caballero, que a todos los buenos españoles quería dar abrigo y pienso en los pesebres burocráticos. Desde aquel momento, el infeliz Ibero, solo, errante, sin calificación ni jerarquía en la gran familia hispana, miró desde la altura de su independencia espiritual la pequeñez enana del prócer, hacendado y unionista... Hablando poco, aplicado cada cual a sus particulares pensamientos, llegaron a Madrid.

Toda el alma de Ibero ardía en un deseo furioso: acudir pronto a donde pudiera descifrar el tremendo enigma de su vida. En su última carta a Teresa le había dicho: «Escríbeme a Madrid con doble sobre y esta dirección: Vicente Halconero y Ansúrez. Segovia, 3.» En la estación despidiose de Tarfe, y cogiendo el primer coche que encontró, se fue derecho a interrogar al oráculo: *Segovia, 3...* Eran las dos de la tarde del 29 de septiembre de 1868.

Recorriendo calles, vio el loco júbilo de Madrid, banderas, colgaduras, cuadrillas de paisanos armados que pronunciaban la sentencia histórica con vivas y mueras. Un letrero toscamente pintado dijo a Ibero que *había caído para siempre la raza de los Borbones*, y que a la Dignidad Suprema subía la

Soberanía Nacional, la Voluntad del Pueblo... Este proclamaba su triunfo en alta voz, con alegre deambulación por las calles... El coche en que Santiago iba al negocio de su enigma tuvo que detenerse más de una vez por lo apretado del gentío. El cochero, que había brindado por los redentores de España en innúmeras tabernas, se ponía en pie en el pescante y echaba toda su voz gargajosa en loor de Prim, Serrano y Topete... Por fin, venciendo apreturas y dando tumbos sobre el infame piso de Madrid, llegó Ibero a la calle de Segovia, donde fue su cruel pitonisa la portera del número 3, que le soltó este oráculo triste: «Los señores han ido a la vendimia. No puedo decirle si hoy están en la Villa del Prado o en Méntrida. No se canse en subir, pues no hay nadie en la casa.» Helado quedó Ibero. Su primer impulso fue emprender el viaje a la Villa del Prado. Luego pensó que lo más práctico era tener domicilio en Madrid, escribir a Vicente Halconero, pidiéndole la carta si la tenía, y proseguir las averiguaciones visitando ante todo a la *sutilísima tramposa*.

Entregó su maleta a un chico mandadero, y llevándole por delante, encaminose a la calle de Santa Margarita, donde alojado estuvo en los días de junio del 66. ¿Existirían aún la sosegada y silenciosa casa, la bonísima patrona doña Mauricia Pando, y el tan ilustre como esmirriado huésped *Juanito Confusio*?... Al atravesar la calle, vio un denso grupo de paisanos armados que iba en dirección del Ayuntamiento. Llevaban un lienzo a modo de pendón, con la fatídica leyenda: *Cayó para siempre la raza espúrea*, etc. Del grupo se destacó un hombre de rostro encendido y sudoroso que llevaba sable colgado de una cuerda, y llegándose a Ibero, le obsequió bruscamente con un estrecho abrazo. Era Malrecado, agente de Seguridad pública. Quiso el voluble polizonte arrastrar a Santiago a la manifestación popular; pero este se negó: acababa de llegar de la batalla de Alcolea; tenía que ventilar en Madrid un asunto urgente, y lo primero era instalarse en la casa que habitó dos años antes. Interrogado el corchete sobre varios puntos, aseguró que el pupilaje de doña Mauricia Pando no había tenido variación. De la residencia de doña Manuela nada sabía... Reteniéndole casi a la fuerza, quiso Ibero saber si se hallaban en Madrid algunos amigos suyos que podrían ayudarle en la investigación emprendida. Díjole Malrecado que don Ricardo Muñiz estaba en aquel momento en el Gobierno Civil, armando con otros señores el tinglado de la Junta Nacional. Rivas Chaves debía de andar por los barrios bajos, que eran su terreno.

En esto, la procesión popular se atascó frente a Milaneses, chocando con otra que por la calle de Santiago venía de la Plaza de Oriente. La confluencia de las dos corrientes humanas produjo remolinos, más hervor y espumarajo de alegrías patrióticas. Torció Ibero hacia Herradores buscando paso franco, y tras él se fue Malrecado, en quien la frase de Ibero vengo de Alcolea determinó una fascinación irresistible. Venir de Alcolea era la mejor ejecutoria de valimiento político. La curiosidad y la ambición convirtieron al policía en satélite de Santiago. Corriendo a su lado, le refirió así los sucesos de aquel día:

«De madrugada se supo en Guerra que habíais ganado la batalla, y a eso de las ocho nos pronunciamos... El amigo Concha, don José, reunió Consejo de generales, y se acordó nombrar capitán general de Madrid a Ros de Olano, para que bajo el mando de este fraternizáramos pueblo y tropa. Yo, que estaba encargado de vigilar a la Junta Central revolucionaria, me puse a las órdenes de don José Olózaga... La verdad, como buen liberal, yo trabajaba por el Progreso bajo cuerda... Mandome don José en busca de Rivero, escondido en la calle de Tabernillas... Le llevé a la casa de López Roberts, calle de la Libertad, donde ya estaban Madoz, Figuerola, Moreno Benítez... Muñiz me cogió después para que le acompañase a sacar de la prisión a don Amable Escalante, y a reunir gente que se le agregara... Fue don Amable al Principal; habló con el general Ros; pidió que se le diera orden para tomar armas del Parque... Corrimos a San Gil... volvimos... gritamos. Escalante arengó al pueblo soberano en la Puerta del Sol... Entusiasmo, delirio... Pena de muerte al ladrón... ¡Viva España con honra!... ¡Cayó para siempre, etc...! Amigo Ibero, siempre fui de la cáscara amarga tirando a democrático... Pues sigo: Ros de Olano nombra gobernador de Madrid a don Pascual Madoz, el cual me dice: "Malrecado, *ves* en busca de Vega Armijo, del *pollo antequerano* y de..." no me acuerdo de quién. Yo me volvía loco de tantos quehaceres, de tanto ir y venir... En estos trajines me coge Rivero y me dice: "Malrecado, hágame el favor de avisar a don Vicente Rodríguez...". Ya no me acuerdo de lo demás que me encargó, y que no pude cumplir, por tener que correr al Ayuntamiento detrás de don José Olózaga, llevándole un cartapacio con papeles... Junta reunida en el Ayuntamiento... Junta en el

Gobierno Civil... yo loco, atendiendo aquí y allá... Don Manuel Cantero me manda llamar a *Pepe* Abascal; este me ordena que traiga a Rojo Arias, y por fin se constituye la Junta Nacional, que gobernará hasta que vengan los amigos Serrano y Prim... Ahora se están formando las Juntas de distritos, y si usted quiere, influiremos para que en el mío pueda yo entrar siquiera como suplente, pues méritos sobrados tengo para ello...»

Respondiole Ibero que a él no le importaban un ardite las Juntas. A Madrid venía por un negocio particular. Si a resolverlo le ayudaba el señor Malrecado, se lo agradecería mucho; pero sin darle recompensa metálica ni empleo, pues él no tenía dinero ni valimiento político. Oído esto, se enfrió de súbito el interés que al aventurero mostraba Malrecado, y pretextando quehaceres en otra parte, dio media vuelta y le dejó en la calle de Leganitos... Poco tuvo que andar Santiago para llegar a la presencia de doña Mauricia Pando, que le recibió con su habitual finura. «Pase usted, *señor conde*, y descanse... Ocupará la misma habitación de hace dos años. No tengo ahora más huésped que el señor de *Confusio*, que en estos momentos anda por Madrid viendo cómo cuece el pueblo la Historia verdadera... Está muy triste, porque su protector Beramendi no ha vuelto todavía de San Sebastián... Venga esa maleta, y despida usted al chico mandadero... Pase a su cuarto. ¿Quiere acostarse, quiere comer algo?... Al punto le serviré. ¿Qué dice?... ¿Lavarse, escribir? Aquí tiene agua, jabón, tintero y pluma. Le traeré papel del que usa Juanito para escribir de los Reyes que aún no han nacido.»

Mientras Santiago sacaba de su maleta la ropa limpia, la patrona informaba. «De Manuela Pez puedo decir a usted que ya no vive en la calle de San Ignacio, sino en la del Viento, esquina a la de los Autores, ¿no sabe?, en aquel altozano, frente al Arco de la Armería... Dos semanas hace que no la veo... Recibe algún dinero de su hija, y con eso y lo que aquí se agencia va tirando. A mi oreja ha llegado un rumor, salido, según creo, de la boca de Manuela Pez, y es que Teresita ya no está con el negro salvaje que la llevó a Francia, sino con un serenísimo duque adinerado. No sé si es verdad. Si tiene usted interés en averiguarlo, váyase a la calle del Viento y hable con Manolita, que desde que se sublevó la Escuadra, según me han dicho, se pasa el día brindando por Serrano, Prim y Topete.»

Pronto despachó Ibero su carta; luego redactó un telegrama para *Madame Plessis*, preguntándole por Teresa; devoró a prisa parte de lo que le ofreció la patrona, y salió para el correo y telégrafo. Despabiladas en corto tiempo estas diligencias, fue a la calle del Viento, donde no tuvo que hacer indagaciones para encontrar a la *tramposa sutilísima*, porque la suerte se la deparó en la calle rodeada de una turba de mujeres y chiquillos. Solo por la exaltación patriótica podría explicarse la descompuesta facha y ademanes escénicos de Manolita. Arrastraba la buena señora una falda negra de larga y deshilachada cola, recamada del polvo y basura de la calle; cruzaba su pecho una toquilla o nube azul con desgarrones, y en su cabeza descubierta las guedejas grises mal recogidas tendían a enroscarse y esparcirse, como las serpientes de la cabellera de Medusa. Al público infantil y femenino que la seguía, arengaba con roncos disparates, que al llegar Ibero terminó de este modo: «¡Viva España con deshonra!... No, no, hijos míos: entendámonos. España con nuestra honra... Somos la honra de España.»

XXXIII

Acercose Ibero, aunque desde el primer instante hubo de conceptuarla borracha o loca, abordó ante ella la cuestión magna. Para su información y consulta no tenía más que aquel triste documento, escrito con garabatos ininteligibles. «Soy Santiago Ibero —le dijo—. ¿No me conoce usted? ¿No recuerda haberme visto dos años ha en la casa de su amiga Mauricia Pando?... Vengo de Andalucía, y quiero que usted me dé noticias de Teresa... óigalo bien, de Teresa...» Soltó doña Manuela una risilla entre burlona y dolorida, y estas palabras incoherentes: «Vos, el salvaje negro... preguntáis por mi hija... ¡Oh! Teresa, duquesa... hija del alma... Llevadme, si gustáis, a la casa grande, ¡oh!... Veréis que ha sido ella, ella sola, sin mi consejo, la que ha tomado por querindango al duque... ¡ah, el duque!... Ahí le tenéis en el Regio Alcázar... Es de los Muñoces de Tarancón, que tienen una pata en el Trono de España y otra en Flandes de las Asturias.» El encendido color del rostro de la vieja, que echaba lumbre de sus mejillas, la peste a vinazo que iba delante de las palabras abriendo paso hacia el oyente, confirmaron a Ibero en la idea de que se las había con una pobre mujer alcoholizada.

Sintió el joven un impulso fiero de estrangularla o segarle el pescuezo... A la fiereza sucedió instantáneamente la compasión, y el deseo de un informe cierto volvió a ganar su alma. Tiró del brazo de la vieja; la llevó al pretil que da frente al Arco de la Armería, y con palabras cariñosas trató de sacar de aquel turbado cerebro la verdad que buscaba: «Serénese, doña Manuela, y respóndame a esta sola pregunta: ¿está Teresa en San Sebastián?... ¿Ha tenido usted carta de ella?... Contésteme, y no mienta. Tengo mal genio, y el que me engaña una vez no me engañará la segunda. Soy bueno para el que me dice la verdad.» Doña Manuela, pasándose la mano por la cara, exhaló un gran suspiro. Los muchachos que la rodeaban prorrumpieron en chillidos burlones. Evocando toda su paciencia, Ibero procuró aislar a Manolita de la chusma que la toreaba. Una mujer dijo a Santiago: «No le haga caso, señor. Los días que se entrega al vicio, su cabeza es una pajarera...» «¿Es usted vecina de esta pobre señora? —preguntó Santiago a la mujer desconocida—. ¿Puede decirme si sabe algo de lo que acabo de preguntar?»

«Sí, señor —replicó la mujer—: sé que la Teresita está en San Sebastián. He visto la carta fechada en aquel pueblo, en que dice a su madre que está buena, y le manda diez duros...» Interpúsose entonces doña Manuela con este nuevo chispazo de su incendiado cerebro: «Venid vos, gallardo negro y salvaje, a mi casa... No es casa opulenta, sino más bien de vecindad... De las de *tócame*... Tú, don Roque, busca a Teresa en la casa de enfrente... piso segundo... pregunta por los Muñoces de Tarancón, duques ellos, príncipes ellos... Yo aquí mirando... yo aquí viendo pasar la *España con deshonra*... Hijos, ¡viva la Libertad que habéis conquistado con vuestro sudor! ¡Viva el sudor del pueblo!...» Volviéndole la espalda, Ibero miró a la calle, y vio que al frente de un grupo pasaba Rivas Chaves. Con repentino júbilo le llamó por su nombre dos, tres veces. Pero el patriota iba ya lejos en dirección de la Puerta del príncipe, y no oyó la voz clamante. Pensaba Ibero que el primo de Manolita podía darle la luz que en vano quiso obtener del inflamado entendimiento de la vieja. Sin hacer ya ningún caso de esta, que seguida de su coro angélico tiró hacia la calle del Factor, bajó por la de Requena en persecución del amigo, perdido entre la multitud estacionada frente a Palacio. Abriose paso con dificultad, y por fin, entre tantas cabezas allí aglomeradas, alcanzó a ver la de Chaves, que fácilmente de las demás se distinguía. Con fuertes voces le llamó hasta conseguir que se fijase en él. Alzando los brazos, el patriota le gritó con alborozo: «¡Hola tú, Iberillo, ven... Libertad tenemos!» A fuerza de codos pudo Santiago llegar hasta él, y sin entretenerse en saludos, le dijo: «Don José, quiero entrar en Palacio; ya le diré por qué.» El ardiente revolucionario, hecho a mandar al pueblo, empezó a dar voces: «Caballeros, abran paso, que este señor viene de parte de la Junta.» Luchando con la onda humana llegaron a la Puerta del príncipe, que estaba entornada. Chaves empujó, diciendo: «Abre, Muñocito: soy yo; vengo con este amigo, que es de los de ley, y podemos confiarle una guardia.» Tuvo tiempo Santiago de ver un papel de doble folio pegado en la puerta con obleas, en el cual se leía en letras gordas:

En este edificio existen delegados de la Junta Provisional.

Hallose Ibero en el largo zaguán que conduce al patio, y lo primero que llamó su atención fue un joven de levita y sombrero de copa, que daba órdenes a una veintena de hombres del pueblo, armados unos, otros por armar. Con los instrumentos de guerra que allí se repartían, podía formarse un pintoresco museo militar... Próximo al joven del alto sombrero, un caballero de mediana edad, vestido con elegancia y descubierto, hacía discretas indicaciones para organizar la custodia del edificio: era un empleado de la Intendencia. Un paisano joven de gallarda estatura, armado en toda regla con fusil, correaje, sable y canana, colaboraba en aquellas disposiciones salvadoras: era un empleado en la Fábrica Nacional del Sello. Actuaba también allí en la Plana mayor don José Chaves, que había salido poco antes con una urgente comisión para la Junta Suprema. Al volver con la respuesta, ocurrió el encuentro con Ibero. Entraron a un tiempo y...

Antes de referir la comunicación verbal que de la Junta Suprema trajo Chaves, conviene que se dé conocimiento del origen de aquella singular escena, tan contraria a la normalidad palatina. El joven de la levita y chistera (ambas prendas harto deterioradas, rugosas y polvorientas por el extremado roce que habían tenido con las multitudes populares en aquel agitado día) era un tipógrafo natural de Ciudad-Rodrigo, llamado Casimiro Muñoz, que trabajaba en el periódico de la tarde *La Reforma*, fundado por Manuel Fernández Martín, y que tenía su imprenta y redacción en la Plazuela de Lavapiés, esquina a la calle del Tribulete.

En la mañana del 29, hallábase el buen Muñoz laborando en las cajas de su periódico, cuando entró Fernández Martín con la noticia de la victoria de Alcolea, que era el *Alleluia* de la Revolución. Entre gritos de júbilo, se dispuso escribir, componer, imprimir y echar inmediatamente a la calle una *Hoja extraordinaria*. Todo se hizo con febril presteza. Los unos desde las cajas, los otros desde la redacción, percibían la efervescencia popular y el jaleo entusiasta de las muchedumbres. Casimiro no podía contenerse, y apenas terminada su tarea, quiso ver, oír y palpar la Revolución, y hacerse suyo en cuerpo y alma. Fue a su casa, un cuarto piso en la calle del Humilladero; se puso los trapitos de cristianar, sin darse cuenta de la oportunidad de lucir su mejor ropa en día de trifulca, y se lanzó a las calles con el vago presentimiento de que su Destino le asignaba un importante papel en los albores del nuevo Régimen...

En la Puerta del Sol vio Casimiro a don Amable Escalante arengando al pueblo; oyó que en el Parque de Artillería podían los ciudadanos proveerse de armas. Corrió a la Plaza de San Marcial; pero el excesivo cúmulo de gente impidiole ser caballero militante. Inerme y sin otra prestancia que la que le daba su alto sombrero, fue hacia la calle de Bailén y Plaza de Oriente; notó que por la Puerta del príncipe entraban hombres y muchachos de mal pelaje; colándose entre los grupos, llegó al patio, donde unos cuantos bigardos y chulos indecentes, con palos y navajas, intentaban desarmar a los alabarderos. Algunos de Estos, sobrecogidos por las injuriosas amenazas y groserías de la plebe, entregaron sus picas; otros subieron a refugiarse y hacerse fuertes en el cuerpo de guardia llamado *el Camón*...

Contemplaba indignado el bravo cajista este desagradable espectáculo, cuando se le acercó un señor de aspecto distinguido que le dijo: «¿Es usted de la Junta?» Contestó Muñoz negativamente, doliéndose de no tener autoridad para enfrenar a la canalla... «Si no tiene usted autoridad, parece tenerla —dijo el desconocido sujeto, y esta manifestación fue el primer efecto de la ropa negra y sombrerote que el cajista llevaba—. Yo soy empleado de la Intendencia; pero nada puedo hacer. Esta gentuza la emprenderá contra mí si sabe que soy de la casa.» Casimiro tuvo una idea luminosa, y con la idea brotó en su alma noble el propósito de ponerla en ejecución al instante.

«Proporcioneme usted enseguida —dijo al de la Intendencia— papel, pluma y tinta.» Procediendo sin demora, como las circunstancias exigían, el caballero palatino le llevó a un entresuelo que daba a la Plaza de la Armería. Allí escribió Casimiro con letra gorda y en papel de barba el aviso que Santiago vio en la Puerta del príncipe. Dos más escribió, saliendo él mismo inmediatamente a fijarlos con obleas en las puertas de Palacio. Ordenó que fuesen cerradas las de la Plaza de la Armería, y solo quedó abierta la del príncipe. Fijados los cartelillos, volvió adentro el hombre, y encarándose con la pillería que en el patio y pie de la escalera tramaba el asalto de las habitaciones altas, soltó con enérgica voz esta conminación: «¡Eh, pronto... A la calle!... Soy de la Junta... Estoy encargado de la custodia del Palacio Real... Ya viene la fuerza... A la calle, digo.»

Y sin detenerse salió a la Puerta del príncipe con dos objetos: no permitir la entrada de más chulapería, y llamar a cuantos paisanos de honrado aspecto pasasen. ¡Nuevo y más admirable efecto de la levita y bimba, a que daban más autoridad las iracundas voces del atrevido tipógrafo! A muchos contuvo a empujones; a otros metió dentro, ofreciendo en nombre de la Junta dos pesetas por el servicio de guardia, y luego colocación en los trabajos del Ayuntamiento. Acertó a pasar Chaves, que era conocido y vecino de Muñoz, y con el refuerzo de tan buen ciudadano vio el cajista su obra coronada por el éxito. Otro de los que entraron a montar la guardia fue el empleado del Sello... Por fin, organizada una fuerza provisional honrada y de buena presencia, desalojaron a los gandules, y Palacio quedó en condiciones de defensa eficaz. En esto, el que se había hecho por su energía y audacia dueño de la situación, ordenó a Chaves que corriese al Gobierno Civil y notificase a la Junta lo que en Palacio ocurría. Fue allá el patriota, y acompañado de Ibero, volvió al poco rato, con esta desconsoladora respuesta: «Los señores de la Junta se están *constituyendo*... No pueden disponer envío de delegados ni de fuerza alguna hasta que se *constituyan*.»

«¡Vaya con la pachorra de los señores junteros!» Contra ella protestó Casimiro, pisando fuerte en el patio y haciendo gala de la autoridad tan gallardamente conquistada. Entre tanto, Ibero y el paisano del Sello acabaron de limpiar el edificio de la gentuza que aún quedaba en las galerías y escalera. Presentose a la sazón un viejecito, que era el llavero de Palacio, y Muñoz, acompañado de Ibero y Chaves, determinó hacer una requisa en las habitaciones altas, para ver si los pilletes habían cometido algún desmán.

Precedidos por el llavero, que iba franqueando las puertas, los fingidos delegados de la Junta, recorrieron varias estancias lujosas, que a todos causaron maravilla. En las de la Infanta Isabel vieron y examinaron objetos curiosos, entre ellos un lindo libreto de rezos. Entre sus hojas había una carta autógrafa de Pío IX, aconsejando a Su Alteza que no vacilase en casarse con el conde de Girgenti... En una gaveta hallaron una carta del Infante don Sebastián, que contenía un mechoncito de pelo... Terminada la requisa, se les comunicó por el empleado de la Intendencia que habían llegado tres caballeros preguntando por los delegados que indicaban los carteles fijos en las puertas. Acudió Muñoz, dio a los tres señores enviados por la Junta cuenta y explicación de lo que había hecho para salvar el edificio desamparado por la autoridad, y entre el fingido y los verdaderos delegados *para defensa, vigilancia y administración* del Real Palacio, reinó perfecta concordia. Los guardianes legítimos aprobaron sin reservas lo dispuesto y ejecutado por los intrusos, y estos, que tan gran servicio habían prestado a la Nación, quedaron agregados por aquella noche a la comisión oficial.

Dadas las nueve, algunos hablaron de descanso y cena. Ibero cogió a Chaves, y llevándole aparte, secreteó con él de este modo: «Dígame, don José, ¿este Muñoz es por ventura de los Muñoces de Tarancón, duques ellos, príncipes ellos...?» Soltó la risa el patriota, y con ella esta franca respuesta: «¿Te has vuelto tonto? ¡Si este es un pobre cajista de *La Reforma*! Le conozco... Somos vecinos en la calle del Humilladero... Excelente muchacho, de los *charros* de Ciudad-Rodrigo, buen liberal y ciudadano de ley, como has visto.»

Suspiró Ibero; refirió su turbación y mortales ansias, añadiendo la poca sustancia informativa que pudo sacar de la trastornada madre de Teresa. Cariñosamente le respondió el amigo que no se fiara de palabra alguna salida de la boca de la Manuela, pues la pobre mujer empinaba el codo más de lo regular, y de vez en cuando cogía unas turcas horribles que le duraban tres días. «Cierto es que cuando está peneque había del nuevo arreglo de la hija con un Muñoz de los de Tarancón; pero a mi ver, esta idea es tan solo el vapor del vinazo y aguardentazo que se mete en el cuerpo... De si está Teresa en San Sebastián, nada puedo decirte. La suposición de que habite en este Real Palacio, ponla a la cuenta de la chispa que ha cogido Manuela estos días para celebrar a su modo la sublevación de la Escuadra. Y para más seguridad, requisaremos todo el edificio de abajo arriba... ¿Qué piensas?»

—Que con mi pena y mi cansancio, estoy tan borracho como mi suegra... y basta que una cosa sea disparate para que la piense yo... Mis dudas son peores que la muerte.

XXXIV

Avanzada la noche y cerradas las puertas de Palacio, bajaron a las cocinas Muñoz y uno de los delegados en busca de provisiones. Tan solo hallaron un jamón en dulce, tres botes de melocotón en conserva y dos panes grandes, duros ya como adoquines. Esto no era bastante, y como también había que repartir algo de cenar a los cincuenta y tantos hombres, entre paisanos y alabarderos, que componían la guardia, resolvieron mandar traer de fuera pan y butifarra en abundancia; el vino indispensable subiéronlo de las bien surtidas bodegas de Palacio. Ibero y Chaves, una vez que requisaron sin resultado alguno los pisos segundo y tercero, bajaron a tomar su parte de la cena... Por iniciativa del empleado de la Intendencia se cometió la expoliación más inocente que los guardianes podían permitirse. Del rico depósito de tabacos habanos que en los sótanos había, mandaron subir un par de docenas de cajas, con lo que, después de llenarse los bolsillos (que hay que mirar siempre por el día de mañana), tuvieron para fumar toda la noche. El tabaco es la alegría de las guardias y el mejor compañero de los largos plantones.

El incansable Muñoz y tres más descendieron nuevamente a las cocinas y despensas. Olfatearon y revolvieron diferentes escondrijos, y en un cuarto oscuro destinado a depósito de cenizas encontraron una maletita de viaje. Con el precioso hallazgo subieron al entresuelo, donde tenían su Cuerpo de guardia. Abierta fue la maleta con las debidas formalidades, y de ella sacaron seis mil duros, parte en billetes, parte en oro y plata, varias sortijas de oro y brillantes, dos de ellas con la corona real, un collar de perlas en su estuche, unas tenacillas de plata para el azúcar, y varias prendas de ropa interior de caballero.

De todo se levantó acta minuciosa, que firmaron los delegados con Muñoz y Chaves, y se redactó un oficio al gobernador de Madrid, don Pascual Madoz, para que se hiciese cargo de aquellos objetos y de otros que en el curso de la noche se encontraron. Entre estos figuraba un interesante libro de apuntes, descubierto por Ibero y Chaves en las estancias del príncipe Alfonso. Era el Registro en que los Gentileshombres del Cuarto de Su Alteza, señores Morphy, Ulibarri y Losa, anotaban diariamente los actos, juegos, lecciones y dolencias del heredero de la Corona. Pasada media noche, el sueño y la fatiga rindieron a los guardianes del Real Alcázar. Los que no debían permanecer en vela acomodáronse en divanes de la Intendencia, o por la galería pasaban al *Camón*; otros descubrían, en los entresuelos altos y bajos de la servidumbre, mullidos lechos. Ibero y su amigo se apoderaron de un cuartito próximo a la Escalera de Caoba, en el cual solían dormir los Monteros de Espinosa. Las camas, aunque de campaña, ofrecían comodidad a los hombres rudos, desconocedores de la molicie. Chaves dijo a su compañero: «Acuéstate y descansa, que a Madrid has traído agujetas y desvelo de ocho días... Paréceme que has echado ya de tu pensamiento esa maldita idea.»

—Sí —dijo Ibero tendiendo a lo largo sus doloridos huesos—. ¡Teresa en Palacio! ¡Desatino como ese...! Fue una turca horrorosa que me comunicó doña Manuela con su aliento envenenado... Ya se me despeja la cabeza, ya me habla el corazón, y me dice... Necesito recogerme para oír bien lo que quiere decirme.

Tumbose a su vez el patriota, y al poner su cabeza en la almohada, la puso ya dormida... Santiago, cuya excitación cerebral se rebeló un instante contra el sueño, recordó palabras interesantes de su maestro el capitán Lagier. Este le había dicho en Cádiz: «En nuestra conducta influyen de un modo misterioso *seres inteligentes e invisibles*... No te preocupes de las experiencias y comunicaciones... Los buenos espíritus vendrán a ti sin que tú los llames...» Repitiendo estas palabras con un deseo muy vivo de que tuviesen eficacia real, entre dormido y despierto Santiago vio a Teresa... Entraba la hermosa mujer en la estancia, mal alumbrada por el mechero de gas de la próxima Escalera de Caoba, y pasito a paso se aproximaba risueña, con aquel ángel de su mirada y rostro que no tenían en toda la humanidad semejante. Ibero le dijo: «Teresa, ¿dónde estás?... Para que no dude de ti, dime en qué pueblo estás.» Vestía Teresa como en el obrador de encajes, con su elegante delantal blanco recamado de cintitas rojas. Viéndola muy cerca, inclinada y sonriente, con vaga expresión de burlona confianza, el amante le habló así: «Teresa, dime si te has muerto... Por Dios, dímelo, y no me tengas en estas ansias. Si estás en la Eternidad, allá iré yo contigo...» Pasado algún tiempo, cuya duración el durmiente o semi-despierto no podía precisar, la imagen de Teresa se desvaneció.

Santiago repetía en su cerebro la visión próxima de las estancias de Palacio por las cuales había discurrido con Chaves y el viejecito llavero; vio las enormes salas silenciosas y frías, de altos techos, en que bailaban figuras pintadas; las paredes revestidas de riquísimas telas, las estofadas consolas, las chimeneas de jaspe que sustentaban relojes y candelabros con muñecos mitológicos; los retratos de Reyes muertos, el manso Carlos IV, el narigudo Carlos III, y reinas con blancas pelucas y deformes tontillos; vio las sillas y altos sillones puestos en formación a lo largo de las paredes, gravemente vestidos de sus fundas de lienzo, como frailes con los capuchones calados en la ringlera del coro... Las estancias pasaban; una se iba, y llegaba otra. En la última vio a doña Isabel pintada con tintas y pinceles de adulación, vestida de azul y plata, el cabello en cocas, medio cuerpo dentro del inflado miriñaque, coronada la frente, los claros ojos azules diciendo bondad, pereza mental, abulia, la mano derecha blandamente caída sobre un cojín rojo, donde estaban la corona y un cetro ideal, semejante al que llevan los reyes de baraja.

En medio de esta soñación de los aposentos palatinos, apareció de nuevo Teresa, con su trajecito de encajera... Pisaba las blandas alfombras de Santa Bárbara o las finas esteras de junco, con voluble y gracioso andar... Ibero, angustiadísimo, bañada la frente en frío sudor, le decía: «Ven aquí, Teresa: ¿qué haces?, ¿por qué andas de un lado a otro sin fijar tus ojos en mí? Acércate y dime si te has muerto... Voy creyendo que ya no estás en el mundo de los vivos, sino en el de los *espíritus inteligentes e invisibles*. Si es así, ¿por qué te veo?... ¿Seré yo también espíritu, y me habré muerto como tú? Sácame de esta duda; y si en realidad somos espíritus, ¿por qué estamos en este caserón maldito y no en los libres espacios del Universo?»

Las diez del día 30 serían cuando despertó Chaves, y tan profunda y sosegadamente dormido vio a su compañero, que no quiso interrumpirle el sueño y salió en busca de los demás guardianes para ver qué novedades ocurrían. El primero que se echó a la cara fue Casimiro Muñoz, coronado ya de su respetable sombrero. Disponíase el valiente joven a volver a su trabajo de cajista, satisfecho de haber evitado el saqueo y profanación del Real Palacio en el turbulento 29 de septiembre. A la misma hora en que Muñoz salía de la que fue morada de los Reyes (día 30), entraba un chico de Telégrafos en la humilde casa de doña Mauricia Pando, calle de Santa Margarita. Llevaba un telegrama para Santiago Ibero, transmitido desde París por la primera oficiala de *Madame Plessis*. Aunque cerrado lo guardó la patrona esperando el regreso del huésped, bien puede el historiador penetrar dentro del papelejo y leer y traducir su contenido. Así decía: «Úrsula y Teresa en Biarritz San Sebastián trabajando artículo. *Pauline.*»

XXXV

A Biarritz llegaron las dos mujeres el 18 de septiembre, y el 20 fueron a San Juan de Luz y San Sebastián. A los tres días tornaron a Biarritz. Anualmente hacía la *Plessis* su excursión mercantil a la frontera de España, y en aquel otoño tuvo singular empeño en llevar consigo a Teresa. Resistió la española cuanto pudo; mas al fin fue conquistada por la autoridad y el cariño de su patrona. Del inopinado viaje dio conocimiento a Santiago en carta que le dirigió a Madrid, según aviso de él, al cuidado de Vicentito Halconero. Entre otras cosas amables y chuscas, le decía: «Para evitar que me conozcan, me visto y me peino de una manera algo estrambótica, me finjo italiana, tomo el nombre de *Beatrice*, y hablo un francés enteramente macarrónico. El 27 volveremos a San Sebastián. Escríbeme allí: *Hotel Ezcurra.*»

Hallábanse las encajeras el 29 de septiembre muy atareadas, *trabajando su artículo* de casa en casa y de hotel en hotel, cuando llegaron a San Sebastián las emocionantes noticias de Alcolea y Madrid. España entera se estremecía de júbilo; solo permanecía muda y al parecer tranquila la Bella Easo, por respeto a la desdichada Majestad que en su recinto se albergaba. Suspendidos los negocios por la grande inquietud de la colonia estival, Úrsula y Teresa salieron a ver lo que ocurría. No lejos del *Hotel de Inglaterra*, donde moraba la Corte, vieron partir los coches de la Casa Real hacia la estación. No necesitaron preguntar... En los corrillos próximos decía la gente que el marqués de La Habana llamaba desde Madrid a la reina... Su presencia sola calmaría la tempestad... Al poco rato, hallándose las parisienses en el paseo del Urumea, vieron que los coches volvían de la estación con las mismas personas que antes llevaron... ¿Qué ocurría? Pues nada: que estando ya Su Majestad y real familia y servidumbre dentro del tren, llegó otro despacho de Concha, diciendo poco más o menos: «Que no venga. Esto está que arde... Ya no hay remedio.»

Entró de nuevo *la Señora* en el Hotel como en una cárcel, y el infortunio pesó ya gravemente sobre su corazón. Aún sentía en su cabeza la corona, por costumbre de aquel peso ideal, y engañada todavía de los espejismos puestos ante sus ojos por la superstición, vislumbraba socorros enviados a última hora por la Providencia. Y si la reina, dentro de su improvisado palacio, esperaba el milagro, fuera del edificio y frente a él la embobada multitud, montando a pie firme la incansable guardia de la curiosidad, leía en las puertas y ventanas de una fonda la última página de un reinado. El buen pueblo de San Sebastián y la colonia de forasteros castellanos no sentían inquina contra la reina; pero sí un fuerte anhelo de la novedad histórica, de ver cómo se deshacía una época, y cómo corrían a encasillarse en la Actualidad los tiempos que algunos días antes parecían lejanos.

Embutidas entre la multitud atenta y piadosa, Teresa y Úrsula también leían en el rostro del *Hotel de Inglaterra* lo que aún faltaba saber del acabamiento de una dinastía. Es bella la muerte de las cosas grandes... La caída de un trono no se ve todos los días... ¿Cómo es un soberano en el momento de quedar cesante? En estas ansias de curiosidad estaban las encajeras, cuando junto a ellas se abrió paso un caballero cuarentón, de noble y gallarda figura. Teresa lo señaló a su amiga con estas palabras: «Ese que ha pasado y entra en el palacio es el marqués de Beramendi... Excelente persona... y de mucho talento. De seguro dará a doña Isabel buenos consejos.»

Sin que nadie le detuviera, pasó Beramendi a una estancia del piso bajo, donde vio cuatro personas, mudas, pensativas: eran el alcalde la ciudad, un diputado por Guipúzcoa, un teniente coronel de Ingenieros y el Gentil-hombre de servicio. A este manifestó Beramendi su deseo de hablar breve-mente con la dama de la reina, marquesa de Villares de Tajo. En el corto tiempo que tardó en presentarse la *moruna*, el marqués cambió con aquellos señores palabras de cortesía mortuoria, como las que amenizan las visitas de duelo, los entierros y funerales. El Gentilhombre, anciano de larga domesti-cidad en la casa, suspiraba... y aun creía en los milagros políticos. Escuchán-dole, Beramendi no pudo eximirse de la tristeza que proyectaba la casa de la reina sobre cuantos entraban en ella. La Corte de España, reducida a la vulgar estrechez de los cuartos de una posada, sugería meditaciones dolo-rosas. ¡Qué soledad, qué abandono! Los Grandes de España, los Próceres del Reino, ¿dónde estaban?, ¿dónde los príncipes de la Milicia, de la Magis-tratura, de la Iglesia? El pobre *Trono* se caía sin que le prestase apoyo su robusto hermano el *Altar*.

La entrevista del caballero con Eufrasia fue breve. Apartáronse los dos a un ángulo de la estancia para hablar, en pie, como si hicieran alto en medio de un camino. «Vengo a decirte que si la reina persiste en la buena idea de la abdicación, debes hacer los imposibles para que ciertas personas enfa-tuadas no malogren este pensamiento, única salvación que se vislumbra... He tenido noticias directas de Serrano. Si doña Isabel abdica en don Alfonso, salvará la dinastía, ya que no salve su persona. El duque de la Torre no pondrá obstáculos a esta solución.»

—Hay otra mejor —dijo la dama sin necesidad de bajar mucho la voz, pues a consecuencia de un enfriamiento estaba casi afónica—. Esta solución que voy a revelarte tiene sobre la tuya la ventaja de que no hay que pasar por el sonrojo de tratar con Serrano... A mí se me ocurrió esta idea feliz, y cuando tenía la palabra en la boca para decirlo a *la Señora*, saltó ella con lo mismo... Las dos lo pensamos a un tiempo... Como que es la pura lógica... Oye: Su Majestad tomará el camino de Logroño, y en presencia de Espartero abdi-cará en el príncipe de Asturias...

—Bien, admirable.

—Falta lo mejor... La reina, después de abdicar, partirá inmediatamente para Francia, dejando al nuevo Rey en poder del Regente Espartero.

—¡Admirable... hermosísimo! —exclamó Beramendi con sincera convicción y entusiasmo—. Es la clave del porvenir, es la salud de España... Pero... ya debíais estar andando hacia Logroño... El tiempo apremia... No hay que perder horas ni minutos.

—Esta noche se decidirá la partida...

—¡Ay, Dios mío!, temo aplazamientos que serían mortales; temo que algún mal amigo, algún obcecado palaciego, tuerzan esa dirección salvadora, la mejor, la única.

—Veremos —dijo la dama con bostezadora indolencia—. Dios nos inspire a todos. Retírate. Tengo que volverme arriba. *La Señora*, don Francisco y Roncali están tratando de los términos del Manifiesto que se ha de dirigir a la Nación.

—Y España dirá: «¿Manifiestos a mí?» Es hora de hablar al país con hechos robustos, no con retóricas vacías.

—Los hechos a veces quieren hablar y no pueden —murmuró Eufrasia con voz apenas perceptible, arropándose en su manteleta.

—¿Tienes frío...?

—Siento el frío de la proscripción... La desgracia de doña Isabel me ha cogido desprevenida... Si hubiera yo sospechado que venía tan pronto, no habría salido de mi casa. Pero no puedo decir: «ahí queda eso.» No se trata ya de la reina, sino de la amiga.

—Merece consideración la pobre Majestad, abandonada por los que la llevaron a la perdición. ¿Qué ministros quedan aquí?

—Ninguno más que este señor Roncali. Catalina, Orovio, Belda y Coronado se han ido a Francia. Ponen a Concha que no hay por dónde cogerle.

—Y Concha dice que aquí sigue funcionando la Camarilla, y que se expiden órdenes militares sin el refrendo del ministro de la Guerra.

—No hablemos del marqués de La Habana, que ha jugado con dos barajas, la de Isabel II y la de la Revolución.

—Eso no es verdad. Se le han pedido a Concha milagros, y esos no los hace más que Sor Patrocinio... En fin, amiga mía, no es ocasión de disputas agrias. Única absolución de tantos errores: salir inmediatamente para Logroño...

—Yo lo aconsejo... Idea mía fue... No puedo decir más. Adiós, Pepe... Tengo frío.

—Adiós, *moruna*... Cuídate. Estos aires de la frontera son malos.

Despidiéronse afectuosos, y Eufrasia subió lentamente, agobiada por inmenso tedio, la escalera del Hotel-palacio. El silencio de muerte que reinaba en la última residencia de la Monarquía, fue turbado por el trajín de los criados que servían la comida en las habitaciones altas. Comida y servicio resultaban de una modestia grave, sin ningún esplendor palaciano. Los Reyes y príncipes estaban en aquella vivienda, relativamente pobre, como inquilinos desahuciados que al abandonar la casa sin saber a dónde ir, se aposentan por una noche en la portería.

El día 30 amaneció envuelto en la dulce humedad de las mañanas cantábricas. El toldo de plata, sin lluvia, velando los ardores del Sol, era propicio a la vagancia callejera y al abandono de los negocios. Desde muy temprano acudieron las bandas de curiosos a situarse frente al Hotel, a la entrada de la *Concha*. Muchos que iban al baño, con la sábana envuelta en hule, se detenían para ver cosa tan desusada como el éxodo de las Instituciones.

Acudieron también al acto las encajeras, y estando en filas, vieron que, como en la tarde anterior, entraba en la morada real el marqués de Beramendi. No necesitó ser introducido: al dar sus primeros pasos en el interior de la casa, observó una completa relajación de la etiqueta. Resueltamente pasó al gran salón de la derecha, que era el comedor del Hotel. La mitad, o una tercera parte de la mesa, tenía mantel y servicios de desayuno de café y chocolate, ya consumido. En la otra parte, sobre el tablero desnudo, se veían maletitas, sacos de viaje, líos de bastones, espadines y paraguas.

De manos a boca tropezó Beramendi con el marqués de Loja, don Carlos Marfori, Intendente de Su Majestad. Saludáronse con afecto empañado por la tristeza. Conocía Fajardo al sobrino de Narváez de los tiempos en que no figuraba en la política ni tenía más significación que la de su parentesco con el general; le apreciaba por su caballerosidad y por la firmeza de sus ideas retrógradas, que sostenía con modestia y sin ofender a nadie. Después, cuando Marfori escaló un Ministerio, y de este saltó a Palacio, ya era otra cosa. El trato entre ellos fue menos frecuente, y sus relaciones algo frías. Apenas cambiaron sus saludos en aquel día nefasto, comprendió José María que era un tanto impertinente hablar de política. No obstante, se aventuró a esta sencilla pregunta: «¿Va Su Majestad directamente a Francia?... Algo se ha dicho de viaje a Logroño...»

Arrugó su entrecejo Marfori al decir: «¿Pero no comprende usted, mi querido marqués, que será humillante para la reina de España ir a pedir protección a un general, aunque este se llame Espartero?... Toda concomitancia con progresistas ha de ser funesta... La reina sale de España persuadida de que su pueblo la llamará pronto... tales horrores hemos de ver aquí...»

No dijo más. Las disposiciones para la partida solicitaban su atención. Indignado Beramendi por lo que había oído, contempló un rato al don Carlos dando sus órdenes a la turba de servidores, uniformados unos, otros no. Le miró con encono, viendo en él la torpe influencia que torcía los propósitos saludables de doña Isabel. Entre tanta gente desmedrada y anémica, se destacaba la figura de Marfori por su recia complexión sanguínea y su tipo árabe, afeado por el grandor de la boca y el desarrollo del maxilar. Su prognatismo desvirtuaba la belleza de los ojos negros y de la figura garbosa, amenazada ya por la obesidad incipiente. Era impetuoso, autoritario, ejecutivo; su altanería ante los iguales tenía el atenuante de la educación exquisita que le había enseñado la finura y amabilidad. Estas prendas resplandecían en él en ocasiones normales, aun en el trato con los inferiores.

De pronto, alguien tocó el brazo de Beramendi. Un hombre, un señor que no denotaba su jerarquía con ningún signo exterior, y lo mismo podía ser gentilhombre que criado, le dijo: «Su Majestad está en la salita de enfrente... Desea que pase el señor marqués a saludarla.» Corrió el caballero a la sala de la derecha del vestíbulo, y hallose frente a Isabel II sentada, vestida de viaje, con dos señoras en pie por cada lado. La una era Eufrasia. Con lástima hondísima, Beramendi notó en la faz arrebolada de la reina la tensión muscular, el esfuerzo fisiológico por revestirse de entereza. Cuando el prócer besaba su mano, ella le retuvo forzándole a permanecer inclinado para que oyera lo que no quería decirle en alta voz: «Ya sabrás que se ha desistido de ir a Logroño... Lo hemos pensado... No puede ser... ¿A qué...? No más humillaciones... Yo me voy por no agravar las cosas, por evitar el derramamiento de sangre... Pero ya me llamarán, ya volveré... ¿No crees tú lo mismo?»

Mintió con tanto descaro como piedad el buen Fajardo, respondiendo así: «¿Qué duda tiene? Llamaremos a Vuestra Majestad... y Vuestra Majestad vendrá con la rama de oliva, con el laurel...» No encontraba en su mente las tonterías propias de la dolorosa situación.

La reina se impacientaba. ¡Salir, salir de una vez... No prolongar más tiempo la terrible ansiedad con su lado patético y su lado embarazoso!... Levantose la Soberana, y tocando con su mano augusta el brazo de Beramendi, le dijo: «Francamente, creí tener más raíces en este país.» Y cuando el apiadado amigo le decía que sus raíces, a pesar de aquel suceso, eran hondas y fuertes, entró en la sala don Francisco, vestido de paisano, dispuesto para la partida. Su figura y su voz, no muy apropiadas a las grandezas, añadieron escaso interés a la escena dramática, que alguna vaga semejanza tenía con las salidas para el patíbulo. En muchos casos no vale una corona menos que una vida. Aparecieron las Infantitas con sus ayas, y tras ellas el príncipe de Asturias llevado de la mano por la señora de Tacón... Vestía Su Alteza trajecito de terciopelo azul. Su carita descolorida y la tristeza resignada de sus grandes ojos expresaban mejor que todas las miradas y rostros presentes el duelo monárquico y doméstico... ¿Qué faltaba ya? Nada más que la orden de partir.

XXXVI

La multitud que ante el Hotel-palacio aguardaba la interesante función de la salida, vio aparecer a doña Isabel del brazo de don Francisco... Su presencia fue saludada con un murmullo de acatamiento respetuoso, y nada más. Atajaron los pasos de la reina algunas mujeres, que se agolpaban en los peldaños. Eran criadas palatinas, señoras pobres, que habían recibido limosnas de la bondadosa Soberana. De rodillas le besaron la mano; prorrumpieron en tiernos adioses, sollozando... No pudo ya doña Isabel conservar su entereza, y llevándose el pañuelo a los ojos, trataba de abreviar la escena lastimosa... No sabía qué decir... «Adiós, hijas... No lloréis... Volveré... España me quiere... Yo... Adiós... Volveréis a verme.»

Partieron uno tras otro los blasonados coches, desfilando con la prisa que fatalmente se impone a las salidas no triunfales. En la estación se habían tomado precauciones para impedir la entrada del público. Acomodáronse todos: la dinastía fugitiva en los coches regios, los demás en departamentos de primera... La media compañía de Ingenieros que había de escoltar a Su Majestad hasta Hendaya ocupaba coches de segunda a la cola del tren. La máquina no tardó en pitar con áspero bramido, y pronto arrancó sin que se oyeran vivas: el mudo respeto suplió las exclamaciones, mandadas recoger por inoportunas.

En un coche de primera se metió Beramendi, con dos oficiales de Ingenieros y un Diputado de la provincia. *El duelo se despedía en la frontera.* Pero los acompañantes de la difunta Monarquía no guardaban silencio en aquel viaje; que en los entierros, comúnmente, los que van de reata combaten el tedio con expansivas conversaciones. Hablaban, pues, del suceso: el más taciturno era Beramendi, que reservaba sus pensamientos por creerlos tal vez demasiado crudos para dichos en alta voz.

Cavilando más que diciendo, el sagaz caballero, entre San Sebastián y el Bidasoa, lanzaba a los espacios estas tristes ideas: «¿Qué pensarán de esto, si pueden pensar y formar juicio de las cosas de nuestro mundo, las cien mil víctimas inmoladas por Isabel desde su cuna hasta su sepulcro?... Llamo sepulcro a su destierro. Las cien mil vidas sacrificadas en la guerra de sucesión y en las innumerables revueltas intestinas por y contra Isabel, ¿qué himno de justicia tremebunda cantarán en este día? Véase la tragedia de este reinado, toda muertes, toda querellas y disputas violentísimas, desenlazada con esta vulgar salida por la puerta del Bidasoa, como si los protagonistas o causantes de tantas desdichas fueran a tomar baños, o a vistas y regocijos con otros Reyes... Dígase lo que se quiera, la Libertad ha sido en España mansa, benigna y generosa; no ha sabido derramar más que su propia sangre, como cordero expiatorio de ajenas culpas...»

En Hendaya formaron los Ingenieros en el andén, y con rápido paso los revistó la reina, del brazo del Rey; llevándose el pañuelo a los ojos, saludaba con ligera inclinación de cabeza. La infeliz Señora tuvo en aquel instante el momento más amargo de su tránsito a tierra extranjera. Sin volver atrás la vista, penetró en el tren francés. Los Ingenieros quedaron en Hendaya; habían llevado al duelo la tradicional cortesía del Ejército español, y a España se volvían a colaborar en la Historia nueva. Beramendi siguió con idea de no pasar de Biarritz, donde tenía su familia, y en el término de su viaje vio un espectáculo que resultó tan triste como el de Hendaya. En el andén estaba Napoleón III, rodeado de un brillante acompañamiento militar. El Emperador, rechoncho ya y avejentado, entristecía el cuadro con su rostro tétrico y dormilón, con su nariz romana, bajo la cual salían horizontalmente, a un lado y otro, las afiladas guías de sus bigotes. Entró Napoleón en el coche real, y allí estuvo unos diez minutos... Al salir, su semblante expresaba una profunda indiferencia del suceso político y una etiqueta glacial ante la desgracia.

No se fijó en esto Beramendi, porque a la estación salieron su mujer y *Tinito*, y a ellos hubo de acudir cariñoso: no les había visto en seis días... Y aconteció que *Tinito*, viendo al príncipe Alfonso asomado en la ventanilla, se desprendió de la mano de su madre, y anduvo un poco hasta llegar cerca de su amiguito, y le saludó con la mano, no atreviéndose a expresar su duelo de otro modo. Reparó en él Alfonso, y puso una cara tan triste, que el niño de Beramendi rompió a llorar. Su madre fue corriendo hacia él; le apartó del tren regio... También acudió el padre, que entre besos le decía: «No llores, hijo. Alfonso volverá. Fíjate en él ahora. ¿No ves cómo te mira y se sonríe?... ¿Qué te has creído tú? El príncipe tu amigo viene a Francia a tomar aires. Estate tranquilo. Volverá; en España le hemos de ver.»

No acababa de convencerse el dolorido chicuelo, ni las caricias de los amantes padres atajaban sus lágrimas, únicas que corrieron en aquel acto final del drama dinástico. Calmándose ya, estrechado por los brazos maternos, preguntó sollozando: «Dime, papá: y la reina... ¿volverá también?»

—¡Ah!... Eso no puedo asegurártelo, hijo mío. Yo creo que no. Para salir de dudas, cuando vayamos a Madrid se lo preguntaremos a *Confusio*, que es quien sabe de estas cosas.

Diciendo esto, el tren arrancó. Los Beramendi vieron pasar a doña Isabel, que en pie, dejando ver media figura en la ventanilla, saludó a todos, de Emperador inclusive abajo, con el aire de majestad delicada y bondadosa que era su gran éxito personal en los actos solemnes. Así lo vio María Ignacia. Otros creyeron que el paso de los claros ojos azules de la Soberana fue rapidísimo y cortante, como el del diamante que raya el cristal.

El sagaz historiófilo Pepe Fajardo siguió a la Majestad con el pensamiento, diciéndole: «No volverás, pobre Isabel. Te llevas todo tu reinado, más infeliz para tu pueblo que para ti. Impurificaste la vida española; quitaste sus cadenas a la Superstición para ponérselas a la Libertad. En el corazón de los españoles fuiste primero la esperanza, después la desesperación. Con tu ciego andar a tropezones por los espacios de tu Reino has torcido tu Destino, y España ha rectificado el suyo, arrojando de sí lo que más amó... Vete con Dios, y ahora... Aprende a pensar... Piensa en lo que ayer fuiste, en lo que hoy eres.»

 ¿Quién puede decir lo que pensaba la destronada Isabel, cuando por los risueños campos bearneses la llevaba el tren hacia Pau, cuna y nidal de sus antepasados? Tal vez, del fondo negro de su pena por el ultraje recibido, saltaba un chispazo de alegría; tal vez, como acontece en los más hondos dramas humanos, el dolor engendró un goce, y el llanto una sonrisa... y con la sonrisa brotó en el pensamiento esta frase de placentera conformidad: «Me han echado... y ellos gozan de libertad... Bien, ¿y qué? Ahora... yo también libre.»

XXXVII

La última visión de Madrid en la retina de Santiago fue un ciclo de rápidas imágenes, que le resultaban gratas por la reciente placidez de su espíritu. Le causó risa el ver a Maltranita hinchado de fatuidad en la Junta de su distrito, y asaltando con radicalismos de última hora un puesto en Gobernación... Malrecado, asido a los faldones del inaprensivo joven, se coló también en el Ministerio, mientras Segismundo Fajardo, hijo de Gregorio y sobrino de Beramendi, se filtraba en Hacienda, al arrimo del conspicuo señor de Oliván, que era de los técnicos, y por tanto insustituible... Ya se hablaba del Ministerio de la Revolución: Serrano, presidente; Prim, Guerra; Sagasta, Gobernación; Ruiz Zorrilla, Fomento. Los demás serían unionistas. La inmensa grey desheredada del Progreso y Democracia aprestábase a invadir los nacionales comederos.

 A Leoncio encontró Ibero en la calle del Arenal; rápidamente hablaron; citáronse para la tarde. Aquel día, 1.º de octubre, repitiéronse las ruidosas expansiones populares en la Puerta del Sol. Una de las *Zorreras*, la más joven según versión digna de crédito, arrebatada de patriotismo y de ardoroso frenesí revolucionario, se dejó decir, moviendo caderas y arremolinando faldas, que para celebrar el triunfo de la Libertad se ofrecía gratis para todo el que quisiera. Con igual esplendidez hubo taberneros que brindaron gratuitamente al público libre sus bautizados vinos... Recobró Santiago en aquel venturoso día la paz de su alma, porque a más de recibir el telegrama de que se ha hecho mención, tuvo la dicha de ver en Madrid a Lucila y Vicente Halconero con toda la familia. La carta de Teresa que en sus manos pusieron fue un celestial aviso para el pobre aventurero, que ya iba viendo claro en la oscura mentira frívolamente acogida y divulgada por Tarfe.

Demente con la Revolución, en la cual veía esplendores y maravillas sin cuento, Vicentito se pegó a su amigo Ibero y no lo dejaba a Sol ni sombra. Lucila, embelesada con la sabiduría de su hijo, soñaba con que este llegase a ser en el nuevo Régimen el águila de la Historia. Cordero no se apeaba de su *montpensierismo*. «Al fin y a la postre —decía—, tendrán que ponerle en el Trono, pues no hallarán rey más *económico* y administrativo.» Y maravillado del pacífico advenimiento de la Revolución, repetía con orgullo esta frase pescada en el mar revuelto de la Prensa: «Las naciones extranjeras nos admiran.»

Llamado por conducto de Leoncio (que iba a ser colocado con pingüe destino en el Museo de Artillería), fue Ibero a casa de Tarfe, el cual le abrazó con franqueza cordial, y pidiole perdón por la gran sofoquina y trastorno que le había ocasionado en el viaje, repitiendo con ligereza opiniones de los amigos, que consideraba erróneas. «Pensé yo pagarte con un destinillo —añadió— los servicios que has prestado a la Revolución en París y Londres, en Cádiz y en Alcolea; pero como no quieres empleo, según me asegura Leoncio, yo me permito poner en tu mano *(sacando un bolsillito con monedas de oro y contando algunas)*... En tu mano, digo... Estos cien duros, para que con ellos compres lo que te sea más necesario, o los gastes en divertirte y en echar al aire las canas que aún no te han salido.»

Por la expresión que vio en el rostro de Ibero, pensó Tarfe que su amigo, echando por delante algunos melindres o quijotescos escrúpulos para cubrir la dignidad, aceptaría la remuneración. Pero no fue así. Poniendo en su negativa una sequedad cortés y delicada, el riojano salió del paso con estas razones: «Lo agradezco, señor... Destine esa cantidad a recompensar a otros más dignos. No soy yo tan pobre como usted cree... Casi, casi soy rico... No insista, don Manuel...» Y con esto y reiterando las gracias, se despidió del aristócrata revolucionario... Ya lejos de la casa y divagando solo, pues Leoncio se fue por otro lado a sus quehaceres, comentó Ibero su negativa, sazonándola con cierta ironía salobre y con los granos dulces de su naciente optimismo: «Yo, caballero sin caballo, aventurero desengañado de las grandezas, soñador perdido tontamente en el camino de las glorias políticas y militares, quiero darme el tono de rechazar los cien duros que me ofrece este caballerete de la *Unión Liberal* por mis vanos servicios. Es un orgullo como otro cualquiera, es la nueva grandeza que me nace en el alma para llenar el hueco que dejaron las otras... Aventurero desventurado, voy en busca de aventura nueva... y a ella quiero ir pobre y desnudo... Además, desprecio los favores del hombre que calumnió a Teresa... Teresa y yo somos ricos. Nuestras almas se llenan de ambiciones doradas, y de ideas... Contantes y sonantes... ¡Oh, amor... vea yo tus milagros!»

Decidido a largarse sin demora, por telégrafo avisó Santiago a Teresa su salida, y sin despedirse de nadie, se recluyó en su casa hasta la hora de partir. Solo con el gran *Confusio*, su más inmediato vecino, se entretuvo algunos instantes. «¿Ha visto usted, *señor conde* —le dijo—, la elegante Revolución que hemos hecho? Es un lindo andamiaje para revocar el edificio, y darle una mano de pintura exterior. Era de color algo sucio, y ahora es de un color algo limpio; pero que se ensuciará en breves años... Luego se armará otro andamiaje... llámele usted República, llámele Monarquía restaurada. Total: revoco, raspado de la vieja costra, nuevo empaste con yeso de lo más fino, y encima pintura verde o rosa... Y el edificio cuanto más viejo más pintado. Pasarán años, y aquí estoy yo para derribarlo antes que se desplome y aplaste a todos los que estamos dentro. Sobre las ruinas armaré yo el gran andamiaje *lógico-natural*, para edificar de nueva planta sobre el basamento secular ¡oh!, que nunca necesitó revoco ni pintura. No respetaré más que el basamento, que es del mejor granito... ¿Se entera usted? Pues adiós, y hágame el favor de dar memorias de mi parte a las naciones extranjeras.»

Partió Santiago en el *Expreso* de las tres. Adormilado pasó la tarde y gran parte de la noche, y en los claros de su modorra oía retazos de la conversación de los viajeros que iban en el coche: «Ministro de Hacienda, Figuerola... De Estado, Lorenzana, el autor de los célebres artículos *Misterios*, *Medi-*

temos. Para Ultramar, el indicado es López de Ayala; para Gracia y Justicia, Romero Ortiz... Y en tanto, Prim de triunfo en triunfo en su viaje por el Mediterráneo... Hermosa revolución... Todo como una seda... Yo confío mucho en Serrano... Y yo en Olózaga y Cantero... Yo confío más en los demócratas Rivero y Martos.»

Como a todo se llega, llegó el tren a San Sebastián... Teresa en la estación: abrazos, besuqueo... «¡Qué flaco estás!...» «¡Y tú qué hermosa!»

XXXVIII

TERESA. (En una estancia del Hotel Ezcurra, despertando.) Pienso como tú. Vámonos hoy mismo. Aquí ya no hacemos nada. También Úrsula desea volver a su casa.

IBERO. (Saltando del lecho.) Démonos prisa; no perdamos el tren de hoy... A París, a París pronto... Como anoche te decía, voy contento. Toda ilusión de grandezas políticas y militares se me ha ido de la cabeza. Pero te tengo a ti; contigo me conformo; tú eres mi gloria y mi grandeza...

TERESA. (Vistiéndose muy a la ligera.) ¿Y qué me decías anoche de esa revolución que habéis hecho?

IBERO. Empecé a contarte... Pero tú no cesabas de reír y reír con la divertida historia de los Muñoces de Tarancón. ¿Quieres que hablemos otra vez de las fatigas que pasé por los malditos Muñoces?

TERESA. Ahora no: tengo que bañarme... tengo que avisar a Úrsula para que se vaya preparando... Nos vamos hoy. Yo estoy contenta. ¿Verdad que somos felices? No me canso de celebrar que rechazaras los cien duros que quiso darte el sinvergüenza de Tarfe.

IBERO. ¿Qué dinero tenemos? Paréceme que es muy poco. Yo me río contemplando la nada espléndida de nuestros bolsillos.

TERESA. Y yo... Con que tengamos para llegar a París, basta.

IBERO. París nos dirá: «Pobretones, venid a mi Reino...»

TERESA. Nos dirá: «Venid a mi Paraíso. Comeréis la fruta no prohibida de mi Industria y de mis Artes...» Iberillo, arréglate pronto. (Vase.)

IBERO. (Solo.) Sí que soy feliz. Cada cual obedece a sus propias revoluciones. Yo no tengo que poner los andamiajes de que habla *Confusio* para revocar un viejo caserón. Mi casa es una choza nueva y linda. En ella tengo mi Trono y mi Altar. En ella venero mis Instituciones.

TERESA. (En la estación.) Me dio mucha pena ver partir a la pobre doña Isabel.

IBERO. Doña Isabel no volverá, ni nosotros tampoco... Ella, destronada, sale huyendo de la Libertad, y hacia la Libertad corremos nosotros. A ella la despiden con lástima; a nosotros nadie nos despide; nos despedimos nosotros mismos diciéndonos: corred, jóvenes, en persecución de vuestros alegres destinos.

TERESA. (Meditabunda.) Huimos del pasado; huimos de una vieja respetable y gruñona que se llama *doña Moral de los Aspavientos, viuda de don Decálogo Vinagre...*

IBERO. (En Hendaya. Vuélvese hacia la orilla española del Bidasoa, y haciendo bocina con sus manos, grita:) Adiós, *España con honra*. Nos hemos muerto... Adiós; que te diviertas mucho. No te acuerdes de nosotros.

TERESA. (Gritando.) No te acuerdes... Nosotros te olvidamos.

IBERO. (Andando el tren.) Somos la *España sin honra*, y huimos, desaparecemos, pobres gotas perdidas en el torrente europeo.

FIN DE *La de los tristes destinos*
Madrid, enero a mayo de 1907.

Libros a la carta

A la carta es un servicio especializado para

empresas,

librerías,

bibliotecas,

editoriales

y centros de enseñanza;

y permite confeccionar libros que, por su formato y concepción, sirven a los propósitos más específicos de estas instituciones.

Las empresas nos encargan ediciones personalizadas para marketing editorial o para regalos institucionales. Y los interesados solicitan, a título personal, ediciones antiguas, o no disponibles en el mercado; y las acompañan con notas y comentarios críticos.

Las ediciones tienen como apoyo un libro de estilo con todo tipo de referencias sobre los criterios de tratamiento tipográfico aplicados a nuestros libros que puede ser consultado en Linkgua-ediciones.com.

Linkgua edita por encargo diferentes versiones de una misma obra con distintos tratamientos ortotipográficos (actualizaciones de carácter divulgativo de un clásico, o versiones estrictamente fieles a la edición original de referencia).

Este servicio de ediciones a la carta le permitirá, si usted se dedica a la enseñanza, tener una forma de hacer pública su interpretación de un texto y, sobre una versión digitalizada «base», usted podrá introducir interpretaciones del texto fuente. Es un tópico que los profesores denuncien en clase los desmanes de una edición, o vayan comentando errores de interpretación de un texto y esta es una solución útil a esa necesidad del mundo académico.

Asimismo publicamos de manera sistemática, en un mismo catálogo, tesis doctorales y actas de congresos académicos, que son distribuidas a través de nuestra Web.

El servicio de «libros a la carta» funciona de dos formas.

1. Tenemos un fondo de libros digitalizados que usted puede personalizar en tiradas de al menos cinco ejemplares. Estas personalizaciones pueden ser de todo tipo: añadir notas de clase para uso de un grupo de estudiantes,

introducir logos corporativos para uso con fines de marketing empresarial, etc. etc.

2. Buscamos libros descatalogados de otras editoriales y los reeditamos en tiradas cortas a petición de un cliente.